步步生蓮

卷十四

蓮舟輕泛

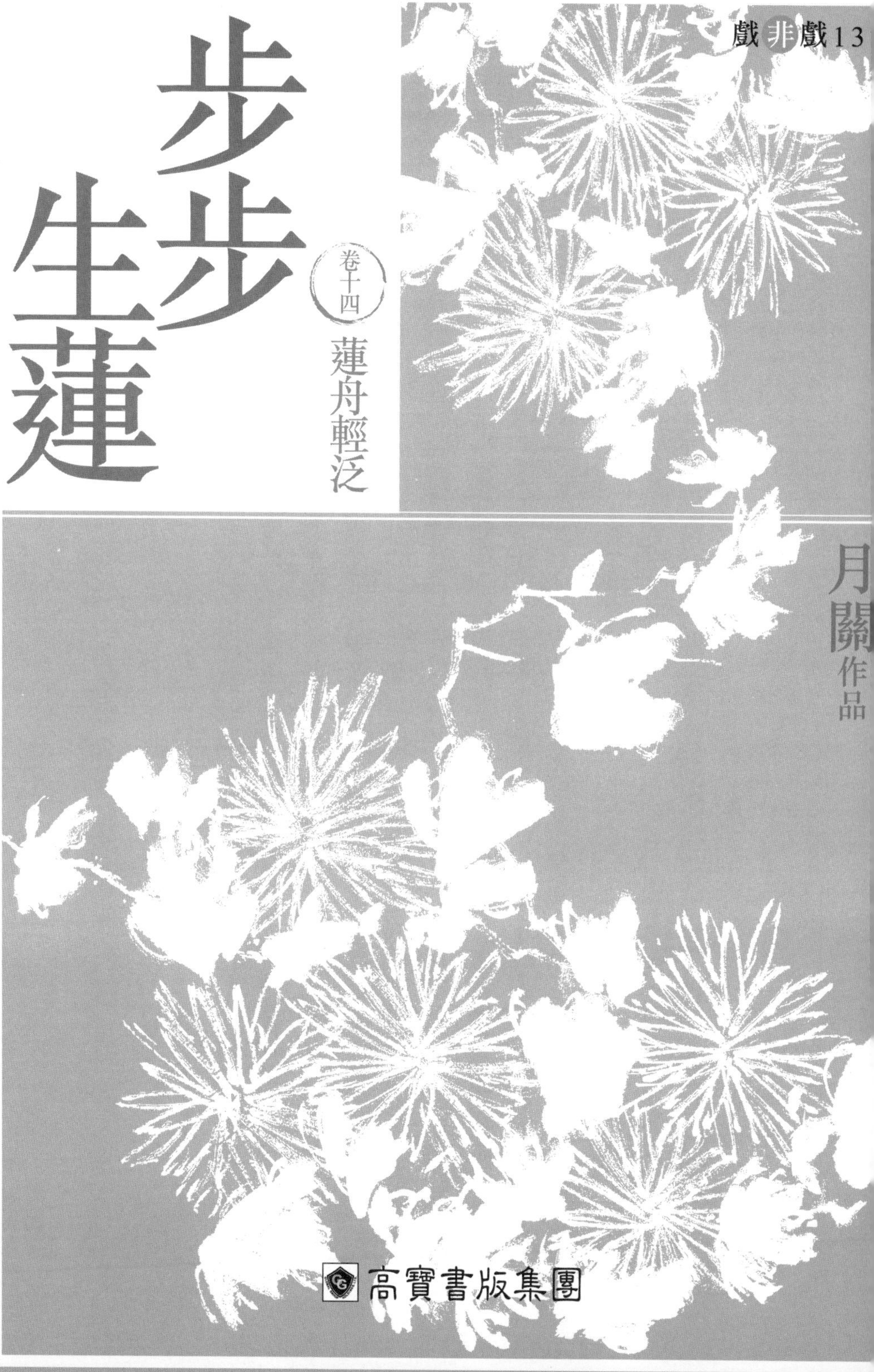

月關 作品

高寶書版集團

戲非戲 DN137

步步生蓮

卷十四：蓮舟輕泛

作　　者：月　關
責任編輯：李國祥
執行編輯：顏少鵬
出 版 者：英屬維京群島商高寶國際有限公司台灣分公司
Global Group Holdings, Ltd.
地　　址：台北市內湖區洲子街88號3樓
網　　址：gobooks.com.tw
電　　話：（02）27992788
E-mail：readers@gobooks.com.tw（讀者服務部）
pr@gobooks.com.tw（公關諮詢部）
電　　傳：出版部（02）27990909　行銷部（02）27993088
郵政劃撥：19394552
戶　　名：英屬維京群島商高寶國際有限公司台灣分公司
發　　行：希代多媒體書版股份有限公司發行/Printed in Taiwan
初版日期：2010 年 12 月

國家圖書館出版品預行編目資料

步步生蓮. 卷十四, 蓮舟輕泛 / 月關著. -- 初版
. -- 臺北市 : 高寶國際出版 : 希代多媒體
發行, 2010.12
面 ;　公分. -- (戲非戲 ; DN137)

ISBN 978-986-185-540-0(平裝)

857.7　　　　99023480

目次

三百五五　山雨欲來

寶鏡大師一見本寺出了這等醜事，還被國主看在眼中，臉上很是掛不住，不禁大喝一聲道：「德行，你在做什麼？」

壁宿追上水月，正在樹下甜言蜜語，說的正在興起，根本不曾發現有人靠近，聽到方丈一聲大喝，這才驚覺，壁宿嚇了一跳，正想找個理由搪塞，一扭頭瞧見楊浩站在那兒，不由得一呆，竟然忘了回答。

李煜是個虔誠的信徒、同時又是個多情才子，他自己偷過小姨妹，算是有前科的人，所以對和尚偷尼姑的風流韻事一向不是看得甚重，曾有和尚偷姦尼姑，事發之後寺院裡要嚴律處理，李煜聽到後便為這對野鴛鴦開脫說：「這些不守清規的和尚、尼姑，佛心尚不堅定，他們私通款曲，所謀正是長相廝守，你們若以寺規嚴懲，然後再把他們逐出寺院，不正遂了他們的心願嗎？依朕之見，對這樣六根不淨的僧人，罰他們去拜三百次菩薩就行了。」

皇帝這麼說，各家寺院誰敢不從？因此上，江南的僧人合姦風流的大有人在，嫖妓宿娼、勾搭良家女子的也不乏其人，史載其「奸濫公行，無所禁止」。

但是雞鳴寺是唐國第一佛寺，是唐國數千家大小寺院之首，寶鏡大師相對於其他寺院要求的就嚴格了些，而且最重令名，如今自己的弟子觸犯寺規，就算當著寺中師兄弟們，他也顏面無存，何況被國主看在眼中，當然大光其火。

壁宿支支吾吾地說不出話來，楊浩見到他也是大吃一驚，讓這小子安分守在金陵等候焰焰和娃娃的消息，他怎麼披上袈裟到了寺廟？這小子也太無法無天了，楊浩不明就裡，一時也不知該如何為他開脫。

李煜先時也有些不悅，仔細一瞧，這對小沙彌、小尼姑，男的俊、女的俏，恰如一對璧人，李煜是最懂得欣賞美麗事物的人，心中便自有了幾分喜歡，臉上不悅之色也便退去，便向寶鏡大師微笑道：「寺主且莫恚怒，我看這一對人物，姿容清秀，絕非俗物，怎會做出汙穢不堪的事來呢？待孤去問問他們。」

李煜舉步向前，寶鏡大師硬著頭皮隨在其後，到了近前仔細一打量二人模樣，靜水月已惶恐地稽禮一旁，粉面桃腮駭得雪白，李煜見了更生幾分憐惜，便和顏悅色地問道：「小師傅與這女尼在此做什麼？」

楊浩趕緊咳了一聲，提示道：「小和尚，這一位便是江南國主，怎麼如此懵懂，不知行禮？」

壁宿本來還不害怕，如果寶鏡真要逐他出寺廟他也不怕，他的目的本就是能接近水月而已，水月雖還不曾向他表過姿態，可是對他的態度明顯不同了，聽他說些渾話也只臉紅微笑，縱有些輕嗔薄怒，也是別具風情，顯見是已經喜歡了他，不怕沒有機會不能去找她說話，可是一聽眼前這個長著三隻眼的小胖子就是唐國國主，他還從未見過這麼大的官，不覺有些慌張起來。

楊浩看了也替他著急，看見壁宿張口結舌說不出話來，李煜臉上也露出不悅之色，這時壁宿忽想起在開封冒充什麼西域高僧時，楊浩說過的話：「高僧嘛，都喜歡打機鋒。別人說些什麼，要是你覺得不好應答，那就只管說些模稜兩可、不知所云的話來，你放心，越是說得雲山霧罩不著邊際，越像是禪機，人家越覺得你佛學高深，他不懂還得裝懂，問都不敢問你。再說了，你扮的本就是離經叛道的酒肉和尚，有些不像出家人的話，也大可不必放在心上。」

壁宿想到這裡，頓時把胸一挺，說道：「出家人跳出三界外，不在五行中，只拜佛不拜俗，國主當面，小僧也不需拜的。倒是國主，應當拜一拜小僧。」

寶鏡一聽勃然大怒，靜水月聽他對國主這麼說話，更是駭得哆嗦，李煜卻笑了，問道：「小師傅這話從何說起？」

壁宿心中急想，胡言亂語道：「唔……這個……敬僧就是敬佛，敬佛就是敬法，那便是供養三寶，修出世之福。小僧雖是一普通僧人，卻是我佛的信徒，國主若受我的禮，便是受了我佛的禮，那是讓國主造罪了。」

楊浩聽了苦笑不得，這個壁宿，膽子也太大了些，你算什麼得道高僧？泡個妞都被方丈抓到，還在這裡胡吹大氣，他也說得出口。唔……這小尼姑長得倒真不賴，壁宿這小子是有幾分眼光。

李煜仔細想想壁宿的話，卻有霍然領悟之感，忙對他對這個不守清規、不畏皇權的小和尚更感興趣了，便又問道：「小師傅禮佛不禮俗，說的大有道理，有此見識，定是佛心堅定的得道高僧了，卻不知小師傅在這裡做什麼？」

壁宿眼珠一轉，似是而非地道：「國主在這裡做什麼，小僧便在這裡做什麼？」

李煜笑道：「孤今日入寺來，是為禮佛。」

壁宿道：「小僧在此，也為禮佛。」

「小師傅拜的莫非是歡喜佛？」李煜瞟了那小尼姑一眼，這句話幾乎脫口而出，忽覺自己以國主身分，不宜說這些話，硬生生又忍了回去：「孤上香拜佛，佛在大雄寶殿，小師傅所拜的佛在哪裡？」

壁宿越吹越得心應手，把手一揮道：「這一草一木，殿閣簷瓦，你我她，俱有佛性，俱是我佛。」

耶律文越聽越覺得越荒唐，忍不住譏笑道：「小和尚，你在這裡和一個小尼姑拉拉扯扯，已是犯了色戒，還要胡吹大氣，分明是個六根不淨、不守清規的假和尚，吃肉喝酒，想必也是樣樣俱犯的了，還要在這兒自吹自擂。」

壁宿翻個白眼道：「酒肉穿腸過，佛祖心中留。持戒未必便有佛心，有一顆佛心未必便要持戒。我佛慈悲，也有雷霆之怒，你可知我佛祖本是一位王子，娶妻生子、吃肉喝酒，樣樣在行的？」

寶鏡大喝道：「德行，好大膽，這樣無法無天的話你也說得出來，那是佛祖成佛之前的事，佛祖於菩提樹下頓悟之後……」

李煜若有所思地道：「酒肉穿腸過，佛祖心中留。好！說的好哇！佛家戒酒肉，乃梁武帝時所立的規矩，當年佛祖托缽化緣，施捨什麼，就吃什麼，的確是不戒酒肉的。小師傅具佛性、有慧根，能說得出『酒肉穿腸過，佛祖心中留』這句偈語來，便是大聖了。」

寶鏡一聽國主這麼說，只得畢恭畢敬地應道：「國主佛法高深，別有見地，老衲不及。」

壁宿見這國主說一句，寶鏡就得聽一句，心中便想：「我這師傅是唐國第一大師，和尚們都要聽他的話，他對李煜的話卻是不敢違逆，如果我能攀上這棵大樹，他吩咐一句讓水月嫁我，那靜心庵主想來也要聽從的。」

想到這裡，他便存了攀交李煜之心，說道：「國主既來此處禮佛，見了小僧，為何不拜？」

寶鏡驚怒，正欲訓斥，李煜卻畢恭畢敬地向他行了一禮，說道：「小師傅教訓的是，信徒李煜，這廂行禮了。」

壁宿大剌剌地受了他一禮，也不還禮，李煜見了更有莫測高深之感，只覺這個小和尚談吐之中處處機鋒，眉清目秀有異常人，說不定就是菩薩座前童子下凡點化於他，對他更是誠惶誠恐。

二人又是一番對答，也曾問及壁宿與這小尼姑的私事，壁宿畏懼已去，即興發揮，說得雲山霧罩，天馬行空，真是不知所謂，尋常人都聽得出他在說胡話，偏偏李煜是個深通佛法的人，隨便一句離經叛道、不知所謂的屁話，聽在他這樣的人耳中，都能衍化推演出一番佛理來，對壁宿不禁更生信服之感。

二人對答良久，李煜意猶未盡，此時卻已到了應該離開的時候了，便向寶鏡方丈索來紙筆，就在廟中粉牆之上題了幾行大字，寫罷把筆一擲，說道：「今日與小師傅一番對答，孤受益匪淺，這字便當孤送與小師傅的禮物。翌日，孤還想請小師傅入宮弘揚佛法，還請小師傅莫要推辭。」

楊浩看那題字的意思，不覺有些發噱。壁宿撓撓光頭，喃喃地道：「國主寫出來的東西，那是一字千金的，可惜……國主寫在這牆上，莫不成小僧還要拆了這牆，才好拿去發賣？」

李煜聽了大笑，只覺此僧字字句句大有玄機，真不可把他當作尋常和尚來對待，更當自己撿到寶了，把壁宿敬若神仙一般。

畢恭畢敬送了李煜離開，寶鏡回到那偏殿中，望著牆上的題字發愁，首座大師聽說國主在寺中題字，歡天喜地地領了一群和尚來，要在那面牆上蓋個亭子，下面加個罩子，把那御筆保護得妥貼，一見寶鏡大師面對牆壁正在運氣，鼓目凸眼好似一隻金蟬，不禁詫異地道：「方丈，國主在我寺中為方丈高徒德行題字，這是我寺中之福啊，方丈如此神情，是何道理？」

寶鏡往牆上一指，愁眉苦臉地道：「師弟，你來瞧個仔細，看看國主題了些什麼？」

首座大師往牆上一看，只見牆上龍飛鳳舞三行大字，寫道：「淺斟低唱偎紅倚翠大師，鴛鴦寺主，住持風流教法。」首座念了兩遍，不解其意，轉首剛想問起寶鏡，忽地省過味來，不由「啊」的一聲，慌張道：「這個……這可如何是好？」

淺斟低唱偎紅倚翠大師，鴛鴦寺主，住持風流教法。李煜這番話分明就是封壁宿做了泡妞大師，他要娶妻生子、泡泡小妞、追追尼姑，那都是可以的。李煜現在雖去了帝號，可仍是江南說一不二的皇帝，皇帝金口玉言，寫下來就是聖旨，眾僧遵是不遵？

尤其是這題句中有寺主、主持之語，那又怎能視而不見？可若要遵從，莫不成就把方丈讓與壁宿這個花和尚？若是壁宿做了方丈，這雞鳴寺將走向何方？寶鏡和首座師兄弟面面相覷，都覺得匪夷所思，不敢想像那時這雞鳴寺會是什麼氣象。

這時壁宿賊眉鼠眼地鑽了出來，往他們那兒跟著一站，笑嘻嘻地唱個肥喏，稽首施禮道：「師傅、首座大師請了，雞鳴寺乃我唐國第一佛寺，寺中僧眾三千，弟子何德何能做這寺中方丈？國主既讓弟子住持風流教法，那弘揚佛法、住持寺廟就仍要靠師傅這個方丈，弟子這個方丈嘛……」

他往自己金光燦爛的禿頭上一拍，眉開眼笑地想：「淺斟低唱偎紅倚翠大師，鴛鴦寺主，住持風流教法。哇哈哈哈……小和尚奉旨泡妞，寶月妳這老刁尼，還敢抗旨不成？」

* * *

李煜起駕，大隊人馬緩緩返回宮中，路上百姓俱被兵士攔於道路兩旁，人群中，一個臘黃臉、衣著寒酸，只有一雙眼睛清澈如水的瘦削漢子緊緊跟隨，跟著他們走了好長一段時間。

他的目光只在契丹使節團中逡巡，搜索半晌，不見自己要找的人，一雙做為男人來說略顯細淡的眉毛不由微微一皺：「他明明隨來江南，聽說他是耶律文身邊紅人，怎麼出行卻不帶他出來？莫非……他竟有資格陪伴耶律文，隨侍於李煜身旁？」

他加快腳步向前趕去，一邊隨著隊伍前行，一邊在儀仗中尋找，搜尋了兩遍，還是不見目標蹤影，再往前一看，就是李煜的抬輦和一步之遙的耶律文等人了，他的目光忽地定在旁邊一個騎白馬的人身上，身子僵硬了一剎，那人已微笑著向兩旁百姓頷首，緩緩行了過去。

黃臉漢子揉揉眼睛，趕緊疾行幾步，險些撞倒一個貨郎的挑子，他匆匆奔至橋頭，再往前去已是御街，兵士森嚴，不容通過了這才站住，定睛再往那騎白馬的人瞧去，一雙明亮的眼睛不禁越睜越大，好半晌才像夢囈般地輕叫一聲：「二哥！竟然是二哥……」

只見李煜扶輦居中，其後一步之遙，左右各是一匹高大雄駿的戰馬，右邊是契丹使節耶律文，而左邊那個……他雖衣著、氣質與往昔截然不同，可那容貌五官卻沒有變化，他不會看錯，絕對不會看錯，那真的是她二哥……

他，是她，丁玉落。

她扮成男裝，孤身進入北國，輾轉千里，尋找丁承業的下落，一路餐風宿露，不知吃了多少苦頭，總算打聽到丁承業現在上京部族軍都指揮使耶律文麾下，她潛去上京，尾隨耶律文出入，也曾看到過丁承業隨行於耶律文身側，只是耶律文出入一向前呼後擁，扈從過百，警戒十分森嚴，她一直沒有找到機會靠近。

她並不知道耶律文這麼小心，是因為對皇帝和蕭后存有戒心，還以為他一直如此，正為無法靠近丁承業而煩惱，卻忽然聽到耶律文出使大宋的消息，於是便一路尾隨了下來。在這裡，他的警戒果然不比在上京時森嚴，可是很奇怪，一向常伴耶律文左右的丁承業自從到了唐國，卻很少隨從他出入了。直到此刻丁玉落才知道原因，原來楊浩竟然在這兒。

望著楊浩，丁玉落目中不覺漾出淚光，她本是無憂無慮的千金大小姐，可是驟逢變故，老父慘死、大哥殘疾，好逸惡勞、不務正業卻仍受她疼愛的小弟，變成了殺父的仇人，而她同父異母卻感情日深的二哥，卻因為家人之間的種種情怨糾葛，與她變成路人。

她能承受多少壓力和折磨？千里往返，自霸州而至上京，自上京而至金陵，來往於三國，早已心力交瘁，當丁家驟逢大難時，當糧草眼看就要運到廣原卻天降暴雪時，當觸怒了廣原防禦使程世雄，不得其門而入時，都是楊浩幫她，她早已把楊浩看成了可以依賴的兄長，而今……他就在眼前，玉落卻無顏去見他。

大哥說過，丁承業是弒父的兇手，他不但是間接致使楊浩母親過世的根源，也是自己不共戴天的仇人，更是造成自己兄妹失和的直接原因，在沒有殺死他之前，她無顏去見二哥請罪，她只能咬緊牙關，眼睜睜看著楊浩一步步走近，又從她幾步之遙的地方一步步走遠，所有的苦和累，她只能一肩擔著。

當李煜的儀仗離開，圍觀的百姓們散去之後，丁玉落扶著石欄獨自站在橋頭，默默垂首，兩行熱淚沿頰而下，融入悠悠河水之中……

＊　＊　＊

李煜回宮，正欲興沖沖返回後宮，把今日得遇德行小師傅的奇事告訴皇后，一個宮人匆匆追上來道：「國主，校書郎汪煥求見。」

校書郎是掌校讎典籍、訂正訛誤的官，並非什麼要職，不過李煜最喜收集古本孤本，對文章典籍十分看重，所以一聽汪煥求見，還以為他又發現了什麼難得一見的孤本奇珍，忙停住腳步道：「喚他進來。」

汪煥進宮，一見李煜便怒氣沖沖地道：「臣聞國主今日又往雞鳴寺禮佛，捐萬金？」

李煜一聽便知是來進諫的，臉色頓時沉了下來，不悅地道：「不錯，那又怎樣？」

汪煥又道：「臣還聽說，國主見到一不守清規戒律的和尚，不但不予懲治，反而與他談笑風生，還題詞以贈？」

李煜氣極而笑：「孤這宮裡宮外，真是什麼事都瞞不住，宮裡有些大事小情，須臾工夫就傳得出去，在外稍有什麼舉動，馬上有人傳進宮來。校書郎，你不在藏書閣整理藏書、抄錄孤本，特意趕來，就是為了向孤求證這些事嗎？孤喜佛法，干卿何事？」

說罷拂袖就待離去，汪煥一見顧不得失禮，搶前一步扯住他的袖子道：「國主慢走，常人佞佛，自然與臣無干，奈江南社稷懸在國主之手，天下顒顒望治，如大旱之望雲霓。而國主不納忠言，荒怠政事；連年災荒，饑民流於道路；強敵隔江相望，虎視眈眈，此正國主臥薪嘗膽之日，非偏安逸豫之時也。國主厚僧薄民，請問奉獻民脂民膏，供養皇室者，是僧還是民？」

李煜知道他是個書獃子，對自己也是忠心耿耿，雖然話不愛聽，也不好太過冷了忠臣之心，只得好言安慰道：「卿乃敢死之士，國有賢臣如此，乃社稷之福。然孤信佛道，正是教化萬民向善，孤時常出宮，又哪曾見過饑民流塞道路的事來？卿道聽途說，未免過於天真，孤喜你性情淳樸，並不怪你就是。」

說著返身又要走，汪煥搶步攔在他前面，痛心地道：「國主，昔日梁武帝事佛，刺血寫佛書，捨身為佛奴，屈膝為僧禮，散發俾僧踐，及其終也，餓死臺城。今國主驕侈聲色，又喜浮圖，不恤政事，佞迷佛事，不聽忠言，臣恐國主他日的下場，還不及梁武帝啊。」

李煜一聽汪煥把他與梁武帝那個昏君相提並論，心中不禁大怒，冷笑道：「孤幾時刺血寫佛書，捨身為佛奴來著？朕行仁道，無為而治，從不濫施酷刑厲法，怎會落得梁武帝一般下場，甚至還猶有不及？卿如此妄言，是要效潘佑、李平嗎？」

潘佑是唐國中書舍人，李平是唐國大夫，他們曾經上書力諫，其詞與今日汪煥所言大體相同，李煜大怒，把潘佑、李平收監入獄，二人在獄中憤而自縊。

汪煥挺胸道：「臣今日來，正是要效仿潘佑、李平，若國主欲殺汪煥，汪煥願與潘佑、李平此等忠貞之士於黃泉結伴！」

李煜冷笑一聲，哂然道：「虛言恫嚇，沽名釣譽！」

汪煥聽了這等誅心之語，只氣得面色如血，他本是一個皓首窮經的書生，平時不做什麼運動，被李煜一激，只氣得頭昏眼花、手腳冰涼，眼前金星亂冒，幾乎要昏厥過去。

李煜見了，向左右吩咐道：「來啊，把他攙下去。」說罷怒氣沖沖行去，李煜被汪煥一番話弄壞了心情，悶悶不樂到了皇后寢宮，也不讓人傳報，正待走進殿去，就聽屏風後面傳來兩人竊竊低語之聲，李煜頓時豎起了耳朵……

三百五六　風滿樓

房中女子道：「國主又往雞鳴寺上香去了嗎？唉，國主宅心仁厚，崇信佛法，原是國主的佛心本性，算不得過錯，可是如今強敵在側，唐室江山岌岌可危，當此時候，國主應該著力壯大水軍、修繕戰船、招募勇士，蓄勢以防宋人南侵才是，把心思過多地放在別處，實為大忌。娘娘，現在就連民間也說宋國的野心不會止於我唐國稱臣。許多商賈都說，宋國在開封城外掘地為池，正在大練水軍，明目張膽，毫不掩飾，試問大造戰艦、大練水軍，若不是意在唐國，他們又為什麼？」

李煜聽聲音，曉得此人正是莫以茗姑娘，上次他那顆多情的心偶一蕩漾，便想為莫姑娘寫一首詞，誰想莫姑娘卻不領情，讓這位心思細膩的江南國主很受傷，此刻聽她與娘娘敘話，說的正是自己，李煜好奇心起，倒想知道她到底是如何看待自己的，所以屏息不言，靜靜地立在屏風後面。

只聽小周后道：「其實國主何嘗不知宋國有野心？只是實力不濟，非國主能一力挽回，若是此時大舉練兵，恐怕反被宋國尋到藉口，立即出兵伐唐了。國主如今韜光隱晦，主動向宋稱臣，何嘗不是以退為進，讓宋人找不到藉口來伐我唐國？

我唐國尚有雄兵數十萬，宋人既無名正言順的理由，池中練兵又難精通水性，真要打起來，他們未必能討得了好去，趙匡胤豈能不作思量？至於宋兵造船，固有恐嚇我唐國之意，卻也未必就是有心討伐我唐國，如今宋國得了漢國江山，也需兵舟軍艦守土的。」

莫以茗幽幽一嘆，說道：「害人之心不可有，防人之心不可無。正因唐國擁雄兵數十萬，且得地利，擅於水戰，未嘗沒有一戰之力，才不該向宋示弱。如今每年稱臣納貢，繳貢銀數十萬兩，彼增一分，我便減一分，此消彼長下去，實力更是相差甚遠了，這不是助長了宋人威風，削了自家的銳氣嗎？」

「唉！不稱臣納貢，做出姿態，國主如何能韜光隱晦？妹妹終究是女流，見識短淺了些……」小周后長長一嘆，忽又說道：「不過妹妹雖是女流，不好詩詞歌賦、胭脂女紅，卻喜歡談論國家大事，倒也是一樁異事。」

「哦……以茗生於將門世家，常見舅父操練水軍，談論國事，所以對這些事很有興趣。」

小周后嘻地一笑，說道：「話雖如此，可妹妹畢竟是一介女流，操這些心做什麼？我們女子對國家大事能有什麼助益？妹妹如此關心唐國與國主，是受門風熏陶，還是……對我家國主……存了什麼心思？」

李煜心頭一跳，不由自主地又向前走了兩步，只聽莫姑娘嬌嗔道：「娘娘卻來打趣茗兒，茗兒身為唐人，自然關心唐國、敬重國主，這是一個唐國子民的本分，茗兒豈敢對國主有什麼非分之想呢？」

李煜心中一空，小周后卻笑道：「妹妹不必如此掩飾，妳每次和本宮聊天，話題可都離不開國主呢，妳道姐姐看不出妳的心思？姐姐不是善妒之人，宮中妃嬪雖眾，妳看姐姐幾時有過不悅？何況我與妹妹情投意合，最談得來。」

折子渝啼笑皆非，無奈地道：「娘娘……真的誤會茗兒了，國主一身繫著江南萬里江山、無數子民，國主的一舉一動，就代表著唐國的一舉一動，論起江南國事，豈能不提國主？實非……實非為了兒女私情……」

「嘻嘻，茗兒害羞起來的樣子，著實可愛，連本宮看在眼裡都要動心，難怪國主動了心思，要為妳賦詞一首以訴衷情……」

「娘娘！」

「好好好，姐姐不拿此事打趣妳了。茗兒，妳喜不喜歡國主，暫且不提，不知在妳眼中，咱們這位國主如何？」

「這個……」

「咱們姐妹私房敘說，妹妹有話便說，何必吞吞吐吐呢？」

「是……在以茗眼中，國主儀表不俗，才華橫溢，擅工文、通音律，心思細膩、善體人意，尤以詞工，前無古人，料來亦後無來者……」

小周后笑道：「妹妹對國主如此讚譽，大出我的意料啊。」屏風後面李煜聽得也是眉飛色舞，若不是怕驚動了美人，幾乎就要手舞足蹈起來。

折子渝話鋒一轉，又道：「惜乎人無完人，國主什麼都好，就是於軍國大事上缺乏氣魄，須知琴棋書畫並不能保唐國一方平安，軍政經國才是制勝之法，國主若不做國主，亦是江南第一才子，不，堪謂天下第一才子，可國主既為江南之主，沉溺詩詞一道，疏於料理國事，卻不是國主的幸事、更不是江南的幸事了。」

李煜聽了嗒然若喪：「難怪那日我要為她寫詞，她不放在心上，原來這位生於將門世家，見慣舞槍弄棒的莫姑娘喜歡的是能橫槍躍馬、征戰天下的糾糾武夫。那樣說來，趙匡胤倒正合她心中的英雄標準，自己若是此時學武，恐怕骨頭都嫌太硬了些。」摸摸自己的肚腩，李煜輕輕一嘆。

小周后道：「妹妹，這卻怪不得國主的，須知國主本無為帝之心，惜乎國主五位兄長盡皆早死，這皇位才不得不落在國主身上。國主也是不得已而為之，妳道國主做這江南之主，他便快活嗎？」

折子渝道：「以茗聽人說，國主自幼好詩詞歌賦，唯厭政經之道，當初中主欲立太子，禮部侍郎鍾謨曾進言說：『從嘉德輕志懦，又酷信釋氏，非人主才。從善果敢凝重，宜為嗣。』可中主對此不以為然，反把鍾謨貶謫地方去了，娘娘，可有此事嗎？」

「是啊，此事原本不是什麼祕密。」小周后輕輕嘆息一聲：「從善，從善……唉！國主令從善為使，出使宋國，本是以示對宋的敬重，誰知趙匡胤蠻橫無禮，竟把從善軟禁起來不放，國主念及兄弟之情，時常為此憐傷。從善妻子體弱多病，夫君被囚於宋，令她憂心忡忡，時常來尋國主哭鬧，惹得國主好生為難，聽說她昨日又進宮來，氣惱之下還曾出言不遜，辱罵國主。」

「竟有此事？國公夫人竟然這麼大膽嗎？」

「怎麼不是？內侍都知親口所見，還能有假嗎？國主仁厚，雖受她辱罵，見她氣急攻心竟當堂吐血，卻也沒有怪罪她，還著令御醫用藥，待她氣息平穩才送她回府。不瞞妳說，國主向宋廷求還從善的國書已送出不下六次，宋廷就是不放人，奈何？」

折子渝沉默有頃，輕嘆道：「宋人囚禁鄭王，所圖者何？難道國主還看不出來宋人用意嗎？恕以茗直率，國主做一才子，驚才豔豔，無人可及，做一國之主，卻以風流名士自誤，卻恐有朝一日會誤人誤己。不管國主想不想做這江南國主，可他如今就是江南之主，身在其位，就該謀其政呀。」

李煜聽到這兒，氣血上衝，當即走入，抗聲說道：「孤稱臣於宋，實因江南實力不及宋國，為百萬生靈計，不得不俯首斂翼，以避鋒芒。莫姑娘，妳道孤是怕事之人嗎？」

「茗兒見過國主。」一見李煜走入，折子渝慌忙起身，與小周后一起向李煜施禮：「不知國主駕到，臣女有失遠迎，恕罪。臣女……對國主並無不敬之意……」

朝中文武的苦苦勸諫，李煜可以不放在心上，卻容不得一個小女子對他語含輕視，尤其是他喜歡的女子，當下沉著臉冷冷一哼，道：「孤今忍讓，實因國力不濟，不得已而為之，卻不是畏怯宋國。孤雖文人，卻有一顆武膽，有朝一日若宋國真敢侵我唐國，孤定會親披戰袍，執甲銳，身先士卒、背水一戰，保我江山社稷。若是江山不保，孤便據宮自焚，也絕不做他鄉之鬼！」

這番話說得慷慨激昂，小周后露出歡喜神色，讚道：「國主此言豪邁，本宮還是頭一回見到國主有此英武之姿。」

折子渝深深望了李煜一眼，屈膝謝罪道：「茗兒不識國主方略，出言無狀，冒犯國主，還請國主恕罪，」

李煜瞧見她眼中一抹異色，似讚賞、似欽慕，依稀便如女英當年第一次接到自己所贈的妙詞時似驚似喜、似敬似慌的眼神，心懷頓時一暢，彷彿突然年輕了十歲似的，朗聲笑道：「起來吧，林將軍忠心耿耿，保國衛民，便連林家一個女眷，也是這般不乏英豪之氣，孤很高興。自古忠言逆耳，聽來當然不太舒服，太宗皇帝能以魏徵為鏡，孤的心胸縱不及太宗，難道聽不得妳的逆耳忠言嗎？」

折子渝嫣然一笑，那與小周后截然不同的女兒風情引得李煜心中一蕩，伸手便想去扶她皓腕，折子渝已翩然起身，再次福禮道：「謝國主寬宏，國主回宮，當與娘娘有話說的，茗兒這便告退，國主、娘娘，臣女……」

「呃……不必，」李煜剛剛放出大話，怎好在她面前顯得自己疏於處理國事，一得空閒就往後宮裡溜，廝混於醇酒美人之間，只得說道，「且不忙走，孤已下詔令陳喬、徐鉉入宮，與他們共同商議國事，馬上就要回轉前殿，妳便在此陪伴娘娘吧……」

說著，他若有深意地瞟了小周后一眼，轉身向外走去，小周后與折子渝齊齊施禮道：「恭送國主。」

李煜最引為為傲的詩詞才情不曾讓這殊麗的佳人動心，只說幾句國家大事便引來她欽慕敬仰的眼神，這讓李煜的虛榮心得到了極大滿足，他的腳步輕快了許多，離開小周后的寢宮，他站在花徑間略一思忖，他便吩咐內侍去傳徐鉉和陳喬，自向清涼殿走去。

受折子渝的影響，近來小周后言談之間，時常也會說及對國事的擔憂，別人的話李煜聽不進去，可是小周后在他心中的分量卻又不同，聽過幾回之後，他也有了危機意識，時常思考起唐國當前的處境和未來的出路。

要他主動伐宋，他是絕對不敢的，可是加強防禦力量，他卻沒有什麼意見，以前若有如此舉動，他還有些忌憚會引起宋廷不滿，如今契丹使節言語之間大有要與唐國結盟，遙相呼應、一南一北挾制宋國的意思，有了這樣強力的支援，李煜的膽氣便漸壯起來。憑心而論，他也不願雌伏於宋國之下的，如果另有出路，他怎會不加抉擇？如今……是該好好商討一下這個問題的時候了，堂堂男兒、一國之主，豈能讓一女子鄙視？

* * *

汴京，皇儀殿。

剛剛下了一場大雪，銀妝素裹，滿城粉白。大殿上白銅盆裡炭火燒得正旺，熱氣四溢，溫暖如春。趙匡胤與一眾近臣圍火盆而坐，一邊吃著火鍋，一邊談論國事。

此刻正侃侃而談的是盧多遜，自趙普離京之後，盧多遜由翰林學士晉位中書侍郎，位列宰相，他最懂得揣摩趙匡胤的心思，每每所言，都能搔到趙匡胤的癢處，如今已正式取代趙普，成了趙匡胤最貼心的代言人。

他說得忘形，額頭冒汗，便將外袍脫下，王繼恩立即舉步上前接過，盧多遜含笑一謝，回首繼續說道：「如今蜀地有人興兵作亂，那裡山高水險、叢林密集，又是諸族雜居之地，要想剿亂平叛，實非一時半日之功。閩南剛剛歸附，要收拾那裡的民心，平靖地方，使其真心歸順我宋國，也需一段時日。

「在這種情形下，如果我們修政理、撫百姓、練強兵，西和諸羌，北拒契丹，待一切準備停當，再從容伐唐，則更加妥當，屈指算來，如果等到這一天，最快也需三、四年光景。然而……」

「然而時不我待，朕……無法等到那個時候了。」

趙匡胤接過話頭，將手中一張牛皮書信抖了抖，沉聲說道：「朕剛剛得到消息，契丹人把部族軍統領耶律文派出去出使唐國了，而蕭后正加緊剪除耶律文在宮城軍中的羽翼，安插自己的親信，朕對此很是擔心吶。」

他抿了口酒，一掃鬍鬚，虎目在幾員朝廷重臣身上一掃，豎起手指道：「第一，耶律文出使唐國，固然是蕭綽在調虎離山，卻也不無對唐國的重視之意。契丹有沒有可能，就此與唐國達成攻守同盟？

「第二，我宋國南伐，最大的忌憚就是來自北方的威脅，伐北漢國一戰，雖然朕達到了目的，現如今北漢國已名存實亡，搖搖欲墜，可是因為契丹人的干涉，畢竟還不曾倒下。這幾年北國內亂不休，無暇他顧，給了朕很大的便利。如今蕭綽對族帳軍動手，顯然是她已經掌握了足夠的實力，至少可以使皇帝對諸部族行使有效統治。

「如果她成功了，鐵板一塊的契丹絕不容小覷，那時朕再欲南伐，卻需保留大部分軍隊防範來自北方的威脅，須知唐國數十萬雄兵，又比我軍擅習水戰，如果動用的兵馬少了，那我宋國很難取勝。尤其是戰事一旦拖延久了，恐會生出許多變故，亦將我宋國民生拖得糜爛不堪，如此反覆，一個不慎，難免重蹈隋煬伐高麗的覆轍。」

他把腰桿一挺，沉聲說道：「是以朕權衡遲攻與早攻的利弊，覺得還是一鼓作氣，早早拿下唐國更為妥當，朕已決定，明年三月，兵發唐國，諸位愛卿有何建議？」

已自閩南返回，接任李崇矩，擔任樞密院使的曹彬說道：「官家，我宋國伐北漢國時，契丹便曾出兵阻撓，伐南漢國時，因契丹鞭長莫及，且與南漢國素無往來，其國內又生紛爭，所以不曾出兵，但唐國與契丹素來關係密切，自海上常通往來，且唐國已成我宋國一統中原之最後障礙，如果契丹內部紛爭不致激化，又或蕭后能及時把兵權掌握於手中，那麼出兵襲我後方，擾我平唐之戰是大有可能的。因此，臣以為，對契丹仍是不可不防，須遣一沉穩善守之將駐居北地，嚴陣以待，同時，對唐國之戰，務必速戰速決，方能斬斷他人妄想之心。」

趙匡胤頷首笑道：「國華此言正合朕意。北國雖正內亂，卻也不能不防。」

薛居正道：「官家，鴻臚少卿出使唐國久矣，迄今尚未將江南水圖、兵力部署等重要情報傳來，如果要伐唐，是不能缺了長江水圖和江南各處兵力布防的情報的，否則恐需付出十倍努力，是否該令他加緊搜集這方面的情報？」

趙匡胤應道：「朕得焦海濤回報，楊浩在唐國故意倨傲挑釁，李煜一味隱忍，已是寒了許多朝臣之心，在離間君臣和挫其銳氣方面，楊浩大獲成功。楊浩又與唐國神衛軍都指揮使皇甫繼勳多方交結，希望能了解到軍事方面的情報，只是唐國對兵力部署和視為天險的長江水情視作最高機密，使團雖曾派出許多探子，終究成效不大。他那裡，朕會下詔令他想盡一切辦法，盡量搜集消息，但是不管成功與否，明年伐唐之策，朕是不會再作變更了。」

呂餘慶攬鬚沉吟道：「官家，欲伐唐國，還需一個名正言順的理由，如今唐國是向我宋國稱臣的，納貢朝禮，樣樣不缺，無端興兵，恐我許多宋人也會不服，更會激起唐人同仇敵愾之心。」

趙匡胤仰天大笑：「哈哈，李煜打的如意算盤，向朕稱臣納貢，正是想要朕找不到理由征討唐國，朕豈會讓他如意？你道朕強留那李從善，賜他宅邸，封他官職，好吃好喝地招待著用來做什麼的？就是做給李煜看的。」

他的炯炯虎目中閃過一絲狡黠，微笑道：「他既向朕稱臣，朕若召他來汴京相見，他卻不來……你說，算不算是抗旨？朕可討伐得他這貳臣嗎？」

呂餘慶恍然大悟，興奮地讚道：「此計甚妙，如此一來，道義上咱們就可以站往腳了。」

趙匡胤微微一笑，一揚翻鬚道：「朕已下詔，召李煜來汴京，與朕上元賞燈，他若不來，朕再下詔，如是者三番五次，總要做得仁至義盡才好。」說罷放聲大笑。

他得意笑罷，目光一閃，忽地瞟見晉王趙光義正輕鎖雙眉，低頭沉思不語，不禁笑問道：「晉王在想什麼？」

趙光義目光閃爍，想得入神，趙匡胤連喚兩聲他都不曾聽到，一旁曹彬輕輕拐了他一把，趙光義這才驚醒，霍地抬起頭來。

趙匡胤又笑道：「晉王在想什麼？竟是這般入神？」

「啊！」

趙光義做開封府尹多年，政績卓著，唯一堪慮者，沒有軍功。禁軍始終自成一個系統，無法讓他打進去，如今聽說要對唐國用兵，恐怕這已是一統中原的最後一戰，趙光義對此焦灼萬分，可他所想的，又怎敢向趙匡胤和盤托出？略一猶豫，他便隨意找個藉口，徐徐說道：「官家，臣弟在想，南唐武將之中，唯林虎子難纏，此人體魄雄健、驍勇善戰，兵書戰策，無所不通。昔日正陽橋一戰，此人率敢死之士四人，就敢迎萬箭逆風焚橋，阻住世宗大軍去路，實有萬夫不當之勇。如今他節度鎮海，麾下十萬雄兵，我宋國欲謀江南，此人可謂第一勁敵，若能先行剪除此人，我宋國則不啻陡增十萬大軍助力。」

趙匡胤微微蹙眉道：「先行剪除林虎子？唔……這個想法未免異想天開。手握重兵的一方節度，豈是說殺就殺了的？他一身武藝，又居兵營之中，縱有出入，虎賁相隨，朕縱有敢死之士，又如何奈何得了他？」

趙光義隨意找了個遁詞，此時不得不接著圓下去，只好硬著頭皮道：「要想個除掉此人的法子雖然不容易，卻總不會比對他的十萬水軍更難吧？臣弟苦思冥想，正是在想如何才能殺他，如今稍稍有些頭緒，卻還不曾仔細推敲，不知是否可行。」

「喔……」

趙匡胤深深地凝視了他一眼，微笑道：「好，那麼晉王可在這個方面多用些心思，若我大軍未動，便能先斬唐國第一大將，則我宋國伐唐已然成功了一半了，晉王……便也立下我宋國平定江南的第一功了。」

「臣弟領旨。」趙光義畢恭畢敬地答應一聲，心中暗暗叫苦。

* * *

焦海濤匆匆走進楊浩住處，興沖沖地道：「大人，朝廷來了消息。」

楊浩迎上前道：「朝廷怎麼說？」

焦海濤道：「這一封是官家寫給江南國主的親筆詔書，還需大人向江南國主宣讀，其意大抵是官家邀請江南國主過江，赴汴梁共度上元節的。」

上元節也就是元宵節，源自道教的三元日，因為古人以夜為宵，故民間也有稱之為元宵節的，而北國契丹則稱之為「放偷日」。楊浩聽了搖頭笑道：「李煜是不會去的，官家此舉，大概是想反將一軍，免得李煜時不時地便是一封國書，總想把李從善討回來。」

焦海濤笑道：「大人說的是，這另一封，卻是官家給大人與下官的一封密信，這封信中提到一件差使，十分古怪，下官百思不得其解，請大人看看。」

楊浩接過來，從頭到尾仔細看了一遍，就著燭火把密信毀去，看著灰燼化作幾片黑色透紅的蝴蝶翩躚飄落於地，沉默不語。

焦海濤按捺不住道：「大人，官家若是索要小周后的畫像，似還情有可原，但那林仁肇又不是一個絕世美人，官家要他的畫像做什麼用處？大人可猜得出其中奧妙嗎？」

楊浩目光一閃，啟齒一笑道：「官家的心思，本官也猜度不透，官家既然吩咐下來，我們照做就是了。搜集林仁肇畫像一事，就交給你去辦，看看能否從林家搞到一幅，如果不能，就重金雇一畫匠，尋個理由帶去鎮海，想辦法看清林仁肇相貌，仔細繪製下來，按時送回開封。至於搜尋江南地理水圖和兵防部置，我來想辦法。」

「是！」焦海濤恭應一聲退了出去。

楊浩若有所思地看著紅紅的燭火，燭火飄搖著，隨著焦海濤抽身離去而偏移的火苗重又筆直向上燃起，他深深地吸了口氣，喃喃自語道：「朝廷想要林仁肇的命啊！一切果然還是沒有變，該死的還是要死，該來的還是要來，伐唐之戰，就要開始了，子渝也該就此死心返回府州去，焰焰、娃娃，妳們幾時會來？」

三百五七　美人來兮

楊浩向李煜宣讀了宋國皇帝趙匡胤的詔書後，笑咪咪地問道：「國主，陛下盛意拳拳，真心希望能與國主共度元宵佳節，不知國主幾時起行呀？」

李煜聽說趙匡胤要邀請他到汴梁共賞上元燈會，登時臉色大變。宴無好宴，趙匡胤這杯酒，是那麼好喝的？李從善前車之鑑，迄今軟禁不歸，從善夫人天天以淚洗面，害得他都不敢見這位兄弟媳婦，他怎敢去汴梁自投羅網？

李煜當即推脫道：「還請左使回覆皇帝陛下，李煜近來偶染小恙，身體不適，加上北方天氣嚴寒，實難承受舟車勞頓之苦，陛下美意，李煜銘記在心，以後若得機會，下臣自會進京面君。元宵燈會，就由舍弟從善代李煜向陛下致禮、相隨便是。」

李煜這時的臉色青一陣白一陣，看那樣子倒真像是得了重病似的，楊浩微微一笑，捲起詔書交與內侍都知，也不多做催促，反自袖中又取出一封書函來：「國主，這裡還有一封函件，是我宋國中書侍郎、史館令盧多遜盧大人親筆書信，致於國主的。」

盧多遜如今與薛居正、呂餘慶同為宰相，輔理朝政。趙匡胤汲取了趙普的教訓，把宰相職權一分為三，形成了宰相衙門的三套馬車，不過這三人之中，明顯是盧多遜最為受寵，聽說是他的來信，李煜倒也不敢大意，他示意內侍接過書信，未等打開，便忐忑地問道：「不知盧相公信上說些什麼？左使可知其中底細？」

楊浩輕鬆自若地笑道：「這個嘛，外臣略知一二，如今唐國已歸順我宋國，成為宋國藩屬，中原大地已然一統，朝廷要重繪天下圖經，確定宋國版圖。盧相公身兼史館令，便是此事的主持，如今荊湖、蜀地、閩南的圖經正在陸續送往汴梁，就差江南諸州了。盧相公希望國主能將江南各州人口、稅賦、城池盡皆標註明白，盡快交予楊浩轉送汴梁，以免耽擱了大宋輿圖的繪製。」

李煜鬆了口氣，忙不迭應承道：「這件事簡單，孤一定盡快令有司繪製仔細，將江南地理圖交予左使。」

他見楊浩一面說話，右手還在袖中微微動作，似乎拈著什麼東西，不禁一陣心驚肉跳，只怕他又掏出一封信來，再提什麼過分的要求，忙問道：「左使袖中藏的何物？莫非……還有什麼書柬不成？」

楊浩一呆，隨即大笑，提起袖子道：「國主誤會了，外臣隨國主遊於佛寺，受佛法熏染，也對佛道有了興趣。袖中所藏，不過是一串手珠罷了。」

李煜定睛一看，楊浩手中果然提著一串手珠，一邊說話，一邊拈個不停，不禁鬆了口氣。他是信佛的，恨不得天下人都信佛才好，一看楊浩皈依我佛，心中甚是歡喜，也有幾分親近之意，忙自腕上解下自己的念珠，笑容滿面地道：「那串檀香珠算不得什麼珍貴之物，未免寒酸了些。孤這裡有一串念珠，由佛家七寶金、銀、琉璃、娑婆致迦、美玉、赤珠、琥珀組成，上鐫佛界三寶佛、法、僧，可庇護持者，百邪不侵，左使虔誠禮佛，孤甚為歡喜，便把它贈予左使吧。」

內侍雙手接過，呈到楊浩面前來，楊浩辭謝再三，這才道謝接過。看這念珠，以七寶串連而成，果然是極珍貴的寶物，又是連連道謝，顏色也緩和了些，他看了李煜一眼，笑吟吟地囑咐道：「國主偶染小恙，身體不適，從氣色上也看得出來，確非虛言。外臣會向官家說明國主的難處的。只是，盧相公剛剛受到陛下重用，希望能把他的差使做得盡善盡美，這也是人之常情。希望國主的江南圖經務必要詳盡、確實，否則繪製出來的宋國輿圖如果出現差錯，惹來天下人笑話，盧相公氣惱起來，外臣……也不好替國主說話了。」

「那是自然，那是自然，楊左使放心，孤會把此事交辦下去，盡速辦理的。」

楊浩微微一笑，拱手如儀道：「如此，外臣告退。」

楊浩一走，李煜立即拍案而起，額上幾道青筋都繃了起來。那個時候，一幅圖經就如同該國的界碑，代著一個國家的領土尊嚴，獻圖如同獻地，當年荊軻刺秦王，攜帶著兩件禮物，其中一件就是燕國的圖經，代表著燕國的徹底歸順。

宋國索要圖經，分明就是一種欺辱，李煜博覽群書，如何不明其中道理。可是，他能拒絕嗎？如果宋國直接提出圖經要求，他還可推諉搪塞一番，如今剛剛婉拒了宋主邀他去開封小聚的詔令，如果再拒絕交出江南圖經，豈不觸怒趙匡胤？

想起與徐鉉、陳喬的計議，他深深地吸了一口氣，暗道：「小不忍則亂大謀，如今尚未得契丹承諾庇護，卻是不能與宋國翻臉，今日便忍你一時之辱，把我江南圖經給你又何妨？」

他抬起頭來，揚聲喚道：「來人！」

一個宮人匆匆走入，李煜吩咐道：「馬上命內史侍郎重新繪製一幅江南一十九個州的地理形勢圖，各處山河城池、戶口稅賦盡皆要繪製確實準確，唯軍隊駐防、兵力多寡不得標註，要他們以最快的速度繪製完成，孤……要在上元節前呈送汴梁。去吧……」

不一會兒，白髮蒼蒼的內史侍郎王賢文匆匆趕來道：「國主，臣聞國主欲繪江南一十九州地理圖呈送於宋國嗎？」

李煜有氣無力地道：「孤不是已令內侍告訴你了，還來問孤做什麼？速去繪製，莫要耽擱了交付的時辰。」

內史侍郎王賢文白眉緊鎖，抗聲說道：「地理圖代表著一國之領土和子民，我唐雖向宋稱臣，卻只是宋國藩屬，豈可輕易將領土、戶口之底細和盤托出？此圖一交，無異於將我唐國拱手奉上，如此作為，比那蜀帝孟昶三軍解甲、拱手獻城有何區別，國主還請三思啊。」

李煜沒好氣地道：「孤早已六思九思了，你只管聽命從事便是，幾時輪到你來聒噪？」

老頭也倔強，把頭一昂，大聲說道：「國主願做降君，賢文卻不願做降臣，這一道詔令，恕臣不敢從命！」

李煜拍案而起，把手一指，便要下令把他拖下去治罪，話到嘴邊，瞧見他滿臉白髮，寧願赴死的模樣，不禁頹然一嘆，把手一揮道：「孤憐你老弱，不予治罪，去吧，自今日起，解你官職，回家頤養天年去吧。」

老邁蒼蒼的王賢文未料到李煜真的解了他的官職，他怔了怔，把手一拱，二話不說便拂袖而去，李煜氣極敗壞地道：「去，吩咐內侍舍人暫代侍郎一職主持繪圖一事，茲事體大，切勿耽擱。」

那小內侍趕緊又往內史館傳旨，片刻工夫又有一個三旬左右的青袍官趕來，見了李煜，倔挺挺地施了一禮：「內史舍人王浩見過國主。」

李煜餘怒未息，瞪他一眼道：「你不去繪製圖經，又有什麼事情稟奏？」

王浩朗聲道：「江南圖經載我朝十九州形勢，舉凡江河地理、屯戍遠近、戶口多寡，均載之甚詳，國主應當藏之祕府，怎能輕易送給宋國？」

李煜苦笑一聲道：「愛卿所言，孤豈不知？奈宋朝勢大，孤不敢違命，個中苦衷，卿豈得知？」

王浩道：「國主審時度勢，微臣自然明白。只不過如今看來宋國欲壑難填，恐怕越是忍讓，宋國的野心越是滋生。鄭王從善朝貢於宋，宋留而不遣；如今向我國索要圖經，國主又是唯唯應命，宋國如此咄咄逼人，我朝豈能步步退讓？今日宋國索要江南圖經，我朝拱手奉上，明日索要我江南社稷，國主也要拱手相送嗎？」

李煜眉頭一皺，不悅地道：「卿此言過重了，孤待宋國恭順尊敬，稱臣納貢，從無遲延，宋國雖然強大，豈能出師無名？今我江南向宋稱臣，奉獻圖經倒也合乎規矩，若是孤拒繳圖經，才是授宋人以把柄，你是一介書生，哪裡知曉國家大事？你只管把圖經繪製明白，便是盡了分內責任，勿來多言！」

王浩忍怒道：「宋人野心，已是盡人皆知，國主還在自欺欺人嗎？家父寧肯罷官免職，不願做那雙手奉上我江南萬里江山的罪臣，臣王浩亦不敢奉詔！」

「令尊？令尊何人？」

「家父便是內史侍郎王公賢文！」

李煜氣極而笑：「好，好，你們一門父子都是忠臣，孤卻是賣國的昏君了？罷了，罷了，你不想做孤朝中的官，那便回家去吧，離了你們父子，難道孤這朝中就沒人能繪圖經了嗎？滾！給我滾！」

李煜越說越氣，終於按捺不住，順手抄起一卷圖書扔了過去，眼看著王浩走出殿去，李煜怔怔半晌，頹然倒回椅上。

＊　＊　＊

車上，宋國正副使者並肩而坐，焦海濤拈著鬍鬚，大惑不解地道：「大人，您冒用盧相公之名索要江南圖經做何用處？待我宋國得了江南之地，江南城池地理、戶口稅賦這些東西才有用處，如今咱們需要的是江河水情、兵馬駐防方面的情報啊。」

楊浩笑道：「說來容易，那些東西豈是咱們說弄便弄得到手的？長江水情沒有三年兩載的仔細測量，恐怕咱們是難以準確掌握它一年四季的水流和深淺變化的，官家討伐唐國在即，這長江天塹唯有強攻一途，那也是沒有辦法的事。咱們現在只能在軍隊駐防方面多掌握些資料。

「我要這江南圖經，李煜本也不會輕易答應。幸好，有官家這封詔書在，本官先宣讀詔書，料他必定拒絕，然後再呈上『盧相公』的書信，李煜便不好再次拒絕了。當然，李煜不會蠢到把軍隊駐防、兵力多寡標註其上，可是各處城池大小、人口多寡、糧賦數目、地理形勢卻可一目瞭然。據此地理圖經，我們便可以挑選出可能駐兵的所在，使人前去打探。」

焦海濤剛要說話，楊浩做個手勢打斷他道：「我知道，我們的探子是很難摸得進去的，可我根本沒指望他們能摸進去，讓他們去，就是為了讓人擋回來的。但凡他們可以輕易闖得進去的地方，必然不是重要的所在，但凡重兵把守不得進入的地方，不看也知道那裡必是兵家要地了。」

焦海濤點點頭，又搖搖頭：「可是，縱然知道那裡是兵營，我們還是不能確定那裡的兵力多寡，這樣的話，一個百十人的小兵寨也有可能被咱們誤當作數萬大軍的所在，不但對我主調兵遣將毫無幫助，恐怕還會讓官家有無所適從之感。」

楊浩道：「卻又不然，那時這圖經的第二個作用就出來了，查明有駐軍的所在後，我們便可按圖索驥，根據各處城池的大小、人口多寡、糧賦數目來反推一下。人口數目與糧賦的多少是相關的，唐國與我宋國不同，他們的駐軍仍仿唐制，駐軍所需糧草是由地方直接撥付的。我們只要對比人口數目和實際上繳金陵的稅賦，從其中應繳而未繳的稅賦數目就可以測算出這處駐軍的兵力多少。」

說到這兒，他微微一笑，問道：「你明白了嗎？」

焦海濤聽到這兒兩眼發直，半晌才用古怪的眼神看了他一眼，讚道：「難怪大人年紀輕輕便能居此高位，大人竟有如此奇思異想，下官對大人這一次真的是心服口服了。」

楊浩笑道：「李煜詩詞歌賦堪稱一絕，這些方面卻是一竅不通，內史館的那些書獃子，也只會注意這些圖經所代表的榮譽與尊嚴，寶貝在手，卻不識其珍貴用處的，所以此計才能得售，若換一個心思機敏的，恐怕就會猜到我的用心了。」

焦海濤一聽，擔心地道：「那……此事不會被唐國眾臣知曉嗎？其中難免會有幾個聰慧機敏之士。」

楊浩淡淡一笑，反問道：「你道李煜喜歡張揚此事嗎？」

楊浩一面說，一面將念珠拈得叮噹作響，焦海濤詫異地道：「大人袖藏何物？響聲每每不同，好生奇怪。」

楊浩笑道：「這是一串七寶佛珠，你看，此乃江南國主所贈，確是價值連城之物。」他說得興起，掏出自己那副檀香珠子遞與焦海濤：「我有了這珠子，這串檀木的便沒了用處，送予大人吧，雖說這串念珠不及這副七寶念珠珍貴，卻也是雞鳴寺方丈寶鏡大師親自開過光的，能避邪的。」

焦海濤苦笑著接過，訕笑道：「大人幾時如此誠信佛道了？」

不見楊浩回答，焦海濤微微有些奇怪，抬頭一看，就見楊浩望著窗外出神，焦海濤順他目光望去，就見街上一位姑娘正在款款而行，玄衣一襲，纖腰一束，膚白如豔陽新雪，眩人二目。

楊浩把念珠往他手中一放，興沖沖地道：「焦寺丞且先回館驛，本官遇見一位故人，回頭獨自回去便是。」

焦海濤急忙勸道：「大人，契丹人對你深懷怨尤，獨自而行，恐生事端，還是……」

楊浩不以為然地笑道：「本官是宋國使節，契丹人縱懷恨意，光天化日之下敢把本官怎樣？這麼些日子，他們不是安分得很嗎？不必擔心，我去了。」說完一掀轎簾，也不讓人停下車子，便飛身躍到了地上。

焦海濤喃喃地道：「江南信佛的人，都好女色如事我佛嗎？」

低頭一看手中念珠，焦海濤忙稽首謝罪：「焦某妄言，罪過，罪過，阿彌……陀佛……」

*　　　*　　　*

折子渝正行於路，忽覺路邊車上躍下一人，下意識地便疾退一步，手掌微抬，做了個防備的姿勢，待看清是楊浩，這才沒好氣地瞪了他一眼，扭頭便往回走。

楊浩不以為意，笑吟吟地追上去與她同行，說道：「莫姑娘穿得有些單薄啊，雖說江南冬季不冷，天氣卻是潮溼，莫姑娘還要注意玉體才是。」

「今兒怎麼這麼閒？」

「這正是楊某想要問莫姑娘的話。」

折子渝小嘴一撇：「這些日子不見契丹人對你有什麼動作，又開始大意了是嗎？」

「呵呵，原來姑娘妳擔心的是在下的安危，楊某何德何能，能得美人如此垂青，實在惶恐。」

折子渝瞪他一眼道：「看來你今日興致不錯啊，又來胡言亂語。」

「只要一見到姑娘妳，在下的心情就十分不錯，妳說奇不奇怪？」

「少跟我胡說八道！」折子渝吃不消了，臉色微暈地嬌嗔道：「如果當初剛認得你時，你敢這樣對本姑娘說話，早叫人打斷了你的腿，讓你爬回霸州去，今日金陵又怎會有你這樣一個禍害？」

「當日若是楊某花言巧語，姑娘是要打斷我腿的，如今花言巧語，姑娘卻是一臉羞意，卻是為何？」

折子渝霍地止步，靴尖劃個弧形，便向楊浩脛骨踢來，楊浩早已有備，把腿一抬便避了過去，忍不住得意地哈哈大笑。

折子渝好笑地道：「你這無賴，好像你對出使唐國的使命並不怎麼上心嘛，契丹使者耶律文與江南國主近日往來十分密切，似乎你也不怎麼放在心上？」

楊浩撓撓頭，有些困惑地道：「說實話，我被任命為鴻臚少卿，我也意外得很。得以出使唐國，更是意外得很。這許多不可能都成了可能，我一直不明白是為什麼，可是近來我才忽然頓悟。」

折子渝沒好氣地問道：「你頓悟了什麼？」

楊浩一本正經地道：「原來老天這種種安排，都是為了讓我到這裡來遇見妳。妳說這算不算一種緣分？」

折子渝嘆了口氣道：「看來，我也該去廟裡拜拜了，否則怎麼會這麼倒楣，從宋國逃到唐國，又換了身分，還是避不開你這個冤……你這個陰魂不散的傢伙。」

楊浩眸中露出一絲笑意：「冤什麼？冤家？」

折子渝大羞，返身便走，把靴尖踢得好高：「去去去，懶得理會你這厚臉皮的痞怠傢伙。」

楊浩哈哈一笑，追上去低聲道：「子渝，莫忘了妳我曾經的約定，如果我所說是實，妳立即返回府州，不要多生事端。只要順大勢而行，權柄或可不保，卻未必不能保全折家富貴的。」

折子渝目中機敏的光芒一閃，霍然止步道：「宋……已欲伐唐了嗎？」

楊浩心中一跳，暗叫厲害，自己已是百般小心，可是稍一提及此事，還是引起了她的警覺，楊浩不動聲色，說道：「尚無定計，不過……我窺天機，定在這三兩年之間。如果一切如我所言，希望妳能信守承諾，不要逆天行事，無端多造殺孽。」

折子渝聽他言語篤篤，心中不覺煩亂，背轉身去，見面前正有一個攤子，販賣各種低檔珠玉首飾，便隨手翻揀起來。

楊浩望著她的削肩，眼中漸漸露出不捨的神色，近來見到折子渝，他總是胡言亂語，一方面痴纏著她，固然是想破壞她在江南密謀之事，另一方面，也是因為心中的不捨，他不知道哪一天就將離她而去，今生今世再無相見之期。他無法確定，卻只知道這一天越來越近了。

「如果她得知我的『死訊』，會為我悲傷多久？」

楊浩望著她纖秀的背影，忽然有種莫名的傷感。

折子渝翻揀著首飾，卻似能感覺到他的目光一直留連在自己身上，整個身子都不自在起來，她回眸瞟了一眼，正撞見楊浩的目光，急忙又回過頭來：「他……果然在看我，如此痴纏，還能怎樣？就算我不計較你已有了焰焰，那又如何呢？以你我今日的立場，我們終究是走不到一起去的。」

折子渝默默撫摸著手中的寶石耳環，黯然傷神。

那攤主見有生意上門，忙打起精神，搬動三寸不爛之舌吹噓起來：「姑娘真是好眼色，這副耳環乃是用東瀛的黑金剛石打造而成，妳看，這寶石上彷彿有一雙眼睛，這叫『佛眼庇佑』，可以避邪、鎮宅、擋煞，消病氣、濁氣、晦氣等。姑娘容顏嬌美，膚白如雪，如果戴上這對耳環，一定更添麗色……」

「這副耳環多少錢，我買下了！」楊浩走上前道。

「這……」那老闆倒是很有職業道德，耳環還在折子渝手中，他便不好立即售予楊浩，反向折子渝望去。

楊浩微微一笑，說道：「這副耳環，正是我要送與這位姑娘的，多少錢？」

「誰要你送，稀罕嗎？」折子渝眉梢一揚，丟下寶石揚長而去，楊浩笑笑，問清價格，將黑寶石耳環買下，便向折子渝追去。

秦淮河畔，楊浩追上子渝，輕笑道：「只是一份尋常禮物，姑娘何妨收下？」

折子渝輕哼一聲道：「不喜歡。」

「如果不喜歡……那也沒關係，上元佳節就要到了，到了放偷日，人們總要互相偷些東西的，姑娘就把它留下，讓人偷走便是。」

「謝了，到時，我自會準備些讓人偷的東西，卻不便接受大人的饋贈，好意心領。」

「呵呵，以後怕也沒有多少機會了，這就算……最後一次送妳禮物吧，請收下，好嗎？」

折子渝聽了「最後一次」四個字，心頭不禁無名火起，上一次他想吻我，也說最後一次，今日送我禮物，又說最後一次，好！好！好！你既然根本不曾想過與我再有什麼糾纏，現在又何必死纏爛打，亂我心神？

楊浩將盛著一對耳環的小盒子遞到她的手中，折子渝一抖手腕，便把它遠遠地拋了出去，楊浩臉上的笑容頓時一僵，兩個人就這麼默默地對視著，半晌，折子渝忽地一轉身，面向河水而站，淡淡地道：「大人公務繁忙，不必陪在我的身邊了，我今日只是在府中煩悶，獨自出來走走，不會做些什麼……大人眼中大逆不道的事來的。」

楊浩苦澀地一笑，正欲說些什麼，旁邊一聲佛號：「阿彌陀佛！這位施主……」

「啊……啊……啊……」壁宿正欲裝作與楊浩素不相識的模樣先寒暄幾句，忽地看清了折子渝的模樣，不禁張口結舌，指著她啊啊地說不出話來。

折子渝扭頭看見是他，不禁也露出詫異的神色，楊浩一把扯過壁宿，問道：「你來這裡做什麼？」

壁宿定了定神，連忙低聲道：「大人，兩位夫人已經到了，現在包下了玄武湖畔的整座『棲霞客棧』。」說著，他還驚疑不定地看看折子渝。

「她們已經到了？」楊浩又驚又喜：「好，我便就此失蹤，恐怕禮賓院就要鬧翻了天，我馬上回館驛安排一下，然後便去玄武湖畔見她們。」

「莫姑娘，楊某告辭了。」

折子渝頭也不回，淡淡地道：「大人請便。」

楊浩嘆了口氣，轉身剛欲走開，忽地想起一事，扭頭看看壁宿身上的大紅袈裟，哭笑不得地道：「你還真做了這雞鳴寺方丈了？」

壁宿在光頭上一彈，嘿嘿笑道：「只是為了水月小師太罷了。」

楊浩點點頭，嘆了口氣，幽幽地道：「難得你動了真心，珍惜眼前人吧，若是錯過了，有朝一日，你後悔也來不及的。」

折子渝聽在耳中，忽地咬緊了下唇。

楊浩又是一嘆，向她長揖一禮，返身便走，壁宿看看折子渝，訕訕地道：「折……折姑娘怎地在此？妳與我家大人莫非……莫非……」

折子渝霍地轉過身來，杏眼圓睜地道：「本姑娘心情不好，你給我滾得遠遠的，我數到三，你若不滾……」她一把按住腰間短劍，喝道：「一……」

壁宿二話不說，甩開大袖就逃，折子渝不禁「噗哧」一笑，轉眼看見楊浩遠去的背影，笑容漸斂，臉上又是落寞一片，她忽然想到了什麼似的，返身便急急走去，在河邊草叢中四處尋找著，前方一個剛剛走上堤岸的船夫忽然俯身自草叢中撿起一個小盒子，打開一看，驚喜地叫了一聲：「哈哈，今日好彩頭，讓我撿了一件寶貝。」

「且慢！」折子渝急叫一聲，搶過去道：「這盒子，是我的。」

那船夫上下看她兩眼，翻個白眼道：「看姑娘穿得一身光鮮，卻要冒認失主，與我搶東西嗎？」

「你！」折子渝柳眉倒豎，一把攥住劍柄，那船夫急退兩步，叫道：「哎呀哎呀，妳還要行搶不成？兄弟們快來，碰上個狠婆娘，要搶我的東西。」

堤岸下七、八個大漢立即抄起船槳衝了上來，喳喳呼呼地道：「誰這麼大膽，光天化日之下敢扮強盜嗎？」

折子渝狠狠瞪了那船夫半晌，深深地吸了口氣，放開劍柄道：「你出個價，我買回來！若是這樣還不成，本姑娘……今兒個就扮強盜了，你奈我何！」

*　　*　　*

楊浩匆匆趕回館驛便去尋焦海濤，焦寺丞一見他便取笑道：「大人回來的可快，莫非路遇的那位姑娘，不感大人美意嗎？哈哈……」

楊浩笑容滿面地道：「焦寺丞，楊某回來是囑咐一聲，今夜我自有去處，若是不回館驛，你等且莫驚慌張揚，明日一早，我會回來的。」

「啊？」焦寺丞一呆，訥訥地道：「大人……大人竟有這般好本事，三言兩語，便做了人家的入幕之賓？」

楊浩也是一呆，隨即卻哈哈大笑：「不錯，不錯，本官今夜正要去風流快活一番，哈哈，所以特來知會一聲，你們莫為本官擔憂。我這就走了，人家姑娘還在等我。」

「且住，且住！」焦寺丞一把扯住他，疑道：「大人，那女子怎會三言兩語，便對大人傾心至此，情願以身相侍？恐怕其中有詐啊。」

「嗳，這一點本官還想不到嗎？我自然是弄清了她的底細，這才敢從容赴約的，好啦，不可讓美人久候，本官去也！」

「嗳，大人，你……」焦寺丞阻攔不及，楊浩已像一隻花蝴蝶似地飛了出去。

焦寺丞站在夕陽下，呆呆半晌，喃喃自語道：「楊左使的官運固然是無人能及，這桃花運也是無人能及啊，怎麼大人的運氣這麼好？」

他回頭看看被他隨手丟在桌上的念珠，趕緊搶過去，如獲至寶地戴在腕上。

三百五八　放偷日

玄武湖畔，臨水一道如月的拱橋，蕭蕭林木中一座小樓獨立，江南冬季的湖水仍然充滿勃勃生機，只有在夜晚的時候，才會露出幾分蕭瑟的意味，此刻明月當空，如同清霜瀉地，整片湖水泛起玉一樣的顏色，滿是詩情畫意。

小樓上，燈光依然。

又寬又大、又乾淨又暖和的一張大床，帷幔掛在金鉤上，即將燃盡的一根紅燭搖曳出一室風情。三個人並肩趴在大床上，楊浩在中間，娃娃和焰焰一左一右，小鳥依人地傍著他的身子。

「我們選擇的居處在少華山附近，那裡山青水秀，風景宜人，相信官人也會喜歡的。我們在那兒置下了一幢大宅子，如今正由杏兒打理，只等咱們到了，就把那兒做了咱們的新家。」

娃娃說著，攀住楊浩的胳膊，甜甜地道：「官人，咱們什麼時候可以離開這兒，回到咱們的地方，開開心心地生活呢？」

「我一直在等妳們來，也一直在為自己創造機會，此事務必得做到天衣無縫才成。」

楊浩沉吟著說道：「現在有動機殺我的仇人已經有了，這人是契丹使者耶律文。以後這些天，我會時常陪妳們去遊山玩水，直到消息在『不經意間』洩露出去，讓人們曉得我的夫人已尋來金陵。

「然後，我們尋個恰當的時機，讓穆羽率我那八名鐵衛冒充契丹人對我們『行刺』，屍體讓穆羽他們去搞，弄幾具死囚屍體，抑或盜幾具臭皮囊都行，最後只要放一把火，放兩件信物，那就毫無破綻了。

「我那八名貼身護衛本就是流浪於吐蕃草原和契丹草原的牧人，他們既懂羌語、吐蕃語，也懂得契丹語，讓他們冒充契丹人『殺人放火』，再加上我與契丹耶律文早有仇怨，我死得就順理成章了。時間嘛……就定在上元節、放偷日那幾天，放偷日街巷上都是人，熱鬧非凡，人多手雜，正是殺人放火的良辰吉日。」

「這些事官人決定就好，什麼屍體呀，殺人放火呀，這處客棧挺偏僻的，官人這樣說，聽著教人怕得慌，我都不敢一個人睡覺了。」娃娃說著，把腦袋往楊浩懷裡拱了拱。

唐焰焰也應道：「是啊，官人不用說得這麼明白嘛，咱們剛剛見面，說這些真是大煞風景。」

恰在此時，那搖搖欲滅的燭光被風所動，忽然搖晃了一下，兩個女子一聲尖叫，齊齊地擠進了他的懷裡。楊浩邪笑道：「有道理，那咱們今日不談死，只談生。兩位娘子，咱們歡好可也不止一回了，為夫辛勤耕耘，不遺餘力啊，妳們的小腹怎麼還是如此平坦，咱們是不是……該更加努力了？」

他的手撫上兩個平坦柔軟的小腹，兩個美人同聲一啐，閃身就要躲開，楊浩動作甚快，一把攬住了她們的纖腰，把她們牢牢固定在自己身邊，俯身便往焰焰脣上吻去。

焰焰俏臉緋紅，呢喃道：「不要……不要在這裡，去……去我房……唔……」楊浩的雙脣已吻上了她的櫻脣，焰焰身子一鬆，便軟軟地倒進了他的懷中，星眸緊閉，一雙嬌豔欲滴的脣瓣任他吮吻起來。

「嗯……嗯……」焰焰輕輕地呻吟著，嘴脣被楊浩吻著，嬌膩柔軟的酥胸在他的大手揉搓下漸漸挺拔起來，她的纖腰也不由自主地更加挺起，把那酥胸毫無保留地奉獻給她的男人。攬住娃娃腰肢的大手不知何時已抽離了她的腰下，移到了焰焰的臀後，可是娃娃雖嬌羞無限，卻沒有就此逃走，這張榻就是她的床，她又能逃到哪兒去？

看著在楊浩的愛撫「蹂躪」下漸漸癱軟如泥、鼻息咻咻，春情上臉，渾然忘我的焰焰，娃娃的眼波嬌膩得似乎要滴出水來，她忽然「嚶嚀」一聲，自後面抱住楊浩寬厚結實的脊背，將自己挺拔的雙峰緊緊地貼了上去，動情地摩擦著。

不知道是誰伸手扯下了那緋紅色的帷幔，不知道是誰伸手解下了他們的衣裳，很快，隔著紗幔若隱若現的床榻上，出現了兩具小白羊似的嬌美胴體，同樣不堪一握的小蠻腰，同樣挺拔而富有彈性的白玉雙峰，就像兩條籐，纏住了中間那棵粗壯的大樹，發出動人的喘息。

案上紅燭已將燃盡，燭焰似滅不滅，唐焰焰花開了又謝，謝過了再開，也不知經歷了幾回欲死欲仙的滋味，此時已是連小手指也再無力動彈一下，她香汗津津地側臥榻上，眼波迷離地看著身邊那一雙人兒，紅的燭光映過紅的帷幔，落在娃娃那渾圓挺翹的臀上，她伏在楊浩身上，那光瑩潤澤的誘人玉臀正像波浪般起伏，蕩漾起無邊旖旎、一室春光。

聽著那動人的呻吟，感受著帷幔的律動，焰焰覺得自己此刻就像躺在一艘小船上，隨著自己心愛的人蕩向遠方……

「放偷日嗎？那一天，就快到了，過了那一天，再也不用這樣偷偷摸摸的，那一天，天下人都在偷，我……我與官人也偷它一回，這一偷，偷一個逍遙自在、偷一個自由之身，從此這天下紛爭與我們再不相干！」

＊　＊　＊

放偷日，契丹，上京。

御街上，各式各樣的綵燈排布長街兩旁，把寒夜的長街照耀得如同白晝。路旁還有雕成各種動物、花朵的巨大冰雕，裡邊也置有各色的綵燈，此刻卻還沒有點燃。

宮中一片喜氣洋洋，許多職司的宮人、內侍正一身簇新地忙碌著，羅冬兒正急急走向皇后寢宮，忽然一個人影自殿柱之後跳了出來：「羅尚官！」

「啊，原來是雅公主，」冬兒匆匆止步，向她施禮微笑道：「冬兒見過殿下，殿下可有什麼吩咐嗎？冬兒正要去侍候娘娘著裝。」

「沒有、沒有，羅尚官是娘娘身邊的紅人，我哪裡敢吩咐妳呢？」

耶律雅笑嘻嘻地擺手，她四下看看，忽然有些忸怩地拈起衣角來：「我……我只是有點小事想要羅尚官幫忙，不知道羅尚官能否答應？」

羅冬兒一見素來大方活潑的雅公主擺出這副小兒女姿態來，不禁有些想笑：「殿下有什麼事？只要冬兒辦得到的，自無不應之理。」

耶律雅笑起來：「好啊、好啊，我就知道羅尚官對我最好了，嘻嘻，我想去五鳳樓下賞燈，可是我府上的那些人都蠢笨得很，看著就惹人生厭，一個人孤零零的連個說話的人都沒有。唔……羅四哥答對談吐很教人喜歡，我……我想讓他陪我去賞燈，羅尚官能答應我嗎？」

「這個……好吧，冬兒這就叫人去告訴他，叫他……」

耶律雅喜道：「我就在五鳳樓下的石獅旁等著他。」

冬兒莞爾一笑，應道：「好，那我就讓四哥去石獅旁尋妳。」

耶律雅大喜，連聲道：「那就有勞羅尚官了，我……我這就去五鳳樓。」說著便雀躍而去。

上元節，放偷日。偷錢偷物偷家私，在契丹和女真部落，還有一樣可偷，那就是偷人。當然，契丹人再大方，也不會過個節就能很大方地容忍自己戴上一頂綠帽子，這個偷人只是早已有情的未婚男女有權尋歡的意思，而情愫暗生，還未正式表白過的男女，也會利用這個浪漫的節日互許愛意，私訂終身，還可以順便偷對方一樣東西，做為定情信物。

冬兒知道這位雅公主對四哥已是情根深種，而四哥對她卻一直不假詞色。這位公主殿下只好紆尊降貴，常來向她求告幫忙。他們之間怎麼能有結果？可是看到她低聲下氣地向自己懇求，又如何狠下心來拒絕她？

冬兒悠悠一嘆，舉步走進皇后寢宮……

* * *

五鳳樓上燈火通明，樓下筆直一條長街，其他街市上已是熙熙攘攘、人頭攢動，這條御街上還是冷冷清清，嚴禁一個百姓進入，一行人影正自遠處向五鳳樓一步步走來。

「本王剛剛得到消息，皇上和娘娘會在亥時準時出現在五鳳樓上，接受文武百官、朝中貴戚們的朝拜後，皇上和娘娘會走下城樓，點燃樓下那處巨型金龍冰雕裡的綵燈，以示與民同樂。此時是防衛最森嚴的時候，無人可以靠近……」

耶律老王爺踏著厚厚的積雪沉穩地走在長街上，馬靴踏著積雪，發出咯吱咯吱的響聲。他穿著契丹人的傳統服式，皮帽、皮裘，兩側垂下兩串長長的狐絨絡纓，腰間掛著一柄寶刀，雖已年逾五旬，卻腰桿挺拔，方方正正一張大臉，濃重的眉毛，絡腮鬍鬚已經花白，就像染了霜花。

「隨後，皇上和娘娘會返回城樓上，兩側奏歌樂，所有冰燈盡皆點起，然後諸皇族與貴族便可放入御街，持綵燈暢遊，開始徹夜放偷，全城盡歡。皇上和娘娘會在城上賞燈大概半個時辰，這半個時辰是防禦最鬆懈的時候，也是手眼最混亂的時候……」

耶律老王爺用鏗鏘有力的聲調說著，幾名心腹侍衛亦步亦趨，緊緊隨在他的身旁。

「屆時，韓德讓、蕭拓智等人都會在五鳳樓上，伴隨於皇上和娘娘左右。本王用盡手段，得以在燃放冰燈的人群當中，安插了五名神射手，他們要負責剪除皇上身邊的幾員統兵大將，他們掌控著宮衛軍，如果他們不死，就算皇上死了，我們也很難控制上京城！哼！都是拜耶律賢那個廢物所賜，居然令皇后秉政，號稱二聖，她蕭氏要做武則天，凌駕於我耶律皇族之上嗎？」

耶律老王爺一步一句，同樣的步伐，同樣沉穩的語氣，每行一步，都噴出一團白色的霧氣，就像一匹氣息悠長的駿馬，呼吸綿長而有力：「至於皇上，會由本王親自下手，城頭上還有忠於本王的皇族接應，一俟斬下皇上的人頭，本王會立即脅持皇后。

「不管成功失敗，都會有人帶健馬衝御街，到五鳳樓下接應，我們要盡快策馬離開，調族帳軍圍城，等我兒在江南發動，迫使宋國發兵，到那時蕭綽要想不玉石俱焚，使我契丹、使我耶律與蕭氏兩族灰飛煙滅，就唯有接受本王條件，與本王媾和。」

「耶律休哥率兵威示女真，迫使女真臣服，如今正在日夜兼程趕回上京，能否及時趕到尚未可知，這是一個變數，不過本王那幾名神射手中，本就為他安排了一個，倒不必過慮。另一個變數，是那弓弩提前半個月用油紙層層包裹藏於地下，雖說那些弓弩製作精良，但難保不會有潮溼走形的，如果弓弩有失效的，不能一舉剪除幾名首腦，必會遭來反抗，你們須得隨機應變，以防萬一。」

前方已到五鳳樓，耶律老王爺站住腳步，望著巍峨的城頭，冷冷地說道：「本王能帶進五鳳樓的，只有你們八個人，但是你們沒有資格登樓觀燈，只能在樓下守候。如果本王不能當場格殺皇上，侍衛必護侍皇上逃回宮中，宮中沒有我們的人，若被他逃進皇宮、封鎖宮門，那便大勢去矣，是以你們八人的責任，就是守住宮門，只要皇上想入逃進宮去，你們必須立即拚死攔截，取他性命。」

他長長地吁了一口氣，說道：「城上城下的侍衛，本王早已計算清楚，此行成功的希望有八成以上，但謀事在人，諸多變數亦不可不防。事成，你等盡皆封侯；事敗，則如這樓上綵燈，璀璨只在今夜了，你們明白？」

「喳啊發（遵命）！」八名帶刀侍衛同聲應命，耶律老王爺長長地吁出一口白霧，把他的面目五官都沉浸在了那團白霧當中，當白霧散去，那凜厲有神的雙眼重又顯現出來時，他便舉步向那幽深彷彿巨獸之口般的城門走去……

* * *

「偷了劉家的燈，當年吃了當年生，有了女孩叫燈哥，有了男孩叫燈成。偷了戴家的燈，不帶都不中……」

快樂的歌謠傳唱在大街小巷，家家戶戶都綵燈高掛，倒映汴河水中，彷彿銀河倒掛。

每戶人家門前，都會放置一些用豆麵捏成、用水蘿蔔雕成的小燈，上邊還寫上自家的姓氏，有許多妙齡少婦，不管是大戶人家的少夫人，還是尋常人家的小媳婦，都穿梭在大街小巷，不時偷走一盞燈。

這些少婦都是婚後三年還不曾生育的，上元節偷個燈吃，據說能保佑她們早生貴子。她們最喜歡偷的，是姓劉和姓戴的人家，劉取其諧音「留」，戴取其諧音「帶」，留住孩子，帶上孩子，這才喜慶。

這些妙齡少婦都是十五、六歲就成親的，說是三年未育，如今也不過才十八、九歲，生澀味道剛剛褪去，一個個水靈靈的，正是風情萬種的時候，於是放偷日便也成了「擠神仙」的潑皮無賴們最快活的日子，一個個揩油揩得不亦樂乎。

只是數九寒冬的，大姑娘、小媳婦們穿的著實不薄，他們擠擠蹭蹭，也沾不了多少便宜，那大呼小叫，笑罵打鬧，倒似嬌嗔得意的意味多一些，畢竟，有人來擠自己的神仙，證明自己姿色不俗，這些女子們心裡頭得意著呢。

趙匡胤和宋皇后，乃至晉王、魏王、二皇子德芳、小公主永慶，也都離開皇宮，走上御街與民同樂，還去大相國寺聽高僧弘法唱經，燃放爆竹，最後又返回宣德樓，打開宮門，廣邀朝臣，除禁中後宮外盡皆開放，大宴群臣。

荊湖和閩南原三國皇帝也在受邀之列，唐國君主未至，由李從善代他向皇帝獻禮敬酒，入座相陪。武寧節度使高繼沖、右千牛衛上將軍周保權、右千牛衛大將軍劉繼興，這三位曾經的一國君主，或許是有一種兔死狐悲的心態吧，又或在他們心中，唐國李煜早晚會步了他們的後塵，所以他們對李從善遠比其他人親熱。

李從善本不善飲酒，在這幾位曾經的一國君主再三邀勸下，盛情難卻，只得一杯杯飲下，很快就醉眼矇矓、腳步踉蹌了。眼前不是皇族就是貴戚，再不然就是朝中重臣，李從善生恐自己酒醉失儀，忙向殿外走去。

今日開放宮禁，各處都是官員及其家眷，李從善一下樓，這些日子時常伴他一起遊山玩水的慕容求醉忙也放下酒杯，急急趕上來，攙著他一同向外走去。

慕容求醉沒有隨著趙普遷出京城，而是轉投到了晉王趙光義門下，這個人是真心投靠，還是趙普有意留在汴梁的一根釘子，實難教人揣度，是以程羽、程德羽等人都一再勸諫晉王不要接納他。

但是朝中本就各有派系，趙普雖然倒了，原屬趙普一系的龐大勢力卻沒有完全倒下，晉王正要展示自家胸懷，把他們招攬到自己門下，如果連趙普門下一個食客都容不下，如何招攬那些官員？

齊桓公能接納曾經險些殺死自己的敵人管仲，李世民能接納太子的幕府食客魏徵，向來自負的趙光義怎肯顯得自己心胸狹窄，把慕容求醉拒於門外？於是慕容求醉便搖身一變，成了晉王府的人。

自投到晉王門下，慕容求醉始終是個清閒門客，不曾接受什麼重要使命，令他陪伴李從善，監視李從善的一舉一動，就是趙光義隨意交給他的一項差使。慕容求醉自知一時半晌不會取得趙光義的信任，所以毫無怨尤，這一次，這一招借刀殺人計，卻正是出自一向喜歡借刀殺人的慕容求醉手筆，如果成功，他自信可以漸漸靠近趙光義的心腹圈子，焉知來日他不會是第二個魏徵？

想到這裡，慕容求醉心頭一熱，快步趕上去，扶住李從善道：「楚國公，楚國公，你慢一些，哈哈，國公酒力太淺啊，才這麼幾杯就不行了？」

「慕容先生，從善確實不善飲酒，可是諸位大人的盛情又推卻不得，呃……」他打個酒嗝，搖搖晃晃地道：「再待下去，從善恐有失儀之處，只好出來走走，倒是擾了慕容先生的酒興。」

慕容求醉笑吟吟地道：「無妨，無妨，老朽就陪楚國公四處走走，待解了酒意，咱們再回殿中去，來，這邊清靜些，咱們慢慢走著。」

慕容求醉陪著他聊著天，深一腳淺一腳，漫無目的地走著，到了凝暉殿附近時，慕容求醉按著小腹微微一蹙眉，說道：「哎喲，老夫內急難忍。啊，國公且請在凝暉殿中稍候片刻，老朽去方便一下就來。」

慕容求醉告一聲罪，四下張望一番，便急急走去，李從善如今寄人籬下，處處小心，本來不想隨便進殿，可他本是南人，不耐北方嚴寒，今日朝見天子，又不能穿著重裘，那殿角下回風陣陣，才一會兒工夫就吹得人徹骨生寒，今日除禁中後宮，四處盡皆開放的，進殿稍避風頭也不算失禮，何況這凝暉殿本非平素辦公的重要所在，李從善便踱進殿去。

殿裡面只有兩個負責灑掃的小內侍，見了他也不識他身分，只是行禮喚聲大人，李從善便在殿中站定，候了一陣不見慕容求醉回來，閒極無聊便在殿中閒逛，屏風一角的牆壁上懸掛著一些字畫，李從善也是個好詩詞的，不知這宋宮中有什麼孤本、絕本，一時興起，便走過去細細端詳起來。

牆壁上懸掛的都是些古今字畫，李從善逐一欣賞，看到絕妙的書法，手指還不覺抬起，做出臨摹動作，一面牆的字畫即將閱盡，他忽地發現牆角的一幅畫是人物肖像，看那手筆畫風，倒不像什麼名家之作，似乎僅僅是一幅肖像罷了。

李從善仔細端詳半晌，越看越覺得像一個人，心中不免驚疑，恰見一個小內侍手執拂塵自身旁經過，李從善急忙喚住他道：「這位中官，請恕本官眼拙，不知牆上這幅畫，是哪位名家手筆？」

那小內侍往牆上　了一眼，哂笑道：「這位大人看岔了，這幅畫，不是什麼名家手筆，此乃是唐國鎮海節度使林仁肇的自畫像。林將軍看出天命所歸，有意投我大宋，所以遣心腹持密信和畫像來見官家，以此為信物。」

李從善瞿然變色，吃驚道：「這……這是江南林虎子？」

那小內侍得意洋洋道：「是啊，林將軍信上說，他正千方百計說服江南國主，讓他起兵伐宋，大軍一離所在，便立即改旗易幟，率十萬大軍來降。官家說，林將軍若是成功，我宋國取唐國不費吹灰之力，到那時林將軍便是一統中原的第一大功臣。官家說把這幅畫懸掛起來，仿效……唔……什麼煙的閣來著……」

「凌煙閣？」

「正是！」那小內侍拍手笑道：「對對對，正是凌煙閣，大人也聽說過嗎？這凌煙閣在哪兒，很有名嗎？」

「這個……這個……是的，曾經……很有名……」天氣寒冷，可是李從善卻驚出一身冷汗，酒意也醒了七、八分，他不敢在殿中多作停留，急急走出殿去，在廊下相候，又過片刻，慕容求醉匆匆走來，一見他便笑道：「老朽到底年紀大了，才只喝了幾杯，竟然有些腹瀉，勞國公在此久候，失禮，失禮。」

「無妨，從善在此，也正好醒醒酒。啊，慕容先生，咱們早些趕回去吧，萬一官家請酒，從善卻不在場，未免失禮，來來，請……」

李從善強作鎮定，雙手在袖中攥得緊緊的，指甲刺入了掌心都不覺得：「林虎子竟生反意！天吶！我一定要盡快使人趕回金陵，把這個消息告訴六哥！」

＊　　＊　　＊

「法輪天上轉，梵聲天上來；燈樹千光照，花焰七枝開。月影疑流水，春風含夜梅；燔動黃金地，鐘發琉璃臺。」隋煬帝這首元宵詩盡顯江南元宵佳節徹夜狂歡，光照天地的絢麗景象。吃湯圓，賞花燈，猜燈謎，放偷不禁，天地人一同歡度良宵，其情其景，美不勝收。

朱門乍開，亭臺樓閣、瓊樓玉宇，本來就富有浪漫細胞的李煜，把宮廷布置的彷彿天堂一般。今夜，他也要乘龍舟，與小周后率滿朝文武遊賞秦淮河，一覽兩岸瑰麗多彩的花燈，與天下共度元宵佳節。

街頭，爆竹聲聲，充滿喜慶，禮賓院契丹使節館中卻是一片肅殺。

丁承業帶著數十名彪形大漢，俱作漢人裝扮，暗藏利刃，在庭中站立，筆挺如槍。

耶律文一身盛裝，傲立階上，沉聲道：「今夜，我父將在上京發動兵變，斬殺昏君，為我契丹再立新主。你們聽著，今夜秦淮賞燈，你們由丁承業率領，扮作普通漢人，以便靠近宋國使節楊浩的座船，伺機將他斬殺當場，再行公開咱們的身分。

「楊浩持有宋國節鉞，他若一死，宋國必有動作，同時亦可迫使唐國李煜在宋國和我契丹之間做出一個選擇。借助宋人兵威，迫使我朝諸部議和，我耶律文必能登上九五至尊的寶座，到那時，你等俱有從龍之功，前途無量！」

「屬下遵命！」眾武士轟然稱諾，丁承業搶先一步拜了下去，高聲叫道：「臣，丁承業，叩見皇上。」

「臣等叩見皇上！」

耶律文先是一愣，隨即仰天大笑。

中門大開，契丹使節耶律文開中門，擺儀仗，赴秦淮之遊。暗中兩道明亮的目光仔細盯著儀仗中的每一個人，當人馬行盡的時候，那雙目光微露困惑，兩道美麗的眉毛也輕輕地鎖了起來。

「怎麼可能？丁承業明明隨他到了唐國，怎麼迄今不見露面？」

她正自言自語的工夫，就見角門一開，又有一些著漢裝的男子穿著臃腫不堪的袍子自院落中走了出來，迅速沒入人流湧動的街市。

丁玉落雙目一亮，一眼便盯上了那些漢裝男子中領頭的那個：「你終於出來了！」

丁玉落把銀牙一咬，握緊了袖中短劍，迅速跟了上去。

玄武湖畔，蕭蕭林木當中，穆羽與六名護衛仔細檢索了一番身攜的飛鉤、利刃、短弩和引火之物，一切收拾停當，穆羽年輕的臉蛋上一片凝重之意：「所需的屍體和大人與夫人換穿的衣服，已經由兩名兄弟先行送往船上了。負責行刺的就是咱們七人，你們要記住，今日雖然是假行刺，卻比真殺人還要困難，你們的動作一定要快，混亂製造的越大越好，待接了大人和兩位夫人出來後，咱們立即放火燒船，從登船那一刻起，每個人都只許說契丹話，千萬記住，我要囑咐的，就這些，都準備好了嗎？」

「準備好了！」

穆羽把手一揮，威風凜凜地道：「出發！」窸窸窣窣一陣腳步聲響，一行人迅速沒入夜色當中。

秦淮河上，船來船往，絲竹歌樂聲不絕於耳。兩岸遊人如織，懸掛的、手提的各式燈籠五彩紛呈。李煜龍船在前，船側有站滿士兵的小船拱衛，沿秦淮河一路悠悠行去，燈光倒映水中，龍船彷彿暢遊於銀河之中，小周后歡喜不已，拉著李煜站在船頭，欣賞著這一年方得一見的美麗景象。

後方是契丹和宋國使節的座船，以及朝中文武大臣的座船，一艘艘也都掛滿了燈籠，耶律文站在船頭，兩眼直瞪瞪的，看似在欣賞兩岸風光，可他雙拳緊握，已緊張得沁滿了汗水：「上京那邊會不會成功？這個計畫，只有六成的把握，可是哪怕一成，對那巨大的回報來說，都足以讓人捨生冒險了，可是為什麼事到臨頭，我卻這麼緊張？」

宋國使節船上，焦海濤站在船頭，斜眼往不遠處一艘畫舫斜睨了一眼，輕輕搖了搖頭，不以為然地嘆了一口氣：「這位楊左使也忒風流了些，今日是伴駕觀燈，他做為正使，不在船頭露面，卻跑去陪他的娘子，真是豈有此理。不過……左使那兩位夫人還真是千嬌百媚啊，連老夫看了都心旌搖動，要是老夫有這麼兩個禍水，老夫也他娘的不站在這兒喝西北風了……」

折子渝站在岸上，猜對了一條燈謎，那老闆高聲賀喜，摘下一個鯉魚燈做為綵頭遞到了她的手中，折子渝嫣然一笑，剛剛接過燈來，肩頭忽地被人撞了一下，折子渝眉頭一皺，扭頭看去，卻是一個身形纖細、氈帽把眉睫壓得低低的漢子，他正翹首往河上看著，彷彿根本沒有注意撞了自己一下。

折子渝看他打扮，不像個擠神仙的登徒子，怒氣頓斂，她也探頭向河上看去，就見絲竹聲中，一艘金璧輝煌的龍船正招搖而至，江南國主李煜來了。

三百五九　亂戰（上）

「羅四哥，你……你能不能讓他們兩個走開啊？只要你陪著我就好。」耶律雅看看像連體人似地站在羅克敵身旁的彎刀小六和鐵牛，有些不開心地道。

羅克敵不理會她幽怨的眼神，繃著一副戰鬥臉，欠身說道：「殿下，他們是我的好兄弟，我們三兄弟一向形影不離的。」

「唔……」耶律雅沒好氣地橫了彎刀小六和鐵牛一眼：「這兩個沒眼力的臭傢伙，寸步不離的，著實討厭！」

彎刀小六和鐵牛也很無奈，今晚長街之上處處綵燈，照得夜如白晝，可是最大最亮的兩盞燈籠無疑就是他們兩個，他們也不情願啊，可是羅克敵是他們的好兄弟，自家兄弟開口相求，刀山火海也得闖啊，何況只不過是對付一個處於發情期的公主？

兩個人充耳不聞，亦步亦趨，始終不離羅克敵左右，耶律雅公主轉悠了半晌，卻始終甩不開他們，不由興致大減，快快地又轉回了五鳳樓下。

她忍不住了，也顧不得站在一旁的鐵牛和小六，便對羅克敵道：「羅四哥，今天是放偷日呢，你……你不偷我點東西嗎？」

「呃……」羅克敵把耶律雅從頭到腳看了一遍，雅公主穿著一身漢裝，雖然契丹貴族都喜歡習漢文、穿漢衣，不過這種隆重的節日一般還是會穿回傳統服裝的，可是耶律雅公主不知為何，羅克敵每回見到她時，她都穿著一身漢人衣裳，今夜也不例外。

羅克敵從她髮絲上的金釵，一直看到腰帶下的荷包，訕訕地問道：「我……我偷……偷些什麼才好？」

耶律雅羞澀地道：「只要是我身上的東西，偷什麼都可以啊，圖個喜慶嘛，要是沒人偷我的東西，就說明大家都不喜歡我，會很沒面子的，等會兒回宮，姐妹們都會笑話我的。」

羅克敵訕訕地道：「怎麼會沒人喜歡殿下呢？剛剛只轉了一圈，起碼有十七個貴族子弟上來偷殿下的飾物，可是公主妳……」

他的目光落在耶律雅手中的鞭子上，耶律雅臉蛋一紅，連忙把手藏在背後，嬌嗔道：「那些傢伙討人嫌嘛，你看剛剛那個蕭展志，一臉的絡腮鬍子，遮得嘴巴鼻子都看不清楚，遠遠看去就像一頭大猩猩似的，多討人嫌啊。」

猩猩、胭脂這類詞彙本是匈奴語言，漢人直接音譯，成了漢語的一個詞彙。契丹族也承繼了匈奴這個詞彙，直稱為猩猩。契丹皇宮中豢養的奇珍異獸中就有這種動物，蕭展志那副模樣，與大猩猩還真有幾分神似，羅克敵聽了眸中不禁露出幾分笑意。他什麼話也沒說，只是把自己的下巴揚起，把他那自從被擄來契丹之後就再也沒修剪過的大鬍子揚到耶律雅面前。

耶律雅嫣然一笑道：「羅四哥雖然也長了一副大鬍子，卻是威風凜凜，堪稱美髯，蕭展志怎麼能和你比？」

彎刀小六和鐵牛咳嗽一聲，不約而同地轉過身去，下巴緊緊勾著胸口，兩隻眼睛瞪著地面，面孔憋得通紅，彷彿兩隻大猩猩。

「來呀，隨便偷點什麼都可以，我只會喜歡，不會怪你的。」

耶律雅甜甜地誘惑著，一雙多情的大眼睛火辣辣地瞟著羅克敵，充滿了期待，那模樣，彷彿羅克敵就算現在把她扛回自己的小黑屋剝成小白羊，她也絕不會有絲毫反抗似的。

羅克敵垂下了目光，淡淡地道：「殿下，羅某只是一個身分卑微的奴僕，不敢冒犯公主。」

「你這人好無趣，人家說了不會怪罪你嘛。」耶律雅嘟起嘴，她想了想，從鬢上摘下金釵塞到羅克敵手中，含情脈脈地道：「喏，給你。」

「羅某只是一個奴僕，不敢接受殿下的東西，請殿下收回。」

「我說過了，算是你偷的……好啦、好啦，就算我送你的，成了嗎？」

「那羅某更不敢接受了，公主請收回。」

兩下裡一陣推讓，那金釵一下子被拗彎了，釵尖刺入耶律雅的掌心，鮮血頓時沁了出來。

「你……你……」耶律雅的掌心刺疼，心頭更是刺疼，淚水迅速漾滿了她的眼睛，她咬了咬嘴脣，忽然把拗彎的金釵往地上狠狠一丟，轉身便往五鳳樓城門洞中走去，走出幾步，便見她扯起袖子拭了一把眼淚。

「喂，四哥，你太鐵石心腸了吧？」鐵牛看不下去了，轉身說道。

「廢話！契丹公主，能沾惹嗎？」羅克敵揚著大鬍子，酷酷地道。

「屁話！」彎刀小六抬腿給了他一腳，彎腰撿起金釵，扳直了塞到他手裡：「你不娶她，哄她開開心總可以吧？多一個人幫咱們，咱們才有機會逃走，要是因為你得罪了這位公主殿下，皇帝一怒之下把咱們發配到臚朐河去做邊奴，可就全毀了。」

「那要怎麼辦？」

「怎麼辦？去哄哄她啊。」

「怎麼哄？」

「我怎麼知道怎麼哄？這種事，說起來還是楊大哥最有辦法，羅大嫂那麼貞烈的寡居婦人他都哄得到手，要是他在這兒就好了。唉，你還愣著幹什麼？你就追上去，說……說你收下不就成了？」

「哦！」羅克敵呆呆地接過金釵，轉身便追，彎刀小六和鐵牛對視一眼，不放心地跟了上去。

「殿下，殿下，妳等等。」

羅克敵快步追上去，耶律雅站住腳步，哽咽道：「你追我做什麼？」

羅克敵嘆了口氣，很無辜地道：「不就是一根釵子嗎？妳發這麼大脾氣做什麼？我收下還不成嗎？」

城門口的侍衛都詫異地向他們看來，耶律雅的臉蛋騰地一下紅了，她氣得渾身哆嗦，忽地一下轉過身，揚起手中鞭子狠狠地抽下來，怒叱道：「瞧你那不情不願的口氣，誰稀罕你收我的釵子，你滾，你滾，你這個卑賤的奴隸，一個奴才，誰稀罕……」

羅克敵站在那兒一動不動，身上挨了十幾記皮鞭，皮袍都被抽裂開來了，其中一鞭抽得偏了，鞭梢正捲中他的臉頰，頰上立即一道血痕，鮮血迅速滲了出來。

耶律雅見了忽地手軟，可是羞刀難入鞘，她珠淚盈盈地看著羅克敵，鞭子揚在空中，卻是抽也不是，不抽也不是，僵持半晌，她忽然棄鞭於地，摀住面孔嚶嚶哭泣起來：「你一點也不念人家對你的好，你就只會欺負我，我要告訴皇兄，治你的罪……」

城樓上，剛剛自女真地方率兵返回的耶律休哥見過了皇上、娘娘，與他們一起接受了城下百姓的歡呼和致禮，立即悄悄向宮中女官羅冬兒身旁走去。

「冬兒。」耶律休哥微笑著站到她的面前。

「哦，耶律大哥。」冬兒淺笑致禮。

「不必多禮。我從女真那兒剛剛回來。」.

耶律休哥灼熱的目光在冬兒俏美的臉龐上微微一轉，探手入懷摸出一個錦囊，解開繩口往掌心一倒，倒出五顆北珠，碩大的珍珠顆粒碩大，顏色鵝黃，鮮麗圓潤，晶瑩奪目，在燈光照耀下發出七彩的光芒，寶氣氤氳，眩人二目。

耶律休哥笑道：「這是女真人孝敬我的東西，送給妳。」

冬兒慌忙道：「這樣貴重的禮物，冬兒可不敢收下。」

耶律休哥朗聲一笑：「有什麼貴重的？這珠子雖美，卻不及妳的容顏萬一，把它綴在妳的領口項間做飾物，能為妳稍增一分美麗，女真人這分孝心便沒有白費。呵呵，女真人還送了我兩隻海東青，我原來那隻神鷹不知何故失蹤了，其中一隻正好拿來自用，另一隻也要送給妳的，只是還未調教溫馴，野性未去，待我調教好了再送給妳，來，拿著。」

冬兒退了一步，說道：「這禮物太貴重了，冬兒實不敢收。」

耶律休哥無奈，忽地瞥見她髮間銀釵，不禁雙眼一亮，呵呵笑道：「好吧，那……

我就用這五顆珠子，換妳頭上那枝銀釵，公平交易，這總行了吧？」

耶律休哥輕笑著便去拔她髮髻間銀釵，羅冬兒臉色一變，攸地退了一步，說道：「萬萬不可，耶律大哥，這枝釵子換不得！」

耶律休哥一怔，瞧她語氣從未有過的堅決，登時疑雲大起：「這枝釵子有啥珍貴的？」他忽有所悟，一股妒恨頓時湧上心頭。

就在這時，一個宮人匆匆跑上來向羅冬兒附耳說了幾句話，羅冬兒眉頭一蹙，訝然道：「雅公主？她與四哥發什麼脾氣？」

羅冬兒向耶律休哥歉然一笑，說道：「耶律大哥，冬兒有點事情，要離開一下。」

「站住！」耶律休哥踏前一步，一把握住她的手腕，強抑怒氣道：「這枝釵子是他送妳的？」

五枝勁矢就在這一刻如同索命的幽靈攸然自夜空中疾射而至，耶律休哥剛剛踏出一步去抓羅冬兒，肩頭便被一箭射中，箭矢極有力道，深入骨肉，耶律休哥悶哼一聲，手便無力地垂了下去。

羅冬兒驚呼一聲，一把掩住了自己的小嘴，這時驚呼聲四起，兩人同時扭頭看去，只見蕭后正急急去扶皇上，一枝利箭筆直地插在他的胸口，死活不知。旁邊宮衛軍大將蕭拓智中箭透胸，仰面便倒，韓德讓似乎正側耳與人說話，結果一枝勁弩射穿了他的頸項，頸項兩端各露出約一尺長的箭身，他怒凸二目，似想說些什麼，可是嘴張了兩下，便重重地一頭栽在地上。

城樓上一片混亂，蕭后和旁邊一位朝中重臣架著皇帝急急後退，城樓四角的侍衛武士拔刀向皇帝方向疾撲而來，許多方才還並肩指點長街燈市，談笑親暱的皇族、貴族，此刻卻拔出刀來，咆哮著迎向那些宮中侍衛。

羅冬兒倉皇後退，驚愕四顧，耶律休哥一把握住刀柄，卻覺手臂痠軟，中箭處不痛反木，不由心頭一凜：「箭上有毒。」

城下，忽聽城門口外一陣震天的喧譁聲，耶律雅淚眼迷離地望去，只見人們驚慌來回，狼奔豕突，踩踏哭叫聲頃刻大了起來，不由脫口叫道：「出了什麼事？」

＊　＊　＊

龍船行至江南書院前的碼頭處，岸上高搭綵棚，燈火通明，許多士子文人站在岸上，往龍船遙遙施禮，采聲震天。

小周后雀躍回首道：「國主，前方士子似特為迎接國主而來。」

李煜撫鬚一笑，說道：「這些江南書院的夫子和學生們，特意為孤寫了一幅萬福字的圖，今日要呈獻予孤。來，咱們一同登岸，接受萬福。」

龍船靠岸，侍衛分列兩旁，李煜與小周后一同登岸，江南書院那些名士才子依序晉見，後面的船隻陸續停泊靠岸，丁承業緊盯著高懸「宋」字大旗的官船徐徐靠向岸邊，低聲吩咐道：「靠過去，船一靠岸，立即殺上船去，只尋正使楊浩，得手即走，須臾不留。」

一行人在人群中如蛇行於林，慢慢蹓向那艘官船，四下裡綵燈絢麗，歡歌笑語，人來人往，熙熙攘攘，遠遠還有絲竹雅樂聲傳來，仍是一副昇平氣象。

丁承業握緊暗藏腰間的利刃，正向那艘官船一步步靠近，眼看官船將到岸邊，忽然覺得人群中似乎有一雙眼睛正在緊緊地盯著自己。丁承業心頭警意頓起，忽地停住腳步扭頭看去，提著綵燈滿臉歡笑的行人正在身旁怡然而過，可是一雙滿蘊怒火的眸子卻立即撲入了他的眼簾，就在一丈之外，那雙眸子正冷冷地盯著他，有些陌生，又有些熟悉。

四周的喧囂忽然間變得很遠、很遠，丁承業的所有靈識都凝聚在那雙眸子上，一個個提著花燈的行人彷彿一個個幽靈般在眼前飄過，卻始終擋不住那雙仇恨的眼睛。丁承業今晚扮的本是那捕蟬的螳螂，哪曉得竟還有一隻黃雀在側，他下意識地退了一步，那人已冷斥一聲道：「殺！」

一丈開外的距離，中間兩個提燈的行人剛剛交錯而過，露出了一線空隙，那人手中鋒利的劍已如一線寒光疾射而至，丁承業迅速拔出彎刀，「鏗」的一聲迎了上去。

火花四濺，燦若煙火，那人第二劍又已疾刺而至。

甫一交手，丁承業就察覺那人身手雖高，腕力卻嫌不足，身手也未必比自己高明多少，他立即沉聲喝道：「登船，下手！」說著揮刀迎向那行刺的劍客，四下裡遊樂的百姓一見有人動起了兵器，立即哭爹喊娘，連滾帶爬，整個碼頭一片混亂。

楊浩的畫舫緊傍著宋國使節的官船，一方面這是焦寺丞的要求，他怕江南國主遊興正盛的時候，邀請宋國使節過船一敘卻找不到他的人未免過於失禮。另一方面，楊浩也需要自己「死」在焦寺丞的眼皮子底下，這樣才有說服力。

兩艘船同時靠向岸邊，穆羽率人快步向畫舫靠近，而此時自以為已被識破身分的契丹刺客們也加快腳步向官船靠近，在百姓們驚慌哭叫四處奔逃的情況下，這樣兩支秩序井然的隊伍迎面一碰，立即引起了對方的注意。契丹刺客頭目目光落在穆羽一行人身上，只見他們都單手藏於袍內，腰間鼓鼓囊囊，目光立即閃過恍然之色，他也不知道自己恍然了什麼，只是本能地厲喝一聲道：「殺！」

穆羽正莫名其妙地想：「大人還安排了一路人馬？」忽見那些人擎出明晃晃的利刃，殺氣騰騰向他們撲來，穆羽無暇多想，忙也掣出兵刃，大喝一聲道：「殺！」兩支隊伍立即就像兩股洪水般撞到一起。

畫舫船頭，楊浩伸著脖子正待「引頸就戮」，忽見岸上兩隊人馬忽然莫名其妙地打了起來，不禁驚訝不已。剛剛得他示意返回船艙更換了男人衣裳，正欲在兩名武士陪同下趁亂登岸潛離的娃娃和焰焰，站在船艙口驚愕地看著這場變故，小聲喚道：「官人，怎會如此？我們要不要換回衣裳來？」

楊浩吸了口氣，頭也不回地道：「不必，妳們還是趁亂潛走。他娘的，這是出了什麼事了？想死都這麼難，沒關係，我去引火燒身！」

大亂一起，碼頭上那些正在之乎者也的文人秀才們盡皆大亂，眼見勢頭不妙，負責護駕的皇甫繼勳大展神威，左手架著李煜，右手架著小周后，一邊大呼小叫地讓侍衛趕緊上前護駕，一邊拖著國主和娘娘腳不沾地地逃進了江南貢院，把大門緊緊關起來。

宋國官船上，禁軍侍衛們也緊急應變，把焦寺丞護在了中間，這些普通侍衛還不知道自家正使大人離開了官船，就在旁邊的畫舫上。焦寺丞被身材高大的禁軍侍衛們圍在中間，什麼都看不見，急得他跳著腳喊：「大人啊，保護大人啊，左使在畫舫上，快去保護楊左使。」

楊浩拔出青霜劍，騰身站到船舷上，向官船上大吼：「馬上護衛焦寺丞退往河心，切勿讓刺客歹人上船，快！」說罷，腳尖一點船舷，便躍過丈餘寬的水面到了岸上。

「楊浩！」

折子渝正驚詫地看著眼前發生的一幕，忽見楊浩掠到岸上，不由驚叫出聲，立即拔劍奔了過來。她這一叫，馬上制止了各方的激戰，薑黃臉的漢子和丁承業同時向岸邊看來，正在激戰中的契丹裝束的羌人武士和漢人裝束的契丹武士也都轉臉向他望來。

楊浩不知道何以會發生這種變故，挺劍跳到岸上之後，看著那莫名其妙殺出的一隊刺客，卻不知該如何把禍水引到自己船上以便放火，忽見折子渝這個禍水中的禍水竟然也在現場，不禁傻了眼，指著她道：「子……子……」

他忽地想起這時萬萬不能喚出折子渝的真名，話鋒一轉便道：「子……子……子何人歟？」

滿頭大汗的焦寺丞聽了這話，差點沒背過氣去：「哎喲，到了江南書院的地界，大人他還跩什麼了，這是掉書袋的時候嗎？你說你個文官用得著老這麼逞英雄嗎？跟著這位爺爺出公差，哪有一天不擔驚受怕呀……」

「殺！」丁承業忽地反應過來，迎面一刀又向那薑黃臉的漢子劈去，正定在那兒的各方武士們立即又大打出手，叮噹鏗鏘之聲不絕於耳。

折子渝疾奔向楊浩，後面一名契丹武士揚起彎刀便向她背心劈去，楊浩一見大驚，大吼一聲道：「小心，大膽！」

他向前疾奔幾步，凌空躍過抱著孩子正坐在地上嚎啕大哭的一個婦人，化劍為刀，一招「力劈華山」便向折子渝身後的契丹武士劈去。

「蓬！」綵棚上垂下的一只大紅燈籠被楊浩一劍劈得粉碎，紅紙炸碎，漫天飛屑飄舞，猶如一樹梅花飛落，楊浩裹挾著一天「紅花」自天而降，那人剛剛奔到折子渝身後，楊浩便如兀鷹一般出現在他的頭頂，凌厲的一劍凌空劈在他的面門上，血飛濺，人慘叫，屍體仰面倒下。

「你是誰，為何刺殺我？」丁承業一邊拚命揮刀，一面氣極敗壞地叫道。

丁玉落咬著牙根道：「你去問死去的爹爹！」

雁九至死都未吐露丁承業的身分，丁玉落仍以為他是自己的胞弟，是以有此一說。丁玉落這一說話，丁承業登時認出了她的身分，不禁又驚又羞。

他也不知自己並非丁家骨血，幹下弒父害兄的事，私底下他也未嘗沒有恐懼愧疚，尤其是自己堂堂大好男兒，如今卻雌伏於耶律文胯下做了他的孌童，一見親人更是自慚形穢，羞慚之下丁承業頓萌退意。

他咬緊牙關又劈幾刀，忽地抽刀遁去，幾個箭步便竄進了驚慌奔走的人群，丁玉落回眸望了楊浩一眼，見他渾未注意自己，便把牙根一咬，緊追著丁承業去了。

楊浩一劍劈了那契丹武士，其他契丹武士立即蜂擁而來，他們要殺的人就是楊浩，既見他自投羅網，怎肯放過了他。契丹武士人多勢眾，除了糾纏住穆羽一行人的，還有六、七名武士，此刻把楊浩和折子渝圍在中間，揮刀如風，亡命撲殺。

楊浩一面挺劍還擊，一面喝道：「妳來這兒做什麼？」

折子渝揮劍劈退一人，還口道：「你來得，我就來不得？」

楊浩往岸邊瞟了一眼，見娃娃和焰焰已在兩名侍衛護侍下上了岸，正向這裡望來，楊浩立即打個哈哈，高聲叫道：「仗著你們人多勢眾嗎？本官劍法如神，再來十個八個，又豈奈何得了我？」

「狂妄！」折子渝不知他這是安慰焰焰和娃娃，催促她們馬上離開，一邊抵擋著契丹武士風雨不透的攻擊，一邊還忙裡偷閒諷刺了他一句。

楊浩向焰焰急打一個手勢，唐焰焰見他強敵環伺之中仍是一副游刃有餘的模樣，這才放心，於是一拉吳娃兒，在那兩名武士護衛下急急遁入夜色當中。

楊浩心頭一寬，哈哈笑道：「楊某一向與人為善，也不知哪兒來的這麼多仇家，不自我安慰一番，哪裡還有鬥志？不說自己了得，難道我們要死在這兒，做一對同命鴛鴦才合妳意嗎？」

折子渝與他背靠著背，忽而合擊，忽而掩護，配合得天衣無縫，聽他這個當口還在胡言亂語，不禁氣惱地罵道：「閉上你的狗嘴，要死你死，本姑娘還沒活夠呢。」

楊浩抖個劍花刺中一人手腕，那人利刃落地，怪叫一聲抽身急退。楊浩想起今日假死，和折子渝從此如天人永隔，如今自己有難，她能馬上拔劍相助，心中分明還對自己有情，不免心懷激盪難捨，趁著兩人肩背再度靠攏的工夫，他便低聲說道：「妳肯為我拔劍，我很開心。子渝，我曾對不住妳，可是……我對妳的愛，從不曾變過，真的。」

折子渝心頭一酸，幾乎掉下淚來，她忽然大吼一聲，撲上前去劈散契丹武士的環形攻擊圈，僵硬著嗓音喝道：「別跟本姑娘說這些廢話，婆婆媽媽，不知所謂，趕快把他們擊退才是正經。」

楊浩向穆羽打個手勢，穆羽會意，立即脫出戰團，向船頭奔去。楊浩呵呵一笑，黯然道：「是啊，我曾失言在先，妳又怎會再相信那些山盟海誓？」

「我相信山盟海誓，我只是不相信你而已。」

兩個人背身移動，隨著環形走陣尋找攻擊空隙的契丹武士移動著身子，折子渝猶在脣槍舌劍與他鬥嘴不休。

畫舫上的船夫本就心驚膽顫，一得楊浩號令，立即撐開畫舫往河心蕩去，穆羽跳上船頭大呼小叫，揮著明晃晃的長刀滿船追逐，嚇得那些船夫都跳水逃生，船藉著餘力繼續蕩向河心，穆羽便鑽進船艙一邊大呼小叫做出搏鬥姿態，一邊放起火來。

楊浩一見「臉色大變」，驚叫道：「焰焰和娃娃還在船上！」說著奮不顧身地向前搶去，「鏗鏗鏗」以劍為刀大力劈斬幾下，雖然折子渝贈他的這把青霜劍鋼口極好，但劍本是輕靈的兵器，在這樣大力撞擊之下也鏗然一聲斷成了兩截。

不過這一番暴風雨般的攻擊，卻也被他撕開了一道口子，楊浩縱身狂奔，折子渝撲上來替他接住斬向身側的兩刀，楊浩已趁機幾個箭步到了岸邊，縱身一躍向船上跳去。

船已離岸近兩丈遠，楊浩使盡全力一躍，雙手也只搭住了船邊，他砰的一聲重重撞在船舷上，再使力一挺才翻上船去，折子渝見他赤手空拳跳上船去，不禁擔心不已，可她被幾名契丹武士纏住，卻是脫身不得。

船頭煙火滾滾，楊浩和一身黑衣的穆羽戰在一起，那些契丹武士見了如此情形，方知今兒鬧了個大烏龍，這不知是哪兒來的這隊人馬，原來目標也是楊浩，兩下裡並不是對頭，反是盟友才對，那刺客頭目立即大叫道：「退後，退後，我們不是敵人！」

對面的幾名武士也高聲吆喝，趁勢抽身，契丹刺客頭目說的是漢語，他們嚷的倒是契丹語，聽得那幾名刺客更加相信對面是自己一路人，卻不知道對方到底是什麼來頭。

失去兵器的楊浩在大火熊熊燃起的船頭左支右絀，看上去情形十分不妙，早已擺盪開來的宋國使節官船急忙向他的畫舫靠來，可是這一陣驚亂逃散，河上橫了幾條無人駕駛的棄船，宋使的官船形體太大，想要靠過來卻不容易，急得焦寺丞連連跳腳。

「情況有變，那些刺客不知什麼來頭，十有八九便是耶律文的人了。」楊浩一面與穆羽假意動手，一面低聲道：「你刺殺了我，立即帶人逃走，去預定地點等我，我獨自潛去便是。」

「好！大人小心！」穆羽眼見遠處街巷上一排排火把燃起，正有大隊官兵靠近，焦海濤的官船也在奮力靠近，心知耽擱不得，他揚手一劍，刺向楊浩心口，楊浩微微側身，假意閃躲不及，穆羽一劍便刺到他的肋下，楊浩立即以手臂夾住。

這一招「特效」是早期電影上常用的手段，借助視角差，遠遠看去毫無破綻，此時是夜晚，他們又站在烈焰翻捲、濃煙陣陣的船上，旁人更無法看清，焦寺丞遠遠見了立即一聲驚呼，若不是身旁禁軍侍衛拉了一把，他幾乎就要一跤跌到河裡去。

折子渝也將這一幕看在眼中，她驚叫一聲，險險被人一刀劈中，眼看著那刺傷楊浩的矮個子兇手十分靈巧地跳離火船，探手一揚，揚起一隻飛爪扣住岸上一棵大樹，借勢蕩到了對岸，折子渝心口直跳，雙腿發軟。

一大隊唐國士兵迅速向碼頭逼近，兩隊刺客互相看了一眼，不約而同地向相反方向逃去，火焰越揚越高，折子渝似乎看到楊浩向她望了一眼，然後便搗著胸口，帶著那柄透胸半尺的長劍向船艙中踉蹌奔去。

「不要啊！」折子渝喊出撕心裂肺的一聲慘叫，棄了短劍奔到河邊，船頭烈焰沖霄而起，火舌已將那艙口吞沒，折子渝失魂落魄地站在那兒，眼睜睜地看著半沉的火船，七魂六魄彷彿都被人一下子抽離了她的軀殼。

三百六十　亂戰（中）

耶律休哥抓住箭羽用力一扯，狼牙箭帶出一團血肉，耶律休哥也不去管，他一把掣出彎刀，對冬兒喝道：「速速退卻！」說著搶步向皇帝身旁趕去，他手臂上血流不止，初時是青紫色的，漸漸便泛起紅色，痛楚傳來，手上卻有了些力道。

耶律老王爺眼見皇帝中箭，心中大喜，揮刀劈倒身旁兩名拔出刀來倉皇四顧，卻不辨敵我的大臣，挺著血淋淋的鋼刀便撲向耶律賢。此刻城頭一片混亂，耶律休哥也不知他是忠是奸，方才殺的是敵是我，便大喝道：「慶王毋須擔心，某來保護陛下。」

耶律老王爺獰笑一聲道：「待本王砍下他項上人頭，那才安心。」

耶律休哥大吃一驚，眼見慶王揮刀如疋練，席捲搖搖欲倒的皇上，這一刀之威足以將皇上斬成兩段，蕭后一個箭步攔到了他的前面，張開雙臂，厲聲嬌叱道：「冬兒，護侍皇上回宮。」

慶王一怔，復把鋼牙一咬，仍是揮刀削下，但是只稍稍一頓的工夫，耶律休哥已快步趕到，手中刀猛地迎了上去，他臂上有傷，不及慶王握刀有力，雙刀一磕迸出一串火花，刀刃險險貼著蕭綽嬌嫩的玉頸停下，耶律休哥手臂痠軟，那柄鋼刀險險脫手飛去。

「慶王，你敢弒君！」耶律休哥旋風一般捲到蕭后前面，急喝道：「娘娘，請扶皇上回宮，這裡有臣在。」

蕭綽險死還生，無暇與他多說，急忙與羅冬兒一左一右扶住耶律賢，在幾名近侍陪同下，慌忙退往城下，幾名謀反的皇族猛撲過來，耶律休哥單手持刀橫於階前，霹靂般一聲大喝：「鼠輩，不怕誅滅九族嗎？」

耶律休哥身材高大魁梧，一身武勇功夫名震草原，是契丹有數的勇士，更兼他是大惕隱，一向負責皇室之間的爭執糾紛，執法甚嚴，諸皇族對他多有畏懼，此刻那些人雖然反了，可是積威之下被他一喝，還是心頭一凜，不由自主停了腳步。

「各位，不想要那奪天之功了嗎？」

耶律老王爺卻不怕他，雙眉一聳，掌中刀在空中緩緩劃了一個半圓，墊步擰腰，大喝一聲便向他當頭劈了下去。四周謀反的皇族略一猶豫，紛紛撲了上來，殘存的宮中侍衛和忠於皇上的文武大臣紛紛趕到，與耶律休哥並肩站在一起，這一來，敵我登時涇渭分明，雙方略一對視便混戰在一起。

城外射手甫一發動，驚呼聲剛剛傳來，正提著皮囊喝酒談笑的八名慶王勇士立即棄了酒囊，拔刀劈殺戍門武士。變故陡生，那些戍門武士哪想得到片刻之前還和他們稱兄道弟、共飲一囊酒的慶王侍衛會猝下殺手，措手不及之下，登時被砍倒一片，血塗滿地。

其他謀反皇族的侍衛武士紛紛抽出一條白絲巾來繫在臂上，揮著鋼刀，只要見到臂上沒有記號的武士，迎面便是一刀，未曾造反的侍衛武士占著多數，但是他們不及對方有備而來，一幫烏合之眾只能各自為戰，哪裡是他們對手，登時被他們殺得節節敗退。

慶王那八名武士卻不追殺這些武士，反而持著血淋淋的鋼刀撲向宮門，這時蕭綽和冬兒一手持劍，一手架著奄奄一息、臉色發紫的耶律賢逃到了階下，蕭綽嬌呼一聲道：「保護皇上！」

侍見城下情景，蕭綽不禁一呆，立即有幾名臂纏白帕的武士揮舞刀槍向她們狂吼著撲了過來。蕭綽一咬牙，鬆開耶律賢，一把搶過冬兒掌中劍，手持雙劍叫道：「朕來殺開一條血路，冬兒，護皇上回宮！」

蕭綽手舞雙劍迎上前去，有幾名謀反的武士砍死幾個硬著頭皮擋在前面的內侍衝了過來，一桿大槍當胸刺來，蕭綽蠻腰一擺，從一個不可思議的角度繞了過去，錯身避過長槍，掌中劍便刺入那人咽喉，扭腰疾擺如風中揚柳，鏗鏗兩聲架開兩件兵器，利刃又自另一人喉間劃過，激起一道血箭。

她的身子柔若無骨，彷彿能以任何不可思議的方式發生扭曲，從任何不可思議的角度發動襲擊，彷彿激流中的一條游魚一般，那五、六名謀反的侍衛空有一身蠻力，竟被她一個年方妙齡的小女子殺得節節敗退，守在宮門口的那幾名慶王武士一見，立即搶上來助陣。

冬兒雖日夜期盼回歸中土，但是蕭后對她著實不薄，兩人名為君臣，這些時日相處下來早已情同姐妹，眼見蕭后被如狼似虎的叛軍圍在中間，冬兒如何能棄她而去，獨自逃生？她把皇上交給幾名忠心耿耿的內侍，自地上拾起一口彎刀，便向戰團中撲去。

叛亂一起，雅公主驚呆了，一見變故迭生，羅克敵暗生警兆，急忙一扯雅公主，把她拉到牆邊，自己和鐵牛、彎刀小六呈三角形將她圍在中間，靜觀其變。那些武士只尋佩著兵刃的人廝殺，見他們乖乖站在那兒，服飾又不似軍伍中人，還道是逃到城門下避難的皇族，匆忙之中，無人來理會他們。

羅克敵機警地觀察著四周動靜，管他們誰殺誰，反正是狗咬狗一嘴毛，他站在門洞下始終不動。可是待見皇上下樓，羅冬兒持刀殺入戰團，她那纖纖柳腰細得幾乎迎風欲折，站在那些虎背熊腰的謀反武士中間，看著就教人心驚肉跳，羅克敵大驚，大叫一聲，便發力向她奔去。

他這一走，被三人緊緊困在中間、尚不知外面具體情形的耶律雅便看見了皇兄、皇嫂，一見叛賊已把兄嫂圍住，耶律雅尖叫一聲，也向他們奔去，彎刀小六和鐵牛對視一眼，露出一個苦笑的表情，便隨在雅公主之後搶去。

羅冬兒天姿聰穎，有學武的天分，在蕭后、耶律休哥和大內侍衛的指教之下，她的騎射功夫已十分高明，可是步戰本事卻不甚高，尤其她是女子，體力先天弱於男子，又沒有蕭綽那樣泥鰍一般靈活詭異的身手，拿的又是她不擅長的彎刀，所以殺入戰團片刻，只格架了幾招，掌中刀便被一個使鏜的武士大力磕飛，那武士獰笑一聲，鏜尖便向冬兒劈胸刺來，毫無憐香惜玉之心。

「鼠輩敢爾！」羅克敵大喝一聲，抬腿一踢，將地上一桿丈八大槍踢了起來，大槍夭矯如龍，呼嘯一聲飛了過去，「噗」地貫入那人胸口，一尺半鋒利的槍尖全部貫入那人胸口。那人兇睛怒瞪，喉間咯咯直響，手中混鐵鏜鏘啷落地，人便仰面倒下。

羅克敵飛身躍到冬兒前面，一把抓住鵝卵粗的槍桿往上一扯，那人胸口一個駭人的血洞，鮮血噴湧，濺了羅克敵一身，羅克敵把大槍一抖，厲喝道：「冬兒，退下！」

耶律雅和彎刀小六、鐵牛也各撿了一把兵刃撲來，冬兒並不退卻，急急拾起一件靈巧些的兵器，叫道：「四哥來的正好，快快救下皇后。」

本來蕭后一人獨木難支，已難護住皇上周全，那幾名慶王侍衛殺得皇帝身邊只剩下兩個內侍，扶著皇帝東奔西走，眼看就要斃命當場，羅克敵武力不凡，一人對付七、八個契丹武士不在話下，而鐵牛和彎刀小六是街巷裡打混戰熬出來的市井英雄，最擅長打這種濫仗，這幾員生力軍的加入，登時改變了敵我雙方的實力，那些慶王武士一時竟奈何不了他們。

這時城頭上的忠心皇族因為受人偷襲，縱然不死也大多身上帶傷，抵擋不住如狼似虎的叛逆人馬，雙方且戰且下，已自五鳳樓上殺了下來，慶王拎著血淋淋的鋼刀大喝道：「皇上已死，速戰速決！」

四下裡立即應聲鼓噪起來，耶律賢此時氣色甚差，但是尚未昏厥，他知道慶王此舉意在擾亂軍心，有意站出來穩定軍心，奈何他本來體弱，此刻又中了箭，雖說他身穿暗甲，箭頭被鎖子甲鎖住，未曾入肉太深，可是箭頭上是淬了毒的，他又不曾向耶律休哥那樣以血洗毒，此刻頭暈目眩，站立不穩，如何出言反駁？

近處的人看得見他，自然知道皇帝仍然活著，可是遠處正在混戰的武士們卻不知就裡，人心頓時慌亂起來。耶律休哥渾身浴血，舉著大刀從階上撲下，大喝道：「皇上仍在，休聽叛賊蠱惑軍心。逆臣謀反，宮衛軍頃刻便到，反賊必束手就縛，眾勇士速速護駕。」

雙方一面大打攻心戰，手底下也是毫不鬆懈，慶王心中大急，他千算萬算，就連五鳳樓城上城下的侍衛人數和站位都計算的十分準確，唯獨沒有算到羅克敵、彎刀小六和鐵牛這三個變數，以致萬無一失的計畫竟然出現了變故。

如果他不能迅速奪取皇上的人頭，就無法瓦解宮衛軍的死戰之心，那樣的話，唯有執行第二方案，盡快脫離戰場，逃出上京，調集祕密潛赴上京外圍、正蓄勢以待的族帳軍圍住上京，靜候耶律賢死活再作定奪。

所以慶王憂心如焚，身先士卒奮勇搏殺，蕭綽得了羅克敵四人的相助，趁機逃回皇帝身邊，護著他向宮門方向且戰且退，冬兒自然緊緊跟隨。羅克敵本無心插手敵國內亂，全為自己堂妹這才出手，她往哪兒去，羅克敵自然跟隨。

有這幾人護衛著，那些慶王勇士雖然竭力死戰，仍是招架不住，眼看到了宮門，蕭綽棄了掌中劍，一把挾住耶律賢的腰，把他拖進宮門，大叫道：「封鎖宮門！封鎖宮門！」

慶王目眥欲裂，大吼道：「萬萬不可讓他們逃進去！」說著，奮不顧身搶上前來。

宮門內，兩個內侍、再加上冬兒、耶律雅，以及慌慌張張蹲在不遠處，聽見蕭后吩咐這才壯著膽趕來的幾名宮人，合力將兩扇沉重的宮門緩緩閉攏，冬兒和耶律雅在門內大叫：「四哥，快進來。」

羅克敵此時已被瘋魔一般的慶王纏住，手上只要一慢，怕是就要被鋼刀斷為兩截，那裡還能抽身後退半步？羅冬兒急了，牙根一咬就要再衝出宮門，卻被雅公主一把抱住，蕭綽斷喝道：「封門！」

「轟隆」一聲，宮門緊緊閉攏，映入耶律雅和羅冬兒眼中的最後一幕，是羅克敵手持長槍大殺四方的英姿。

兩根沉重的門閘一壓上去，蕭綽立即吩咐道：「把皇上放下！」她匆匆撕開皇上的外衣，只見箭簇被鎖子甲緊緊鎖住，這時心驚手軟，竟然拔不下來，蕭綽也顧不得這時滴水如冰的嚴寒天氣，立即連皇上的暗甲連著箭一起脫下，只見耶律賢左胸口高高賁起一塊，顏色烏青，中間一個箭洞，竟無鮮血流出。

蕭綽倒抽一口冷氣，也不知毒氣是否已經攻心，立即自腰間拔出小刀，在耶律賢胸口劃了一刀，便俯脣相就吮起毒血來……

宮門一關，慶王便知大勢已去，當機立斷，急喝道：「退，某等出城！」眾叛黨得令，如潮水一般向宮城外湧去，冬季嚴寒，地上有一汪鮮血已經結了冰，慶王不曾注意，腳下一滑，手中彎刀失了準頭，羅克敵一槍如毒蟒穿心，便往他的胸口刺來。

慶王眾親信一見，嚇得亡魂直冒，奮不顧身地往他身邊撲去，同時大叫道：「王爺小心！」

「王爺？」

羅克敵心中打了個突，目中忽地閃過一絲無人察覺的詭異神色，他腳下一滑，本來勢在必得的一槍忽然也失了準頭，他左膝一屈，勉強站住，沉腕壓槍，只聽「噗」的一聲，鋒利的槍尖便刺進了慶王的肩頭。

慶王大叫一聲，踉蹌退了幾步，被幾名心腹挾持著，腳不沾地地向五鳳樓外跑去。五鳳樓外一片混亂，賞燈的皇族、貴族東奔西跑，戍守的槍兵像一群沒頭蒼蠅，又有二十多名騎士趕著百餘匹健馬，在五鳳樓門前往返疾馳，但見有士兵阻路，迎面便是一刀。

慶王等人匆匆趕到樓前，一聲忽哨，紛紛翻身上馬，撇下苦戰斷後的敢死之士看也不看，便沿御街呼嘯而去，蹄聲如雷，震動天地……

*　　*　　*

「把船拖過來，拖過來！」

焦海濤站在岸邊跳著腳地喊，皇甫繼動、耶律文等人站在一旁神情各異，李煜在大隊官兵的保護下，站在江南書院門前，急得像熱鍋上的螞蟻，來來回回地走著，等著消息回報，失魂落魄的折子渝站在岸邊及膝的淺水裡，反而沒人去注意她了。

那具冒著煙的畫舫殘骸被拖到岸邊，幾名士兵立即跳上船去，試圖搬動垮塌的焦黑色木頭，那些木頭還在冒著青煙，澆了幾桶水上去，溫度一時也降不下來，這樣的情形下，如果說廢墟下還有活人，那真是見鬼了。

焦寺丞卻不死心，在他催促之下，那些士兵倒轉了槍頭，用槍桿掘撬起來，折騰了好半天，五具焦黑的屍體被搬到岸上，屍體燒得就像一截截烏黑的木樁，男女老幼都看不出來了，哪裡還能分辨是誰？

折子渝站在不遠處，明知那死屍中就有一具是楊浩的屍體，可她卻連靠近的勇氣都沒有，她一直很堅強，自幼生於將門世家，在西北諸族連年征戰中見慣了死亡，也漠然了死亡，面前便是橫屍百萬，她眼睛都不會眨一下。可他就是他，天地之間只有一個他，子渝無法接受剛才還好端端的他，有說有笑的他，一個活生生的他，忽然之間就變成了一截焦黑的屍體，她的淚水就像斷了線的珍珠，一顆顆滾落下來，落入秦淮河水。

「這是大人，這個就是大人。」

在燈籠火把的聚照之下，焦寺丞的目光忽然落在其中一具屍體上，大叫起來，那聲音都有些走調了，在靜悄悄的碼頭上，顯得異常淒厲。

皇甫繼勳緊張地蹲下來，搗著嘴巴道：「這真的是楊左使？事關重大，焦寺丞可要看清楚呀。」

焦海濤激動得渾身哆嗦：「不會錯，這是楊左使，這串佛珠，楊大人的這串佛珠我看見過，這是由佛門七寶：金、銀、琉璃、娑婆致迦、美玉、赤珠、琥珀所組成，上鐫佛界三寶佛、法、僧，你看，你看這金銀還不曾燒去，那上面鐫刻的佛像……」

皇甫繼勳定睛望去，見那念珠以金銀五金絲線串起，金、銀、赤珠等還沒有燒去，那金珠燒得黃燦燦的，上面的佛像清晰可辨。皇甫繼勳眉頭一皺，慢慢站起身來，深深地吸了口氣，轉身便向江南書院門前走去。

耶律文脣角向上一勾，露出一抹得意的笑容。

「封鎖全城，封鎖全城，不……不不……江南一十九州水路各道，全部封鎖，務必要把兇手緝拿歸案，傾我全城之兵、傾我舉國之力，一定要給孤把兇手抓住！」

李煜氣極敗壞地咆哮：「宋國使節死在孤的眼前，你讓孤怎麼向趙官家交代？蠢物，待在那兒做什麼？還不快去！」

「是是是！」皇甫繼勳忙不迭地答應著，倉皇退了開去，隨著一陣發號施令聲，一隊隊官兵開始向四處散去。

李煜安靜下來，有氣無力地擺擺手：「來啊，置幾具上好的棺槨，暫把楊左使及其親眷、從屬的屍體收殮。擺駕回宮，速召徐鉉、陳喬等人進宮見駕……」

屍體被裝殮抬走了，碼頭上漸漸冷清。兩岸燈火依舊，卻再無半個遊人，漸漸地，一些綵燈燭火燃盡，次第而滅，一片凋零。折子渝獨自坐在岸邊石階上，面對著秦淮河水，身影彷彿與那夜色融為了一體。

她輕輕撫摸著手中黑金剛石的耳環，黑金剛石在夜色中完全消失了形狀，只有寶石上一對佛眼，在依稀的燈光下閃爍著神祕迷離的光芒，幽幽的聲音如泣如訴：「你個冤家，就沒一次肯遂了我的意。莫名其妙地出現在我面前，又稀里糊塗地離去，除了傷我的心，就是拆我的臺，我上輩子欠了你的嗎……」

「你不是會算嗎？算天下大事，算帝王將相，一副智珠在握的模樣，怎麼就算不出你自己命中的大劫？你以為算得出天機，還不是枉送了性命。」

折子渝淒然一笑：「我不會算，我只會做，你算不出的，我做得出，你事事想要順應天命，結果卻葬送了自己的性命，我這只做不說的，能不能逆天改命？你回答我，好不好？你話那麼多，現在為什麼一句也不說？」

哽咽的聲音就像那潺潺的流水，淚滴落入水中，濺起一圈圈漣漪。她忽地跳了起來，向著河水聲嘶力竭地大叫：「我現在要去殺人啦，我要找出兇手，滅他滿門，你怎麼不阻止我了，你為什麼不阻止我了？」

夜，靜悄悄的，回答她的，只有潺潺的流水聲，嗚嗚咽咽，就像秦淮河的哭聲……

* * *

次日一早，天色陰沉沉的，細雨綿綿不絕。

江南的冬天最怕下雨，元宵節前後的雨總是帶著一種陰冷潮溼的感覺，絲絲雨霧惱得人頭疼，一至夜來雨停，肯定一地冰花，次日一早，人人都得低頭走路，小心翼翼，生怕跌跤，而且潮寒之氣更是無孔不入，教人煩躁難安。

可是這樣的天氣並不能影響耶律文的心情，他的心情很愉快，他覺得這幾天的運氣著實不錯，大到宋國使節楊浩之死，小到他的禁臠丁承業安全逃回館驛。丁承業大腿上中了一劍，還好，沒有傷了他那滿月般圓潤的臀部，不致影響了耶律大人寵幸美人時的觀感。

耶律文親自為丁承業上藥包紮、好言安撫了一番，又用酥油馬奶塗滿他的臀部做了番日常保養，隨即便笑吟吟地換上外出的衣裳準備入宮。

昨夜的混亂，他到現在還沒有弄清楚到底是怎麼回事，除了他的人馬，似乎另有一路人馬也在向楊浩下手，而且這一路人馬也是契丹人。不，準確地說，不是兩路人馬，而是三路，刺殺丁承業的分明只有一個人，問起丁承業時，他支支吾吾的也說不清那刺客的來歷身分，不過這些小節都無所謂了，楊浩死了，結果是很令人滿意的，這就成了。

車輪轆轆，輾在石頭路上吱吱嘎嘎的就像音樂般動聽。

掀開窗簾一看，潮冷的雨霧撲面而來，街上行人寥寥，這風景真是如詩如畫。

心情大好的耶律文眼中的一切，如今都是非常美好的。

最遲後天，他的神鷹應該就會帶來上京的消息了。未曾舉事時，耶律文心頭不乏緊張，可是當事情已經發生之後，所有的緊張和莫名的恐懼一下子都消失了，現在擔心已經沒有用處，他只需要去坦然面對就成了。

何況，父王的計畫成功的把握非常大，即便不能一舉擒獲帝后，只要逃出上京城，就可以據族帳軍與宮衛軍對峙，他這邊順利殺掉了宋國使節，只要激得宋國北伐，那麼……耶律文深深吸了口氣，慢慢挺起了胸膛……

「國主，契丹使節求見。」

「耶律文？他來做什麼？請他進來吧。」李煜滿眼血絲地抬起頭來，昨夜與親信大臣商討了一夜，直至天色微明，幾位近臣才離宮，李煜小睡了不足兩個時辰，正為如何圓滿解決宋國使節遇刺之事煩惱，不想契丹使節又來聒噪，偏偏這也是個得罪不得的。

耶律文昂首挺胸步入殿堂，看見李煜模樣，不禁微微一笑，拱手施禮道：「國主還為宋國使節之事煩惱嗎？」

李煜嘆道：「宋國使節在孤眼皮底下受人行刺，兇手逃之夭夭，孤如何能向宋廷交代，豈能無憂耶？」

耶律文大笑：「國主何必煩憂？要找兇手，有什麼難處？」

李煜大喜，攸然站起，探出半個身子問道：「耶律使者知道那兇手下落？他們在何處，還請耶律使者速速告知，孤立即派人去捉。」

耶律文微微一笑，說道：「兇手嘛，遠在天邊，近在眼前。」

李煜一呆，怫然變色道：「耶律使者何必戲弄於孤。」

「外臣豈敢，刺殺宋使的，就是在下。若非本人，誰人有這潑天的膽子，敢向宋使行刺？」

李煜呆呆站了片刻，怔怔地道：「你……你……竟是你刺殺了宋使，這可如何是好，孤該如何是好？」

耶律文冷笑道：「某可為國主指點一條明路，不知國主有沒有興趣聽聽？」

李煜遲疑問道：「請耶律使者直言。」

耶律文道：「某為國主指點的這條明路，若是國主肯答應的話，那麼謀殺宋使之罪，耶律文願一力承擔，解你眼前危難。同時，江南一隅之地，飽受宋室欺凌，荊湖、西蜀、南漢前車之鑑，唐國早晚也難免重蹈覆轍，而我……卻可以解除你這心腹大患，讓你唐國版圖擴張三倍不止，不知國主意下如何？」

李煜目瞪口呆，幾乎不敢相信自己的耳朵，吃吃地道：「你……你說什麼？這怎麼可能！」

耶律文夷然一笑：「怎麼便不可能？」

他把上京謀反，聯手攻宋的大計和盤托出，說道：「眼下，我們可以先簽訂盟約卻祕而不宣，盟約只要一定，本使立即自承兇手。我乃他國使節，受唐國之邀而來，殺的是另一國的使節，唐雖宋國藩屬，卻非宋國直屬，按禮，本不能羈押外臣，宋國如何治你的罪？到時國主只須修書一封，將事情原原本本奉告宋國，接下來就是我契丹與宋國之間的事了。」

李煜嚅嚅地道：「宋國……宋國會這樣善罷甘休嗎？」

耶律文不屑地冷笑道：「就算不肯善罷甘休，那也是與我契丹一戰之後的事了。殺人者，契丹使節，難道宋國還能幹出放著正主不管，偏來向唐國耀武揚威的事來？如此欺軟怕硬、貽笑天下的君主，古來無一。

「國主，宋國野心勃勃，欲成中原霸主，受我契丹如此挑釁，天下人都在睜大眼睛看著，宋國若不興兵討伐，必將顏面無存。然而，只要他們揮軍北伐，我契丹之亂便會迎刃而解，某便會順利登上皇位。到那時，某將親率契丹虎狼之騎斷宋國遠征大軍退路，把他們盡數葬送於我契丹境內。

「這時候，我們的盟約方才生效，國主可趁機傾江南雄兵直搗宋國腹心，咱們南北夾擊，滅掉大宋，到時候以長江為界，長江以南國土，盡數歸於唐國，長江以北，盡數歸於我國，你我兩國劃江而治，永結兄弟之好，這就是第二條路了。國主怎樣抉擇？」

李煜一屁股坐回椅上，臉色灰敗，半晌作聲不得。

耶律文微微一笑，緩緩逼近案前，沉聲說道：「江南可以靜觀其變，直至塞北大局已定，方才履行盟約。如果我北國不能盡殲宋軍，宋國不想兩面受敵，對宋使死於唐國之事便也只能息事寧人，對國主予以安撫。

「若我北國首戰功成，殲滅宋國精銳，國主便可趁勢發兵，南北合擊，一舉除此梟雄，從此唐國不必再向宋國乞憐苟安，又可開疆拓土，坐擁萬里江山，這條路，可謂進可攻退可守，何須顧慮重重？

「國主啊，貴國先主、中主皆叱吒風雲之一世英主，國主如今坐擁江南，麾下數十萬虎賁，難道就不想仿效先輩，建功立業、開疆拓土，成一世英雄嗎？」

李煜慢慢抬起頭來，臉上沒有激昂的鬥志，卻有一種被逼到絕境、不得不奮力一搏的困獸模樣，嘶聲問道：「你……你要孤怎樣？」

耶律文笑得就像一個誘良為娼的惡棍，從懷中摸出一份早已寫好的盟約條款，緩緩放到御案上，往李煜面前一推，柔聲說道：「國主不妨先看一看，如果沒有其他意見，就請用璽加印吧……」

三百六一　亂戰（下）

桌上放著一柄斷劍，刃上有幾個缺口，斷處緊緊貼在一起，可是那一道斷痕是無法掩飾的。放在桌上，它還是一柄完好的劍，卻已無法拿起。青霜已斷，楊浩已去，此時的青霜劍，就像它曾經主人的那顆心，芳心已碎，如何能夠彌合傷痕？

折子渝坐在桌邊，一身玄衣，纖腰間繫著一條素色的帶子，靜靜地聽著窗外淅瀝的雨聲，久久不言不動。忽地，打開的窗子輕輕叩響幾聲，折子渝抬頭，就見張十三正悄立在簷下，他的背後，就是如珠簾般從簷下垂下的雨幕。

「小姐，耶丹使節入宮，自承是殺死楊左使的兇手。」

折子渝沒有動，面上也沒有一點驚詫的神色，只是眼波輕輕一閃，似乎飄搖的思緒回到了軀殼之內。

張十三又道：「宋國使節焦寺丞大怒，欲入宮見國主，被皇甫繼勳所阻。為恐兩國使節大打出手，皇甫繼勳已調來大隊官兵，將宋國使節的館驛團團圍住。唐主李煜聲稱要驅逐契丹使節，令耶律文限期離境，並要上書宋廷請罪。」

折子渝嘴角露出一絲譏誚的笑意：「宋人殺不了耶律文，李煜不敢殺耶律文，我來吧。」

張十三吃驚地看著她：「小姐，我……我們只有兩個人……」

折子渝淡淡地道：「天時、地利、人和，只要利用得好，一個人，可以殺一萬個人。」

張十三不安地道：「小姐千金之軀，輕易赴險，屬下萬萬不敢應承。契丹使節要離開尚需幾日，屬下盡快把咱們散布於各地的細作集中起來吧，雖然人手尚嫌不足，至少把握大一些。」

折子渝折腰而起，她的目光越過張十三的肩膀，透過他身後迷離的雨幕，望向陰沉沉的天空，久久方道：「他正在天上看著我……」

* * *

夜色迷離，惱人的雨下了一天，還沒有停歇的意思。

耶律文酒酣意濃地離開皇宮，登上了自己的車子，在三十六名鐵衛護侍下趕回館驛。

近來，他的運氣真的大好，江南國主的事情已順利解決，摸摸懷中已經簽好的盟約，耶律文得意地笑了，如今他只須耐心等候上京的消息，以便做出行止，這兩天該做些什麼呢？每次殺了人，他的欲望都很強烈，想到曾折辱過他的楊浩被燒成一團焦炭的模樣，讓他尤其興奮。可是丁承業大腿上的傷勢不輕，怎麼也要將養幾日，唔……似乎可以找幾個江南美人，品嘗一下這江南女子的滋味。

耶律文笑吟吟地掀開轎簾，雨仍在下著，天氣潮溼得膩人。這是一條幽深的巷子，是回館驛的必經之路，是青石板鋪成的，巷子一端高、一端低，雨水沿著青石板路傾瀉而下，溼得地面發亮。

道路兩旁是高高的院牆，青磚小瓦馬頭牆，院中偶露古樸典雅的飛簷斗角，這兩旁居住的都是大戶人家，暮色已深，又下了一天的淫雨，街上沒有行人，十分肅靜。只有大戶人家懸掛的燈籠，在雨幕中輕輕飄搖著。

耶律文喚過一個心腹，吩咐他去金陵有名的青樓妓舍，招幾個姿色過人的江南佳麗到館驛中供他快活，尚未吩咐完畢，馬車忽地停住，耶律文眉頭一蹙，問道：「什麼事？」

前方車夫沉聲道：「大人，前方有人阻路。」

「哦？」耶律文眉頭一挑，按緊腰刀，便自車中走了出來，坐在車夫旁邊、身穿簑衣的侍衛立即打開一把油紙傘，舉到他的頭上。

耶律文站在車上向前方看去，長巷已將至盡頭，巷盡頭站著一個人，只有一個人，娉娉婷婷，體態窈窕，一身玄衣勁裝無法遮掩她曼妙的曲線。

耶律文笑了，他的運氣真的很好，剛剛想到女人，這便來了一個女人，而且是個年輕貌美、身材動人的女人。

他並非看不出這女人來意不善，可是……筆直的長巷，兩側高牆矗立，無遮無掩，前方沒有旁人，就只這一個女人而已，一個女人，能把他怎麼樣？在床上殺死他嗎？

他不介意在床上被女人殺死，殺得他欲仙欲死。

三十六名侍衛已經貼近了他的車轎，他們握緊了刀，聽著耶律文的吩咐。

「我要活的，不可傷她分毫！」耶律文一聲令下，便返回車中坐下，轎簾當然還是挑得高高的，他要看著手下擒獲這個女人，看她一身勁裝，耶律文只希望這個女人的身手不要太差勁，那樣玩起來才有味道。

至於她的身分和來意，或許可以在暖和乾淨的大床上，一番銷魂蝕骨之後，再讓她一邊叫著床，一邊統統供出來。耶律文想著，邪惡地笑起來。

他忽然發覺那個少女也在笑，當四名侍衛拔刀向她逼近，就像四頭狼逼向一隻小羊似的時候，她忽地粲然一笑。冷面美人一笑，比那慣笑的女人還要嫵媚十分，這一笑如雲開見月，耶律文雙眼不由一亮，不由自主地俯身向前，想把那迷人的一笑看得更清楚些。

然後，他就嗅到空氣的味道有點怪，還沒嗅出味道如何古怪，他就看到那個穿黑色勁裝，繫白色絲帶，身材嬌俏得無以倫比的小美人，把手中的火把向前一拋，動作很輕，很俏，然後「蓬」的一聲響，耶律文的眼前就便成了一片火海。

「啊！啊！啊……」所有的侍衛頃刻間被火海包圍，整個地面都在著火，整個長巷都在著火，高高的火焰就像一朵朵紅蓮，蒸騰而起，片刻工夫，火中所有的人都變成了火人。

「怎麼會這樣？怎麼會這樣？」耶律文驚愕莫名，還未等他催促，車夫已恐慌地抖動馬韁，要驅趕驚躁狂叫的馬匹衝出火場，但是一聲聲厲嘯破空而來，車夫也是一個精擅騎射的高手，他很清楚這麼勁疾的聲音絕不是弓射出來的，那是弩，是連弩，一弩十矢的鐵弩。

車夫下意識地俯下身去，卻發現那鐵弩射的根本不是人，而是馬，健馬長嘶，悲鳴仆地，車夫和車上的一名侍衛摔到地上，立即被捲入火舌之中。

淒厲如鬼的慘叫聲四起，耶律文坐在車中，一時還未被火燒及，可是四下已是一片烈烈火海，轎簾也已燒著，他不能再待下去了，耶律文大吼一聲，扯下鋪在座位上的皮墊護住頭臉，便縱身跳到了地上。

他已經不可能沿著長巷往回跑了，火勢洶湧，整個地面都淌滿了火油，長巷這頭高、那頭低，不等他跑到盡頭，就得葬身火海，明知前方有那索魂的黑衣少女，還有至少一個藏於暗中的弩手，可是他現在已經顧不得了。

耶律文快步向前跑去，火海中忽地撞上一個渾身著火、正狂呼亂叫、到處亂撞的侍衛，耶律文被那渾身著火的侍衛一撞，跌了出去，手中著火的墊子也落到地上，耶律文竭力向前奔跑，眉毛、鬍子、頭髮盡被烈火燎去，雙腿已經著了火，他都全然顧不得了。他不能死在這兒，不能窩窩囊囊地死在一個女人手中，他是要做皇帝的，他將成為契丹史上最偉大的皇帝，他將掃蕩中原、一統天下，他是天命所歸，他怎麼可能死？怎麼可能這樣死去？

肌肉灼痛起泡，兩眼都睜不開了，耶律文終於跑出了火場，當感到面前一涼的剎那，他就知道自己逃出了火場，他的雙眼睜開，就見那長髮飛揚的黑衣少女手中提著幾根細細的繩子，那繩子應該是五金所製，因為有的繩子是延伸入火場的，可是卻沒有被燒斷。

她看著火人一般逃出火場的耶律文，又是粲然一笑，笑得還是那般美麗，耶律文卻如見鬼魅，只見她手一抬，忽地用力一扯，手中竟如魚網般拉著一條條絲線，耶律文順著那絲線望去，只見暴露在火場外的幾根絲線是延伸到兩側牆頭的，這時他才發現牆頭上有一口口罈子，方才夜色當中看不清楚，這時火焰燎天才辨得清晰。

繩子一扯，罈子落地，轟的一聲，火油四溢，烈焰焚天更形洶湧。火焰爆裂的同時，耶律文胸前一震，兩枝八寸長的鐵弩便射中了他的胸口。弩弓極為強勁，鐵弩射穿了他的身體，帶著一團血霧飛進了火海，把耶律文魁梧的身軀帶得向後一仰，又被火浪迫了回來。

他不甘心地瞪著那個黑衣少女，頭皮燎光、滿臉血泡，形同厲鬼，他以刀撐地，猛吸一口大氣，嚎叫著向那玄衣少女撲去，「噗！噗！」又是兩枝鐵弩貫穿了他的身體，耶律文露出一副比哭還難看的笑容，配著那滿臉血泡，猙獰如厲鬼。

耶律文慢慢倒了下去，火勢蔓延，他的雙腳已被火舌吞沒，燒得他的身子一下一下地抽搐著，但他卻已沒有氣力挪動一下，他眼中的神采正在漸漸黯淡下去。四枝鐵弩貫穿肺腑，箭羽已將內腑攪得一團糟，大羅神仙也救不回他的命了，而那少女，自始至終都不曾與他動過手。

一個人自前方樹上溜了下來，快步跑到近前，將手中的弩順手丟進火海，那少女背轉身，淡淡地吩咐道：「把他丟回去，燒成焦炭！」

那個男人走上前來，耶律文仍死死瞪著那少女，她已轉過身去，耶律文始終沒有看清她的容顏，身形一轉，容顏半側，真是「山高月小，水落石出」，比起許多中原美女來，她的五官更精緻，輪廓更分明，線條也更清晰，然後，耶律文就只看到她的背影。

元寶般精緻小巧的耳朵下面，垂著兩粒黑色的寶石，寶石上有一雙詭異的紋路，就像兩隻蛇眼，在火光中熠熠放光。秀美的頸項優雅如天鵝，乳白的肌膚如同美玉雕成，黑色的蛇眼閃爍著妖異的光芒，她真的很美，美得令人怵目驚心……

一隻大腳遮住了他痴望的視線，那隻大腳毫不在乎他是一位高貴的皇族大人，一腳踹在他的臉上，鼻骨斷裂的聲音清晰地傳來，他被踹得貼著光滑的青石地面整個溜進了火場之中。四下烈火熊熊，無限光明，他已永墮黑暗之地，再無一絲氣息，烈火吞噬著他的身體，也吞噬了他懷中的那份盟約……

* * *

「國主，國主……」

夜羽氣喘吁吁地跑進清涼殿，李煜如今的心情一點也不清涼，他雖和耶律文簽訂了盟約，鼓起勇氣試圖為生存、為霸業和宋國一戰，可是心中始終忐忑，連他最嗜好的詩詞和下棋也沒興趣了。

李煜心煩意亂，正想召請雞鳴寺的得道高僧小師傅連夜入宮來，為他卜算一番吉凶前程，就見夜羽氣喘吁吁地跑了進來。李煜現在可是怕極了出事，立即心驚膽顫地跳起來問：「出了什麼事？」

夜羽呼呼地喘著粗氣，指著外邊道：「耶……耶……耶律使者回館驛途中被殺，長巷化成了火海，三十六名侍衛、一個車夫、兩匹健馬，全部葬身火海，個個燒成了焦炭，太慘了啊，雞犬不留啊……」

「砰！」李煜就像半截麻袋，咕咚一聲跌回椅上，然後就像皮球一般彈了起來，大聲咆哮道：「皇甫繼勳那個混蛋在幹什麼？孤不是叫他看緊了宋國使節，切勿讓他們生事報復嗎？怎麼會……怎麼會搞出這樣的事端來？孤要治他的罪，孤要滅他滿門！」

李煜說著窩裡橫的氣話，夜羽卻滿臉是汗，顫聲說道：「國主，如今怎麼辦？宋國使節、契丹使節盡皆死在我唐國，我們……我們該如何是好？」

「跟孤有什麼相干？」

李煜把手一揮，語無倫次地道：「契丹使節殺了宋國使節，宋國使節報復契丹使節，孤待他們都如上賓，他們偏要殺來殺去，與孤有什麼干係？」

他在殿中急急轉了兩圈，也知這種耍無賴的話應付不了契丹和宋國的詰問，遂把腳一跺，吼道：「去把徐鉉、陳喬召來。」

「是！」夜羽打了個轉，剛辨清方向，還未等他離開，李煜忽又叫道：「傳旨，叫皇甫繼勳對宋使和氣一些，切勿……切勿約束過甚，觸怒了他們。」

今日他與耶律文簽訂了盟約，心下本已偏向契丹，如今耶律文一死，李煜被宋人酷厲的報復手段所懾，心中的天平又漸漸倒向宋人這一邊，剛剛鼓起的一點勇氣消失殆盡，又怕觸怒宋人了。

＊　＊　＊

楊浩被人行刺，慘死火船之中，緊接著唐國軍隊態度大改，焦寺丞又氣又怒，去找皇甫繼勳抗議，皇甫繼勳滿臉陪笑，罵也不惱，打也不怒，反正就是不准他們離開館驛，唐國士兵把宋人的院子團團圍住，對他們約束甚嚴，形同軟禁。

焦寺丞無可奈何，只得返回館驛，細思唐國態度變化，覺得其中必有緣故，便找來指揮使張同舟商議對策，兩人商量了半天，也拿不出一個主意來。

張同舟身為使團武官卻丟了自家大使的性命，自知責任深重，滿心惶恐莫名，只是不住地嘆氣：「楊左使慘死，我等毫無作為，丟盡了宋國顏面，此番回去，必受朝廷重責的，這可如何是好？」

焦寺丞臉色陰霾地道：「我等受懲也還罷了，今看唐人這番陣勢，恐怕李煜也畏懼了契丹人的蠻橫囂張。契丹人氣焰越熾，對我等越加不利。恐怕……我等此番出使唐國要一事無成，這一番回去，丟官罷職都是輕的……」

張同舟嘆道：「丟官就丟官吧，現在唐人生怕我們去向契丹人尋仇，看管我們如同犯人一般。本官倒也罷了，大人你是不知，本官麾下那些兵老爺，在開封城是官家身前的侍衛，目空一切，囂張慣了的。到了唐國，有左使撐腰，照樣是耀武揚威，不可一世，如今被人家囚犯一般看著，這些兵老爺七個不服、八個不忿，連帶著看我這主官都鼻子不是鼻子、眼不是眼的，唉，本官也是響噹噹的一條漢子，給我這麼戳脊梁骨，丟人吶！」

焦寺丞越聽越是煩躁，他站起來急急踱步，正苦思眼前困境，忽地察覺外面有些異動，舉步走到窗前一看，只見那些刀出鞘、弓上弦的唐國士兵潮水般退出了院子，不禁驚詫地道：「出了什麼事？」

張同舟跳起身來往院中看看，說道：「我去探個究竟。」

張同舟出去不到一炷香的時間，就興沖沖地趕了回來，激動地道：「寺丞大人，耶律文死了，哈哈哈，耶律文死了。」

焦寺丞不敢置信地看著他，訝然道：「耶律文死了？怎麼可能？」

張同舟笑逐顏開地道：「誰敢拿這種事開玩笑？是皇甫繼勳親口說的。嘿，此人真是見風使舵的天才，一見本官，對我前倨而後恭，客氣得很，他雖不敢明說是咱們派人殺了耶律文，卻是認定了耶律文是死在咱們手裡的了，看他那副恭維害怕的樣子，本官真想當著他的面大笑三聲。」

焦寺丞急道：「張大人，耶律文到底怎麼死的？你快說個清楚。」

張同舟把他從皇甫繼勳那兒聽來的事情眉飛色舞地說了一遍，焦寺丞這才相信，他驚疑不定地道：「是誰殺了耶律文？到底目的何在？」

張同舟笑道：「管他是誰殺的，此人死了，便是大快人心之事。」

此時宋使院落中的士兵已陸續知道了消息，歡呼聲開始一陣陣傳開，焦寺丞站在窗口，緊鎖雙眉看著院中歡樂奔走的士兵，又見對面契丹館驛中一陣騷動，許多唐人士兵衝過去，似要彈壓騷亂。

焦寺丞察看良久，目光閃爍，越來越是陰沉，他忽地轉過身來，對興高采烈的張同舟說道：「耶律文橫死，固然大快人心，然而……於將軍你，於老夫我，又有什麼助益？」

張同舟一呆，愕然道：「大人此話何意？」

焦寺丞沉著臉道：「楊左使還是死了，你我仍是難逃朝廷的處治。耶律文之死，雖然眾口一詞，被算到了你我頭上，就算我們否認都不成，可是我們瞞得過天下人，瞞得了院中那百餘將士嗎？他們可俱都是在官家面前行走的人，你我回去誰敢搪塞官家？」

張同舟目光微微一閃，忙問道：「大人定是有所定計了，下官願聞其詳。」

焦寺丞沉沉一笑，徐徐道：「君可知，班超故事否？」

張同舟一翻眼睛，問道：「班超是誰？」

焦寺丞一窒，說道：「班超乃漢朝時候一位有名的使節，有一次他率三十六名部下出使鄯善，鄯善王對他先是噓寒問暖，禮敬備致，後又突然改變態度，疏懈冷淡起來。

班超察覺有異，得知匈奴使節到來，匈奴與漢素來為敵，鄯善王欲傾向匈奴，故對漢使冷淡，甚至漸起殺心。班超遂使幾人放火，幾人擊鼓惑敵，餘者埋伏於匈奴人門口兩側，趁夜奇襲，盡殲匈奴使者，鄯善王大驚，再不敢搖擺不定，只得死心踏地歸附漢朝。」

張同舟這才恍然，不禁叫道：「寺丞大人欲效班超，襲擊契丹使團？」

焦寺丞沉沉笑著只是不語，張同舟想了想，猶豫道：「寺丞大人，我們今日處境與昔日班超似有不同，效仿班超……合適嗎？會不會……把事情鬧到不可收拾？」

焦寺丞哂然一笑：「如今已經不可收拾了，耶律文之死，任你如何解釋，契丹人和唐人都一定會把它算在你我頭上。如今你也看到了，耶律文一死，李煜對咱們反而更加恭敬，契丹使節都已死了，再殺光他的侍衛又算什麼了不起的罪過？至於官家那兒，伸頭一刀，縮頭也是一刀，我們只有搏它一搏了！」

張同舟沉吟良久，把牙根一咬，目露兇光道：「幹了！」

＊　＊　＊

耶律文竟然死了！

聽到這個消息的時候，丁承業簡直不敢相信自己的耳朵，耶律文死了，他該何去何從？就算契丹那邊傳來消息，慶王篡位成功那又如何？他們都好端端地活著，唯獨慶王的愛子耶律文喪命南唐，如果他們返回契丹，迎接他們的絕不會是高官厚祿，只會是鋒利的鋼刀。

丁承業一瘸一拐地爬起來，搜羅了一些唐國贈送給耶律文的珠玉細軟藏在身上，盤算著怎樣逃之夭夭。契丹他是萬萬不敢回去了，雁九臨死交代的那個廬一生，到現在他還沒有遇到，心中也早已不抱什麼希望了。往昔的雄心壯志一點點消磨殆盡，他不求能像昔日丁家二少時一般風光，只希望能衣食無憂，過幾天太平日子。

館驛中的武士們聽說耶律文慘死，一個個紅著眼睛去尋宋人拚命，卻被皇甫繼勳率人趕了回來，這些武士群龍無首，回來之後只是喝酒痛罵，酒罈子扔得滿院都是，喝醉了便有人叫罵打架，把個雅致秀麗的禮賓院禍害得不成樣子。

丁承業冷眼旁觀，既不出面阻止，也沒有趁這個機會逃走。他現在還不能逃，腿傷還沒養好，姐姐還在陰魂不散地跟著他，他逃去契丹姐姐都找得到他，此時出門，還不是去給她祭劍？

輾轉反側，夜半難眠，丁承業從頭想起，似乎一切厄運都是從雁九蠱惑他爭奪丁家家主之位開始的，他不禁撫著大腿上的劍瘡，咬牙切齒地痛罵起來，如果雁九現在能活著出現在他面前，丁承業一定會毫不猶豫地再掐死他一回，方消心頭之恨。

夜半，丁承業剛剛有了一絲朦朧的睡意，忽然聽到一陣喧譁之聲，丁承業如驚弓之鳥，立即一躍起身，單腿蹦到窗前向外望去，就見宋人館驛一角大火沖天，負責維持雙方治安的唐軍已向那裡集中過去。

丁承業大惑不解，難道館驛中的契丹武士們趁夜摸去偷襲宋人了？丁承業剛剛想到這兒，就見隨著唐軍調動露出的一線缺口，宋人院落中殺出一哨人馬，一個個一手持火把、一手持利刃，如飛一般向自己這邊院落猛衝過來。

丁承業張口結舌，好不容易才清醒過來，立即返身去穿外衣，虧得他夜半才睡，衣服穿得整齊，匆匆穿好外衣，趿上靴子，一瘸一拐地跑出房門，整個庭院中已殺聲四起，宋國禁軍侍衛們往日裡當慣了大爺，幾時受過這樣的鳥氣？今晚有焦寺丞和張指揮使撐腰，打的又是冠冕堂皇的名號，這些禁軍侍衛們揚眉吐氣，衝進契丹人院落，摸進院中見人就殺。

契丹人好酒，平素有耶律文約束著，還沒有人敢多喝，今晚他們借酒澆愁，卻無人阻止，許多人都喝得酩酊大醉。他們只想闖進宋國館驛殺人洩憤，哪裡會想到宋人比他們還狠，耶律將軍和三十六名貼身扈衛盡皆被燒成焦炭，他們還不罷休，竟然趁夜殺來，擺出了一副殺人滅口的兇狠派頭。

措手不及之下，許多契丹武士在睡夢之中就被斬下了頭顱，有那倉卒起身的，衣衫不整、武器難妥，慌慌張張的也不是宋人之敵。前幾日宋人自張指揮使以下，受盡契丹人折辱，若非楊浩為他們出頭，這臉就丟大了。今晚既是為楊左使報仇，也是為自己洩憤，禁軍武士們殺得興起，咆哮吶喊著逐屋搜查，如殺豬宰羊一般屠戮起來。

皇甫繼勳現在可是不想再出一點意外了，一見宋軍館驛中火起，嚇得他一個高蹦起來，率領著兵士們就去救火，跑到宋人館驛中，就見庭院中架著一堆桌椅板凳堆成的劈柴，火勢燒得正旺，緊跟著契丹人館驛中廝殺聲便震天價響了起來，皇甫繼勳情知上當，率領人馬馬上又折了回來。

他剛剛趕到契丹人館驛前面，就見焦寺丞身穿官袍，頭戴官帽，腰帶上掛著銀魚袋，一手舉著一根稀稀疏疏的雞毛撣子，一手拄著一根金光燦爛的斧頭，奇形怪狀，好似大唐高僧，跑到近前定睛一看，才認得他拿的是欽差節鉞。

皇甫繼勳還未說話，焦寺丞已嗔目大喝：「契丹人殺我欽差，本官今日血債血償。焦某手中持的是宋國節鉞，唐國若仍以宋國藩屬自居，爾等便乖乖退到一邊去，如若皇甫將軍執意為契丹人出頭，那便踏著焦某的屍首殺進去吧！」

皇甫繼勳一聽，立即老調重彈，表示中立。

丁承業見機得早，逃出臥室，一路躲躲藏藏，摸進了膳房之中，眼見宋人武士手執鋼刀、長槍逐屋搜查，竟是一個不留，情急之下四處張望，忽見門後掛著一件油漬麻花的袍子，急忙搶過去穿在身上，又打亂了髮髻，在髮髻和臉上抹了幾道灶灰，蜷到牆角。

待到宋人武士搜到膳房時，丁承業尖叫一聲，便顫聲哀求：「兵大爺饒命，不關小人的事，小人只是灶房裡燒火做飯的小廝，小人是漢人，不是契丹狗啊。」

「嗯？」那滿臉鬍子的禁軍武士舉起火把看了他兩眼，丁承業自到唐國便少在人前露面，那禁軍小校對他實無印象，見他模樣不似契丹人，又說得一口流利的漢語，便道：「契丹狗都要給爺爺殺光了，你還燒個鳥飯？滾出去。」

丁承業打躬作揖地道：「外面殺聲震天，小人嚇得兩腿發軟，實實不敢動彈。」

那小校大笑，踹他一腳罵道：「沒出息的廢物，那你便在牆角裡好生蹲著，待爺爺殺光了契丹狗，你再走不遲，哈哈哈……」

* * *

李煜召集陳喬、徐鉉等徹夜長談，本來李煜被宋人手段所嚇，意志又有了動搖，陳喬卻勸說他道：「國主毋須過慮，依臣之見，耶律文橫死，反而對咱們更有利，耶律文手中盟約雖毀，但是咱們手中還有一份。契丹人既遣他來與我們簽訂盟約，所圖的是對彼國有利，不會因人而廢。他們死了一個耶律文，契丹朝中自然可以再擇一人為彼國之主。

「而咱們則可以靜觀其變，進退更加隨意。如果他們篡位成功，宋軍果然北伐，且精銳折於塞北，我們便不妨與之合作，契丹人雖誇下海口欲謀中原，但是依臣之見，宋國戰將如雲、兵甲精銳，豈是好相與的？契丹人欲謀中原，不過是兩虎相爭，他們僵持不下，我唐國在其中便舉足輕重了，這是我唐國崛起的良機，萬萬不可放過。如果他們不能奈何得了宋軍，抑或篡位失敗，盟約只有國主手中一份，我唐國仍是宋國藩屬，誰知道我們曾意圖與契丹誓盟呢？」

李煜聽得頻頻點頭，大為意動，他正細思其中利弊，內侍都知忽地急急跑了進來，氣喘吁吁地道：「國主、國主，宋國副使焦海濤求見。」

「孤不見！」李煜虎起臉道：「深更半夜，孤還要接見他嗎?當孤這裡是什麼地方了?皇甫繼勳太也混帳，他在禮賓院任由契丹與宋國使臣取捨，唯唯諾諾，簡直一事無成，這種時候竟然又放他出來，若是這位宋國副使再被契丹人殺了，一而再、再而三地出事，孤顏面何存？」

內侍都知貼著他的耳朵輕輕低語幾句，李煜先是一呆，隨即便臉頰漲紅如血，他怒吼一聲，抓起案上玉尺往地上狠狠一摔，玉尺摔在金磚上砸得粉碎，李煜全身哆嗦著大喝道：「強盜、都是強盜，他們把我唐國館驛視作戰場，明火執仗，打打殺殺，眼中還有唐國、還有孤這個江南國主嗎？」

徐鉉、陳喬面面相覷，那內侍都知一見李煜震怒，惶恐地道：「是是是，奴婢讓他回去，明日再來見駕。」

「慢著！」李煜胸膛起伏，忍怒半晌，才鬱鬱地一揮手：「請……宋使在北宸殿候駕！」

＊　＊　＊

「小師傅，孤有大事難決，今有北人、更北之人可為敵為友，兩者皆虎狼，孤取捨不定，小師傅佛法高深，上窺天意，可否指點迷津？」

一早，匆匆早朝已畢，李煜便趕到雞鳴寺中，尋個機會支走寶鏡大師和一眾高僧，向壁宿吞吞吐吐地問道。

壁宿一聽，這貨怎麼跟我一樣，說話模稜兩可、含糊不清啊？他好好的皇上不做，也想扮神棍不成？

壁宿心中急急轉著念頭，悠然一笑，故作高深地道：「國主可聽說過遠水難救近火，遠親不如近鄰？」

「遠水難救近火，遠親不如近鄰。」

李煜默默念誦了兩遍，若有所悟，卻遲疑道：「這個……孤明白高僧點化之意，只是這近鄰，也非良善之輩，在孤看來，比那遠親還要難纏，孤有意攀那遠親，不知可行嗎？」

壁宿心中大罵：「你他娘的早已拿定了主意，還來問我作啥？消遣你賊爺爺嗎？」面上卻不動聲色，緩緩說道：「遠山之虎雖兇，近身之狼卻更是難纏。國主若捨近求遠，則必有大禍臨頭，小僧出家人不打誑語，國主可細細揣摩，十日之內，便見端詳。」

李煜聽他說得有鼻子有眼，不禁瞿然動容：「十日之內便可見端詳？」

壁宿高宣一聲佛號，眼觀鼻，鼻觀心，再不言語了。

李煜見狀只得稽首道：「多謝小師傅指定，那孤便候上十日，看看風色再說。」

壁宿心中暗笑：「儘管看你的風色去吧，現在風聲正緊，大人正匿跡藏身，再過幾日風頭過去，我便哄了小師太，隨我家大人去少華山享清福去了，德行大師算得準也罷、算得不準也罷，跟本禿驢全無干係。」

送走了李煜，壁宿在光頭上一彈，一身輕鬆進了功德殿，一進殿堂，香煙繚繞中就見一個和尚正與一個苗條的素衣女子拉拉扯扯，壁宿一見精神大振，快步閃過去叫道：「大膽成空，竟敢在此與一位美貌小娘子拉拉扯扯，成何體統？」

那和尚扭頭一看是壁宿，連忙稽首道：「成空見過方丈師叔。師叔，成空不敢犯戒。這個女子要在我雞鳴寺功德殿中為她家人立牌位享香火，可是咱雞鳴寺功德殿立一個牌位須納香油錢一千貫，這女子捐的香油錢不夠，小僧哪敢答應？這才爭執起來。」

壁宿往那少女身上一看，高眺的個子，柳眉杏眼，鼻如膩脂，英氣之中帶著幾分柔婉的氣息，她穿著一身素白如雪的衣裳，雖非麻衣，卻似在為人帶孝。

女要俏，一身孝，縱然只有五分姿色的女子，穿著一身孝衣也有十分的嬌俏，何況這女子本就身材娉婷，五官俊俏，壁宿一見，聲音立即柔和起來，他似模似樣地向那少女稽首一禮，問道：「不知女施主欲為何人立功德牌位？」

聽說這年輕和尚竟是雞鳴寺方丈，那俊俏少女也是一臉驚詫，待聽壁宿一問，卻不由勾起自家的傷心事，她眼圈一紅，泫然答道：「方丈大師，信女欲替家兄立一座牌位。家兄身遭橫死，死狀慘不堪言。家兄生前與人為善，卻無端遭此橫禍，信女悲痛欲絕，聞知雞鳴寺是江南第一大寺，香火鼎盛，信女欲為家兄在此立一個功德牌位，為家兄祈福超渡，使家兄能往生極樂。只是囊中羞澀，盡我所有，也只八百餘貫，還望方丈大師發發慈悲，在這功德殿中為家兄留一席之地，來日信女必補足香油之資，為我佛重塑金身。」

壁宿聽了，往她手中一看，只見她手中捧著一捧金銀珠玉，什麼雜色的財物都有，顯然是已經傾其所有，不由心中暗罵：「真黑啊，不過是在這功德臺上豎一塊小木牌，就要收人家一千兩白花花的銀子，你們怎麼不去搶？」

壁宿自那白衣少女手中所捧的財物中拈出一顆珍珠，說道：「阿彌陀佛，生死無常，女施主節哀順變吧。貧僧憐妳一片赤忱，收了妳這顆珠子，允妳在功德殿中為令兄立牌。」

成空和尚一旁叫道：「方丈師叔……」

「閉嘴！還不帶女施主去書寫牌位，想要討打嗎？」

成空和尚悻悻地應了一聲，便引著那白衣少女去了。

牌位寫好，供到功德臺上，燃起三炷香插進香爐之中，白衣少女跪在蒲團上，拜了三拜，默禱片刻，忍不住又是淚流滿面：「二哥，家門破敗，人物兩非，我本盼著有朝一日，你我兄妹能盡釋前嫌，重建家園，可是沒想到……」

她哽咽著道：「二哥，他又逃了，二哥在天有靈，求你保佑妹子找到這個弒父害兄的忤逆之徒，清理門戶。待大事一了，妹妹會來接二哥回家，二哥……」

她泣聲哭拜於地，又祭拜良久，才含淚而去。

壁宿在外面轉悠了一圈，不見那白衣少女蹤影，便喚過成空，怒道：「你好大膽，本方丈已收了人家姑娘的珠子，答允在功德臺上為她兄長立一塊靈位，你怎麼把人趕走了？」

成空一聽，叫起了撞天屈：「冤枉啊方丈師叔，那位姑娘已經立了牌位，哭祭一番已經離去了。方丈既已答允，師姪豈敢趕她離開？方丈你看，那位姑娘兄長的牌位在此，喏，墨跡還沒乾呢。」

壁宿展顏笑道：「不曾轟人家走便好，那位姑娘怪可憐的。」他的目光自那牌位上一掃，身子猛地一震，定睛再看，一個箭步衝上去，一把便把那牌位抄在手中。

「亡兄楊浩之靈位，妹丁氏玉落謹立。」

丁玉落與壁宿當年在清水鎮上曾有一面之緣，可是兩人不曾正面打過交道，彼此變化又大，方才竟是見面不識。壁宿見了靈牌，登時倒抽一口冷氣，抓起牌位便往外跑，成空和尚呆呆地問道：「方丈師叔，你把牌位拿去哪裡？」

壁宿心道：「大人活得好好的，立個牌位在這兒，還不把人活活咒死？」他頭也不回，一揚手中牌位道：「師叔仔細一想，香油錢是捐得少了，咱廟裡幾千口人吃飯呢，待師叔追上她，再討要些來……」

一頭說著，壁宿腳下不停，已經跑出了功德殿，成空撇了撇嘴，不屑地道：「還真當你這位淺斟低唱偎紅倚翠大師，鴛鴦寺主，住持風流教法的方丈師叔大發慈悲呢，我呸！」

壁宿跑出功德殿，一路搜尋著衝出雞鳴寺，站在山門外四下張望，香客往來，川流不息，卻哪裡還能尋著一位身穿白衣的俊俏少女……

＊　＊　＊

唐國禮賓院重又恢復了平靜，像夾在風箱裡一樣兩頭受氣的皇甫繼勳也如釋重負地帶著人走了。契丹使節團被殺得七零八落，如今已根本不可能再打得起來，還在禮賓院裡駐紮一支軍隊做什麼？

李煜本就有心挑起兩國使節之爭，可他絕不希望任何一方的重要人物有個閃失，然而事態的發展已不受他的控制，當他有心在自己的地盤上坐山觀虎鬥的時候，不可避免地，他把自己也捲入了其中，現如今如何向宋國和契丹做個交代，又能把自己置身事外，真是讓李煜傷透了腦筋。

這時候，宋國使節團則是一片寧靜，焦寺丞已把契丹使節挑釁、殺死楊浩，自己與張同舟在宋國威信遭受嚴重挑釁的時候，自己如何效仿班超，搏殺契丹使節團的經過，以一枝妙筆竭力渲染之後已派快馬呈報汴梁，至於是功是過，他就在就像一個等著開盤的賭徒，只能靜候趙官家的決斷了。

楊浩等人的屍首，和在夜襲契丹使館之戰中陣亡的將士屍體，都盛棺安放在驛館一角的院落裡，由兩個館驛的老吏守在那兒。

夜深了，溫撼、張得勝兩個老吏，提著燈籠蹣跚地巡視了一圈，便打著哈欠向自己的住處走去。

溫撼嘆息道：「唉，不管生前聲名如何顯赫、權威多麼了得，死後也不過就是一棺之地，有什麼好爭的？瞧瞧他們這些個人，死的真是慘吶，何苦來哉？像咱們這樣，太太平平、娘子孩子地過日子，不也挺好？」

「嘿，人各有志啊。死了固然都是一棺之地，可是活著的時候能一樣嗎？我聽說，楊左使那兩位娘子美如天仙一般，要不然楊左使出使咱江南，怎麼還把兩位娘子悄悄帶了來呢？離不開啊，結果……唉！」

兩個人唏噓一番，張得勝提著燈籠，絮絮叨叨地走在前面：「老溫吶，像咱們這樣的，說好聽了那叫不圖名利，其實呢，咱們是沒那個機會，要是有高官厚祿、如花美眷，你不動心？還記得頭幾年周朝陶穀陶大學士出使咱江南的時候，韓相公派來的那位秦弱蘭秦姑娘嗎？那叫一個俊呀，瞅著就教人打心眼裡饞得慌，咱們都這麼大歲數了，見了那小娘子都心動，你說那陶大學士能不上當？嗳，老溫吶，上哪兒去了？」

張得勝猛一回頭，發覺溫撼沒了蹤影，不禁詫異地站住腳步，四下張望一番不見他蹤影，張得勝剛要叫喊，忽然有人拍了他肩膀一下，張得勝吁了口氣，笑罵道：「都半截入土的人了，還搞這種把戲，嚇得了我老張嗎？」

他一回頭，驚見眼前出現一張陌生的面孔，不由得一怔。眼前這人站在夜色當中，五官如何張得勝全未注意，他一回頭，注意力便被那人的雙眼吸引住了，那人的雙眼又黑又亮，幽深得就像兩個漩渦，吸攝著他的心神，讓他無暇他顧。

「你叫什麼名字？」

聲音很柔和，卻有一種令人無從抗拒的意味，張得勝下意識地答道：「老朽張得勝，是這驛館中的老吏。」

「很好，帶我去，把宋國使節楊浩的棺木指給我看。」

張得勝如同中邪似的，兩眼發直，呆呆地應道：「是！」他便轉過身，乖乖地往安放棺槨的廳堂走去。

廳堂門窗閉攏之後，室中燃起了幾枝火把，除了呆若木雞一般立在那兒、手中提著燈籠的張得勝、溫摵，還有四個人，四個人都蒙著面，一個高個兒瘦子，兩眼異常明亮，就是方才施展惑心術的江湖奇士。一個粗壯的胖子，舉止動作卻極矯健，看他負手穩穩站在那兒，顯然是四人中的頭目。另外兩個中等身材，不胖不瘦，卻看不出什麼殊異之處。

張得勝指明了楊浩的棺槨，那胖子一揮手，兩個中等身材的蒙面男子便快步走過去，使手中的撬棍使勁撬起了棺木。棺木發出吱吱的響聲，在這滿是棺材、火光搖曳的大廳中顯得異常恐怖，但是廳中除了兩個心神已失的老吏，其餘四人盡非等閒之輩，竟是毫無懼色。

棺木撬開，那兩人不慌不忙，彎腰先檢查屍體整體，將他們測算出的實際身高，胖瘦一一報上，說道：「此人雖已被燒得肢體蜷縮，血肉受損，但是依屬下估算出的實際身長、胖瘦，與公子所說之人大有差異。」

其中一人伸手自懷中摸出一段繩索，俯身往棺中一探，不知套住了屍身的哪裡，另一端卻連在自己身上，一挺腰，便把那屍首帶了起來。

另一人立即手法俐落地取出銀針，先刺喉，再刺胸，逐一檢視，說道：「死者未中毒。」

套住死屍的人則仔細檢查屍體面目全非的五官、口舌，和腹部的劍瘡，手法純熟，十分老練。身體幾乎燒成了焦炭，皮肉都收緊炭化，可是他們兩個卻像是上邊寫著字似的，舉著火把看得津津有味。

「屍口、鼻內無煙灰，左臂肘骨被燒及，左臂蜷縮，雙腿膝骨被燒及，雙腿蜷縮，右臂肘骨完好，右臂鬆弛，無蜷縮。死者應在火焚之前便已斷氣。」

一個人在仔細檢索之後，冷靜地說出以上分析，聲音在空洞潮冷的大廳裡隱隱帶著回音。

另一個人從屍體腹部抬起頭來，一邊抽下手中的皮套，一邊說道：「腹部確是劍傷，但創口有兩個異處。一，從創口來看，進劍與出劍力道皆不足，且創傷較直，公子曾言，當日此人中劍是在船頭搏鬥之際，對手怎會輕柔出劍？創口力道如此之小、如此平直，倒似把人平置於地，然後在腹上插了一劍。二，創口糾絞的疤痕，皆是火焚引起，創口部位實際上平滑、無翻捲，活人血脈湧動，肌膚裂傷後創口會翻捲向外，此人中劍時……應該已經是個死人。」

那胖子長長地吁了一口氣，蒙面巾都微微拂了起來。他抬起手來，若有所思地捏著下巴，衣袖滑落，露出他臂上的一片刺青，刺青隱綽是一幅山水圖，旁邊還有五個小字「列岳五點青」。

他喃喃自語道：「這就有趣了，我只離開了一遭，他就抽調了大筆錢款說去做什麼跑船生意，可他那做生意的夥伴卻悶在汴梁貓冬，全無籌措張羅的意思。如今他又『死』得這麼古怪，他到底想做什麼？」

沉思片刻，他古怪地笑了一聲，說道：「把棺木原封不動地掩上！」

「是！」

那個中等身材的漢子將屍體小心地復原，去抬地上的棺蓋，那個高瘦身材、目光詭異的男子則踱到了木立當場的張得勝、溫撼面前，手指張合著奇異的姿勢，夢囈一般說道：「你們已經巡視了庭院，什麼事情都沒有發生，回到住處，安心睡下吧……」

胖子轉過身，負手向庭外走去，淡淡地吩咐道：「動用咱們在唐國的全部力量，就算掘地三尺，也要把這位已經『死掉了的』楊大人給我挖出來！」

三百六二　殺虎

李煜宮中近來常常有訪客夜半而至，真應了那句話：夜貓子進宅，無事不來，來一個哭一回喪，帶來的就沒有一個好消息，折騰得李煜心力憔悴，晚上有一點風吹草動都會驚醒，一旦驚醒就再難入睡，害得宮中上下緊張萬分，一俟李煜睡著，就連蚊子嗡嗡那麼點大的動靜都不敢出。

安神香的味道伴著一陣香甜的鼾聲從寢室中傳了出來，內侍都知長長地出了一口氣，向幾個宮人內侍輕輕打個手勢，便一起躡手躡腳地退往殿外，退出寢殿好遠，內侍都知才細聲細氣地道：「唉，這些日子，可真是苦了大家了，難得大家今兒睡個安穩覺，都給我放機靈點，千萬不要弄出半點動靜來，誰要是驚擾了大家，雜家可要打他的板子。」

五代以來，一國之君都被親近之人稱為官家，可是江南不同，中主李景，也就是李煜他爹，當年就曾經向後周柴榮稱過臣，自降一格，改皇帝為國主，打那時候起唐國宮中對國主就不稱官家而稱大家，後來雖又復了皇帝稱號，這個稱呼倒是一直沒變，如今李煜又成了國主，倒是省了改稱呼的事。

旁邊的宮人內侍們連連應承，內侍都知打個哈欠道：「哎喲，這幾天折騰的，雜家這老胳膊、老腿也吃不消了，我得回去歇歇，你們好好照應著大家，都放機靈著點，哪怕一隻老麻雀，都不能靠近皇上，聽見了嗎？」

眾人連忙答應，老都知顫巍巍地便往自己的住處走，剛剛挪出幾步，前邊一個黑影一溜煙兒地跑來，一時立足不住，和老都知撞了個滿懷，老都知「噗通」一聲就摔倒在地，氣得怪叫一聲：「小……」

他忽地醒悟，怕吵醒了李煜，忙放輕聲音道：「小兔崽子，不長眼睛嗎？在宮裡也敢這麼跑，雜家不給你點教訓，你是不知道規矩了。」

一旁跑來幾個內侍七手八腳地把他攙了起來，那個趔趄站定的小黃門看清自己撞的是老都知，連忙惶恐地道：「都知恕罪，小的因有急事稟報國主，一時跑得急了，都知切勿怪罪。」

老都知聽說是向國主稟報事情，更是大怒，叱道：「混帳，大家好不容易睡個安穩覺，你還要去驚擾大家？告訴你，今兒就算是天塌下來，也得等到明天早朝再說。」

那小黃門支支吾吾地道：「可……可這人是楚國公從開封遣回的密探，說是有十萬火急的大事要稟報國主呀。」

「鄭王……啊不，楚國公從善派回來的？楚國公有了消息了？」

老都知又驚又喜，他知道李煜與幾個兄弟一向情深義重，自李從善被軟禁開封，國主常常鬱鬱不歡，旁的事都能等，唯獨此事無論如何也耽擱不得。

老都知左右為難地躊躇了一陣，便把腳一跺，說道：「罷了，若是楚國公遣來的人，確是不可耽擱的，你隨我來。」

說完，老都知一瘸一拐，就跟隻老麻雀似地撲楞撲楞飛進了李煜的寢宮……

＊　　＊　　＊

不一會兒，寢宮燈火亮起，隨即兩盞宮燈便引著身披紫袍、滿臉興奮的李煜匆匆趕往清涼殿。

明月當空，清涼殿中清冷一片，李煜坐在御書案後，臉色白中泛青，看來著實可怖。李從善送來的可不是個好消息，不，應該是個好主意，萬幸啊……

李煜暗自慶幸著，咬牙切齒地詛咒：「林虎子、林虎子，孤……孤待你不薄啊，你竟狼子野心，一至於斯。」

他一拍書案勃然站起，冷冷笑道：「難怪宋國兵發閩南時，他一再慫恿孤出兵伐宋，嘿！原來他竟打得這般好主意，想要率我十萬大軍去投宋國。孤還以為他是耿耿忠臣，險些便被他蒙在鼓裡。」

自唐末以來，對謀反欒此不疲的大將們用的都是同一個套路，第一步：找個由頭出兵討伐外敵；第二步，領了充足的糧草軍餉，帶了精銳的部隊離開；第三步，半途止步，清除軍隊中和他不是一條心的將領，然後易旗改幟、或者反戈一擊。

如今林仁肇降宋的消息是李從善冒死派人送來的，李煜如何不信？便連林仁肇曾經獻計：「國主可假作不知，臣出兵攻宋，事成，請國主派大軍接應，事敗，國主可說臣矯詔出兵，殺臣滿門，向宋謝罪。」都被李煜看成了是用心險惡。

李煜又驚又怕，咒罵半晌，忽地想起雞鳴寺那位小師傅的話來：「十日之內，便見分曉！」

李煜瞿然一驚，嘆道：「小師傅真神人也，果然一語成讖。如果孤貿然與契丹人便盟，屆時御駕親征，率林仁肇去伐宋，真要糊里糊塗便做了他刀下之鬼了。」

李煜越想越是後怕，便咬著牙，低低喝道：「來人，速詔皇甫繼勳進宮見駕。」

皇甫繼勳這幾天讓宋國和契丹兩國的使節鬧得也沒睡過一個安穩覺，如今打道回府，剛剛沐浴更衣，舒舒服服地爬上床去，兩個美妾溫柔似水，兩雙粉拳捶著他的大腿，皇甫將軍剛剛有了幾分睡意，正想攬著美人同榻而眠，就讓李煜一道急詔宣進了宮中。

一聽林仁肇欲反，國主讓他率兵去鎮海討伐，皇甫繼勳便大吃一驚，登時生了怯意。別看他平時和林仁肇鬥得厲害，可那時候是同殿稱臣啊，有李煜給他撐腰，他怕林虎子吃了他嗎？

可這位皇甫將軍是內門內行，外門外行，如今要撕破臉面較量真功夫，皇甫繼勳還是有點自知之明的。林仁肇是什麼人？那是唐國第一猛將，一身勇力天下聞名，想當年大周皇帝柴榮縱橫天下，所向披靡，契丹鐵騎都被他打得落花流水。就是這麼一個猛人，林虎子就敢只率四個人逆風去衝萬箭陣，火焚木橋，阻斷柴榮大軍南下。那是何等威風？真要是翻了臉，讓他率軍去討伐林仁肇，那不是肉包子打狗嗎？

李煜見皇甫繼勳有所遲疑，不禁怫然變色，怒道：「令尊乃我唐國虎將，忠心耿耿，為國捐軀，皇甫將軍虎父虎子，孤倚為臂助，如今卻畏懼了一個叛賊嗎？」

皇甫包子眼珠一轉，急忙說道：「國主誤會為臣了，臣是在想，如果咱們揮兵前往，必然打草驚蛇，一番大戰下來，縱然殺了林仁肇，我唐國也是損失慘重。楚國公祕密派人送回消息，林仁肇此時還不知道他的詭計已然洩露，咱們何不用計殺他？如此一來，鎮海十萬水軍便可毫髮無損地收回來了。」

李煜方才正在氣頭上，只想著揮王師剿滅叛臣，此刻聽皇甫繼勳這麼一說，不由恍然醒悟，他低頭盤算片刻，臉上便露出一片陰冷的笑意：「來人，擬旨，宣鎮海節度林仁肇即刻還京，不得延誤！」

* * *

「就算宋國不去找契丹的麻煩，如今契丹使節被殺，整個契丹館驛都被搗毀，以契丹人的驕狂，必然也不肯善罷甘休的。然而契丹國內亦有內憂，料來他們戰則戰矣，雙方都不會倉卒之下投以重兵，這樣的一戰是無法傷及筋骨的。江南國主此時的作用便舉足輕重了，他如今急詔林虎子將軍回來，莫非就是已經下了決斷了？」

折子渝一路走，一路細細思索：「林虎子是堅決主張對宋一戰的虎將，李煜調他回來，那應該是要聯合契丹對宋作戰了，若有唐國相助，契丹皇帝未必不會放手大打一場，這樣一來三國各有損耗，朝廷一戰下來，至少十年之內對我西北再無力用兵，唯有採取安撫之策，會是這樣嗎？」

她忽地想起楊浩曾經對她說過的話，心裡不由一酸：「我還道你真隨名師學了什麼精妙占卜之術，世上縱然真有天機，又豈是那麼容易窺破的？說什麼宋國三兩年內必對唐國用兵，唐國必滅，叫我不要逆天從事，如今柳暗花明，若你在我面前，你還會這樣說嗎？」

她剛剛想到這兒，忽地一隊官兵急急奔來，這隊官兵足有兩千人，浩浩蕩蕩衝得街上百姓慌張走避，一時雞飛狗跳。折子渝急急閃至路旁客棧的石階上閃目看去，就見馬上一員指揮，手執長槍，大聲喝道：「快快快，若是走掉了林家一個人，皇甫將軍必要責罰，都給我提起勁來。」

「皇甫繼勳又要去禍害什麼人家了?唉!李煜胸無大志，耽於聲色，朝政糜爛不堪，又寵信皇甫繼勳這種紈褲子，委之重任，也幸虧尚有林虎子這樣的忠良之士輔佐他，要不然他現在就撐不下去了，此人只好做一個吟風弄月、眠花宿柳的風流才子，做一國之君，真是害人害己。」

折子渝正腹誹著李煜，一種不祥的感覺忽地襲上心頭：「不對!皇甫繼勳是神衛軍指揮使，負責的是金陵安危，有什麼大案，用得著出動他的人馬?要捉什麼樣的人物，才會動用軍隊。林家，哪個林家?前方是……」

折子渝越想越驚，再也顧不得驚世駭俗，一提裙裾，便在大街上狂奔起來。越過「紅袖招」，拐進前方那條巷子，一進巷口，折子渝便陡地站住了腳步。只見林府門前兵丁肅立，林府已被團團圍住，大門敞開，許多兵士持槍拔刀蜂擁而入。

折子渝立即閃身避入路旁一家酒肆，躲在人群中驚駭地看著眼前這一幕。旁邊的酒客都在議論紛紛，卻都和她一樣不知所謂。林家府邸著實不小，那些士兵衝入宅去，不久之後府邸中便慘呼連天。

就在這時，只見一個短衣僕從打扮的人狂奔而來，折子渝一眼認出他是林虎子身邊侍候的人，自己出入鎮海幾次，都曾見過他在林虎子身旁侍候，立即閃身出了酒館。

那人正往林府狂奔，身旁忽地閃出一人，一把攥住他的手腕，那人揮拳欲打，待看清折子渝模樣不由一怔。折子渝攥住他的手腕，頭也不回，低低喝道：「隨我來！」

那人回頭看見林府門前模樣，知道大勢已去，也不掙扎，乖乖隨著折子渝閃進旁邊一條僻靜巷子，折子渝急急問道：「林將軍出了什麼事？為什麼抄他的家？」

折子渝一問，那忠僕雙眼含淚，哭倒於地道：「姑娘，我家將軍……我家將軍已然去了……」

折子渝失聲道：「怎麼會？林將軍今日剛剛被詔回金陵，怎麼就死了？」

那忠僕哭泣道：「小人趕著馬車在宮門外候著將軍，將軍進宮見駕，待將軍回來時，小人上前去迎，將軍滿臉喜色，還對小人很開心地說國主如今終於振作，欲修甲兵、理國政，為保江東一十九州領土、百萬子民，與宋抗爭到底了，國主還賜酒予他，將軍勤練精兵，如今終於可以派上用場了。小人聽了甚是歡喜，連忙放下腳凳，正要侍候將軍登車，將軍忽地站住，說他腹痛如絞。小人大為慌恐，正想扶將軍上車，去尋醫士診治，將軍忽地口吐鮮血，血痕汙黑。」

折子渝攸然變色：「林將軍中了毒？」

那忠僕泣道：「正是，皇甫繼勳和一眾宮中武士畏畏縮縮地藏在宮門內，他們畏懼我家將軍神勇，不敢現身，直至我家將軍毒發吐血，他才帶了人一窩蜂衝出來，宣國主口諭，說我家將軍試圖謀反，按罪當誅。」

折子湔顫聲道：「怎會如此？林將軍怎樣了？」

那忠僕道：「將軍悲憤莫名，他使力一掙，掙脫小人攙扶，圓睜二目，便向皇甫繼動逼去。皇甫繼動在層層護衛之下，駭得只是閃避，將軍一步一吐血，行至宮門時，裡邊衝出無數甲兵阻塞了宮門，將軍望宮闕三拜，起身仰天大呼：『林虎子今死宵小讒言之下，恨不身殉沙場，為國捐軀。』」

將軍高呼三聲，氣息已絕，但仍站立不倒。皇甫繼動使人圍著他，一時卻仍不敢欺近身去，小人忽地醒悟，急著回來報訊，趁他們一時無暇顧及小人，便連車子也不敢要了，小人逃到御街上，混入人群便趕回來了，可是……可是府上……」

折子渝默然半晌，目蘊淚光道：「你不必回去了，如今……已經來不及了。」

那忠僕一聽，大哭道：「皇甫繼動這個奸賊，小人豁出這條命去為將軍報仇！」

折子渝一把拉住他，四下看看，自懷中掏出十幾片金葉子，還有兩顆價值千金的定盤珠塞到他的手中，說道：「皇甫繼動作賊心虛，豈能容你近身？不要哭了，林將軍求仁得仁，忠義之名終不會因昏君讒臣而掩。這裡有些錢你且拿去，皇甫繼動雖然兇殘，也不敢殺害婦孺幼兒，待風聲平息之後，你去接了林府婦孺，好生照料林將軍的妻妾後人。」

那人哭泣不止，折子渝苦勸良久，那人才接了財物，向折子渝拜了三拜，依她囑咐，暫且隱匿藏身，等朝廷發落之後，接回林府婦孺，奉養終年。

此時林府附近趕來更多兵丁，不一會兒便開始沿街巷四處搜索，其中有人還持著折子渝畫像。今時不同往日，林仁肇已死，皇甫繼勳便打起了他這位嬌俏迷人的「外甥女」主意，折子渝不敢久待，立即遁身離去。

莫愁湖畔，稍作易容改扮的折子渝悄然立在湖畔樹下，望著湖中殘荷斷莖痴痴發怔：林虎子竟然死了，這位驍勇善戰的唐國第一猛將，不曾死在兩軍陣前，竟然喪命在李煜一杯毒酒之下。可笑的是，李煜口口聲聲說他欲謀反叛，可是將他誆回金陵來，卻不敢將他交付有司，明正典刑，就連一杯毒酒，都要偷偷摸摸騙他喝下，此人，配為一國之君？

折子渝吁了一口氣，心中一片茫然。本以為柳暗花明，沒想到峰迴路轉，皇甫繼勳雖是宵小，卻是一個實實在在的鼠輩，也只有李煜才把他當了活寶。他雖妒恨林仁肇，卻絕對沒有膽量用反叛罪名來陷殺他。林仁肇是唐國第一虎將，迫不及待想要他死的，唯有宋國。如果宋國陷殺林仁肇，莫非……真要對唐國用兵了，所以才把這個最大的障礙先行除去？

李煜毒殺林仁肇，那他還會與宋一戰嗎？死了林仁肇，唐國還有誰能擔此大任？

一陣風來，一陣蕭索，水面殘荷枯萼一陣搖曳。折子渝立於湖畔，袖口香寒，心比蓮心苦：我苦苦掙扎，殫精竭慮，到頭來卻只落得這樣結局，浩哥哥，難道真的如你所言，天命難違？

她雙拳漸漸握緊，咬緊牙根，在心中暗暗地道：「不，我要等，等著伐唐的宋軍，等著看那伐唐的大將是不是潘美、曹彬。不到最後一刻，我絕不死心、絕不放棄！」

＊　＊　＊

莫愁湖西，便是秦淮河。秦淮內河是石頭城最繁庶之地，然而到了此處，依秦淮河兩岸聚居的卻多是船民、役夫，房屋低矮、巷弄曲折，三教九流、城狐社鼠，乃至卑賤的暗娼、潑皮無賴、生計無著的貧苦百姓，大多混跡在此。

金陵城裡有一個烏衣巷，那是達官貴人住的地方，這個地方卻叫烏泥巷，雖只一字之差，環境卻是天地之差，垃圾穢物到處都是，一逢大雨，便都被雨水漂起，四處流動，這樣的地方，但只囊中有點錢的人，都不會在這裡居住，而楊浩一行人，此刻卻正藏身於這絕對不可能的貧民窟。

在他計畫之中，一旦身死，唐國必全力緝索兇手，所以務必得先藏身一段時間，待到風平浪靜，才悄悄潛往西去。然而事情大出他的意料，他「死」了，兇手馬上迫不及待地自曝身分，緊接著兇手也死了，這封鎖四城、緝拿兇手也就談不上了。

楊浩又候了幾日，見果然風平浪靜，便喬裝打扮上街看看風色，準備次日一早便動身西行，不想剛剛到了大街上，便見一隊隊官兵橫衝直撞，楊浩急忙閃避，向路人一打聽，才曉得鎮海節度使林仁肇試圖謀反，已被李煜詔回誅殺，皇甫繼勳奉旨抄了林府，如今正封鎖全城，緝拿漏網之魚。

楊浩大驚，他沒想到林仁肇肖像圖傳回去，宋國那邊這麼快就動了手腳，而李煜竟也這麼快就趕著配合宋國除去了自己的棟梁之材。南唐先主、中主，也算是一代梟雄，可是祖宗再了不起，碰上個扶不起的子孫，那氣數也就到頭了。然而李煜自毀棟梁，那是咎由自取，正在林家的折子渝怎麼辦？

楊浩放心不下，冒險潛去林府附近打聽她的消息。林府上下大多被抓，卻逃了一個幼子、一個小妾和折子渝。那小妾攜林仁肇幼子本去廟裡上香，回途中驚聞林府被抄，立即逃之夭夭。逃了一個小妾、一個幼兒，皇甫繼勳並不在意，可是沒有捉到莫以茗，卻讓他大為不甘，如今林家已成階下囚，昔日高高在上，與皇后娘娘交往密切、連他也不敢得罪的莫姑娘，這時卻是可以讓他予取予求的，她逃了，怎麼可以？

皇甫繼勳發起狠來，封鎖全城，定要把她抓出來，楊浩潛到林府附近，正碰到幾個唐兵，那幾人攔住他，還持著折子渝的畫像問他可曾見過這個人。楊浩這才曉得折子渝已經逃了，登時鬆了一口氣。以折子渝的機警和武功，只要不曾落網，就算皇甫繼勳掘地三尺，也休想找得到這個比狐狸還狡黠的女子。如今倒是他的處境堪虞，雖說他們藏得隱祕，可是畢竟人口太多，為防殃及池魚，楊浩搪塞了那幾名唐兵之後，便立即趕回秦淮河西的烏泥巷。

楊浩佝僂著身子，頷下黏著鬍鬚，拄著拐棍踱進烏泥巷，一路東張西望，警惕地注意著左右的行人，正欲拐向自己藏身的所在，目光及處，忽地瞟見兩個人影正站在一條巷弄口，只看了那兩人背影一眼，楊浩便是心中一震。

其中一個，看衣著應該就是這巷中的潑皮，而另一個，雖只看了一眼背影，卻是無比熟悉，那人雖是一身男裝，可那背影竟與他記憶中的丁玉落酷肖無比。他往廣原運糧途中，丁玉落就曾身著男裝，這個人的背影，與她極為相似。

那潑皮指著巷中說了幾句什麼，和丁玉落背影極為酷肖的那人點點頭，便隨他進了巷弄。楊浩搖頭一笑：「一定是看錯了，她怎麼可能來南唐？又到這種地方做什麼？」

這兩天蟄伏於此，楊浩還未與壁宿聯繫過，並不知道丁玉落真的到了金陵城，他微微彎著腰，又向前走出幾步，卻又猶疑著站住：「我在李煜宮中能見到絕不可能出現在那兒的子渝，難道就不能在這裡見到玉落嗎？這裡的潑皮無賴陰人害命、拐賣婦女的比比皆是，如果……真的是她，如果他們心懷不軌……」

楊浩越想越是擔心，不弄清那人身分，他終是放心不下，於是腳下一拐，便向他們消失的那個巷口走去……

三百六三　打悶棍

「就是這裡？」丁玉落驚異地看著眼前的一切。

一間低矮的茅草屋子，院牆是用碎石磚塊堆砌而成的。牆外就是一條臭水溝，溝中滿是穢物，死貓死狗、菜幫菜葉和黃白之物，漂浮在渾濁汙臭的水面上，緩緩向遠方流動。儘管這裡住的都是貧民，可是河渠旁實在是太臭了，所以附近的棚屋都早已破敗，無人居住。

「沒錯。」那個潑皮笑笑：「新近搬來租住，腿上有傷，年齡相貌相仿，烏泥巷裡就這一個相符的。我『包打聽』別的不敢說，找人這種功夫，一百個捕快也不及我一個，就算是隻鑽進洞的耗子，我也能把牠挖出來，至於是不是公子要找的那個人，在下卻不敢保證。」

丁玉落嗯了一聲，一串沉甸甸的吊錢便落入那人手中，那人掂了掂，臉上露出笑容：「如果在下沒有猜錯，公子應該是尋仇的吧？我看那人像是個練家子，需要在下幫忙嗎？下絆子、打悶棍、背後陰人，在下最是在行，公子只須再付一吊錢，在下……」

丁玉落冷冷地擺了擺手，那人識趣地住口，笑著向她拱拱手便飛快地遁去。

丁玉落靜靜地站了一會兒，便舉步往院中走去，剛剛跨進院子，房門吱呀一聲開了，一個穿著油漬破爛袍子的跛子正從房裡出來，兩人撞個正著，身形僵在那兒半晌沒有動作。

忽然，那人急急轉身，拖著跛腿就要逃進房去，丁玉落冷斥一聲：「你還能逃去哪裡？」

那跛子站住，身形急顫，慢慢轉過身來，丁玉落一步步走近，握緊劍柄冷笑道：「果然是你，我方才還不敢相信你會藏身在這種地方，如今，你還逃得了嗎？」

丁承業的腮肉一陣抽搐，忽地淒然一笑，站穩了身子道：「姐，也真難為了妳，從霸州追到契丹，從契丹追到唐國，輾轉數千里，如今我躲在這種地方，妳也找得到，好！我不逃了，不想再逃了，妳要殺就殺，似現在這般活著，實是生不如死，死了……也好……」

丁玉落緩緩拔劍出鞘，冷冷地道：「你弒父害兄，謀奪家主，把好端端的一個丁家毀了，也把你自己毀了。這是你咎由自取，天作孽，猶可違；自作孽，不可活。丁承業，丁家怎麼會出你這麼一個弒父害兄、喪盡天良的孽子？」

劍尖已抵在丁承業胸口，丁承業避也不避，慘然一笑道：「我是該死，我也沒想到，會落得這步田地。其實……我根本沒有做一家之主的野心。我做的唯一一件錯事，只是和大嫂有了私情，其他的一切，還不是被人逼的？」

丁玉落怒不可遏：「事到如今你還要狡辯，弒父害兄，誰會逼你？」她手中劍一緊，已是入肉三分，鮮血溢了出來。

丁承業啞聲道：「我本甘心做一個衣食無憂的二少爺，從未想過篡奪家主之位。可是……後來大哥出了事，丁家除了我還剩下誰了？我不想做也得做，這是我應得的，然而……」

他冷笑：「大哥看不上我，爹爹也看不上我，他們寧可費盡心思，把一個家奴扶上來，誰不在背後笑我？我那些朋友，甚至府中的家人、甚至大嫂，誰不鄙夷我？」

他忽然嘶聲道：「我不想當那個勞心勞力的一家之主，可是它本應該落到我的頭上時，憑什麼我得拱手相讓？憑什麼把本該屬於我的東西交給一個野種！大哥要扶持一個野種壓到他親兄弟的頭上來，他不仁、我就不義！」

「畜牲！把丁家交給你？不要說把丁家發揚光大，就算守業，你是那塊材料嗎？為了這你就有理由害了大哥？大哥不曾想過要把家業交給二哥前，難道你就對得起他了？事到如今，你還要狡辯，什麼都是別人的錯，你永遠都是無辜的，你害死爹爹也是迫不得已了？」

丁承業臉色數變，避而不談，卻淒然一笑道：「人，為什麼要長大？長大了，就有好多的欲望，女色、金錢、權力，貪婪、嫉妒、仇恨。長大了，許多小時候認為最重要的東西，就會看得一文不值。曾經很鄙夷的人物，自己也會變成了他，就會去害人，要是一直長不大……該多好……」

丁玉落冷冷地道：「你說完了嗎？說完了就可以去死了，如今不管你再怎樣花言巧語，都休想讓我饒你，今天，你必須死！」

丁承業眼神飄忽了一下，越過丁玉落的肩膀直直望向院外，有些訝異地道：「我說妳怎麼能找到我，妳找了那些捕快幫忙？」

「嗯？」丁玉落下意識地一扭頭，眼神只稍稍一移，丁承業突地身形一側，一拳便擊向丁玉落肩頭。他這一拳蓄勢久矣，丁玉落竟難避開，被他一拳擊中肩骨，痛呼聲中，短劍落地。

丁承業搶劍在手，一臉陰鷙的笑意：「要殺便殺，還要歷數我的罪過嗎？」

丁玉落彈身閃開，雙目急閃，在院中尋摸著可用的東西，口中冷冷道：「你奪了劍去，便能逃命嗎？」

丁承業獰笑道：「我雖腿上有傷，妳卻赤手空拳。妳我武功本相差無幾，妳現在還能殺我嗎？妳這個弟弟陰險狡詐、鮮廉寡恥，早已是惡貫滿盈，妳看不下去是嗎？看不下去，那就去九泉之下陪那個老東西吧！」

丁承業強忍腿上疼痛，縱身向前一劍刺向丁玉落，手中劍只一動，便聽「嗚」的一聲怪嘯，丁承業慘呼一聲，手中劍噹啷落地，與此同時，地上還多了一根拐棍。

兩人齊齊向院門望去，就見一個有些駝背的葛袍老者慢慢踱進院來，沉聲說道：「雖然說人之將死，其言也善，可他還算是個人嗎？要殺便殺，妳還指望他臨死能有所悔悟，豈非對牛彈琴？」

丁玉落驚疑地看著他，訥訥地道：「多謝前輩仗義援手，不知前輩……尊姓大名？」

丁承業急急勾起枴杖，架住自己傷腿一側，又拾起短劍，冷笑道：「各人自掃門前雪，休管他人瓦上霜。老傢伙，你已是半截入土的人了，難道嫌自己活得命太長了嗎？」

楊浩冷笑，一步步向他逼去，經過丁玉落身畔時，突然伸手向她腰間一摸。

丁玉落雖未把他當成敵人，但是練武之人本能的警覺使她下意識地錯身後退，一掌便斬向這白鬚老者的手腕。不想這老者身手奇快，手掌一探即回，丁玉落只覺得腰帶上一輕，定睛看時，插在腰帶上的劍鞘已然落到那白鬚老者手中。

老者握著劍柄胡亂舞動幾下，突然一鞘刺向丁承業的咽喉，出招雖毫無章法，卻是迅疾如電。丁承業吃了一驚，急急舉劍相迎，兩人劍來鞘往，交手只七、八個回合，只聽「嚓」的一聲響，丁承業的劍竟插入老者的劍鞘之內。

丁承業一呆，未及抽劍，老者已將劍鞘一擰，一股大力傳來，丁承業握不住劍柄，短劍便被劈手奪去，老者還劍入鞘，手指將劍在空中一轉，呼嘯著轉動兩圈，短劍便脫手飛去，嗖地一下，堪堪地插回丁玉落的腰間。

這一手劍術真是妙到毫巔，丁承業心知彼此藝業相差太遠，不禁臉色大變，急忙揚起左手拐仗，那老者在他作勢時便已欺近身來，劈手將枴杖奪回，「砰砰砰砰！」雙肩、兩肋、兩小腿，棗木棍子幾下重擊，打得丁承業慘叫連連，噗通一聲便仆倒地上，佝僂著身子抱頭慘呼道：「我……我與你無冤無仇，為何……為何害我？」

「我們無冤無仇嗎？」楊浩冷冷一笑，扯去假眉毛和頷下的鬍鬚，恢復了本音。

丁承業看清他的模樣，只驚得目瞪口呆，顫聲道：「你……你你……你是人是鬼？」

丁玉落看清楊浩的模樣，又驚又喜地叫道：「二哥，你……你還活著？」說著，喜淚已湧出眼眶。楊浩盯著丁承業，卻沒扭頭看她，丁玉落眼神不由一黯。

「你……你沒死？」丁承業這時也明白過來，眼見他目露殺氣，不禁大駭，連滾帶爬地逃開，氣極敗壞地嚷道：「你……你想怎麼樣？你如今青雲直上，做了宋國的高官，連江南國主都敬你三分，我卻落得這步田地，還不夠慘嗎？你為什麼就不肯放過我？」

楊浩冷冷地道：「你陷害我，我可以不放在心上，可是我娘的仇，身為人子，不能不報。冬兒的仇，身為人夫，不能不報！」

丁承業嘶叫起來：「我只想陷害你罷了，哪有想過要害別人？你娘本已沉痾難癒，急怒之下病情加重，這才身死，她不是我殺的，她根本不是我殺的。」

楊浩沉聲道：「是啊，你丁二少爺殺人，還用得著自己染一手鮮血嗎？按照你的道理，冬兒當然也不是你殺的。」

丁承業憤怒地叫：「冬兒，我更不想殺，明明是柳十一和董李氏怕洩露了他們之間的醜事，這才殺人滅……」

說到這兒，他眼神忽地一閃，怔怔地道：「冬兒……冬兒？」一絲詭異的笑意浮上了他的臉龐，他慢慢坐直身子，鎮定地道：「丁浩，你不能殺我。」

「哦？」棗木拐棍慢慢揚起，楊浩哂然冷笑：「今天是沒人會救你的……」

「誰說沒人能救我？」丁承業哈哈大笑：「有一個人能救我，她一定能救我，她就是羅冬兒。」

楊浩不置可否地道：「或許吧，以冬兒的善良，如果她沒有死……」

楊浩話音未落，手中的棗木棍已挾著一股凌厲的風聲向丁承業的額頭呼嘯而下，丁承業張目大呼：「羅冬兒沒有死！」

「嗚──」棍子在他額頭前三寸處硬生生停住，一顆汗珠從丁承業腦門上緩緩滑落，楊浩森然道：「你說什麼？」

丁承業嚥了口唾沫，急急說道：「我說……羅冬兒，沒、有、死！」

楊浩瞪著他半晌，心頭怦怦直跳，有種難言的緊張，口中卻道：「我可不是你二姐，你的花言巧語對我是沒有作用的，就算你說出個滿天神佛來，我也只當你是放屁。你以為我會相信你嗎？」

丁承業急急又道：「還有彎刀小六和鐵牛，他們都在一起。」

「什麼？」楊浩終於臉上變色。彎刀小六和鐵牛他們與自己相交的事，身在鄉下的丁承業並不知情，就連冬兒也沒見過那三個結拜兄弟，丁承業如果要誆騙自己，絕不可能在剎那之間把彎刀小六與冬兒聯繫起來，那要怎樣的想像力，才能把他們聯繫起來？

楊浩心口怦怦直跳，凝視丁承業半晌，才緩緩地道：「你想騙我？」

丁承業看他臉色，便知自己的性命暫時已經保住了，他的神態更加從容起來：「我說出她的下落，你放我離開，怎麼樣？」

楊浩盯著他不語，丁承業咧嘴一笑：「我丁承業不過是一個鮮廉寡恥的小人，羅冬兒可是你的娘子、彎刀小六他們可是你的結義兄弟，你要是寧可不理他們的死活，那就儘管殺了我。」

他的目中露出一絲狡黠：「其實……你心中明白，我沒有說謊，對嗎？」一旁的丁玉落睜大雙眼，緊張地看著，楊浩沉默半晌，才緩緩說道：「好，你說出他們的下落，我不殺你！」

丁承業看向丁玉落，問道：「她呢？」

「她若要殺你，我必阻止！」

丁承業格格地笑了起來：「好，我是小人，我卻知道，你是君子。小人……也是喜歡和君子打交道的，我相信你的承諾。」

丁玉落想起殺父之仇，本待出言阻止，可是想起楊浩所受的苦，又把話硬生生地壓了回去。丁家，對不住楊浩的事情太多了，死者已矣，為了生者，她只能暫且隱忍父仇，希望能夠換來羅冬兒的消息。

楊浩沉聲道：「廢話少說，你說冬兒還活著，她在哪裡？」

丁承業為了取信於他，可是不敢有絲毫隱瞞，他坐起身子道：「原本我也以為她死了，可是我在契丹國時，曾經親眼見到過她。」

楊浩身子一震：「契丹，她怎麼在契丹？」

丁承業道：「我是耶律文大人身邊的人，曾隨耶律大人登上京五鳳樓見駕，當時她就站在蕭后娘娘身邊，我還以為自己看錯了人，於是便向人打聽。原來，當日李家莊的人把羅冬兒沉河浸豬籠的時候，你那幾個結義兄弟恰好到莊子裡來找你，路經李家莊，得知她是你的娘子，便入水候著，豬籠一入水，便被他們拖走，把人救了上來。他們找了你幾天，都沒有你的下落，料想你會逃往廣原，可當時到處都是巡檢官兵，又有柳家和李家的人四處找尋你的下落，他們只好從古河舊道去找你。」

楊浩身子劇震，對他的話已信了八分，如今想來，當時確是與彎刀小六相約到莊中一晤的時間，若說他們當時正好撞到冬兒，確是大有可能，尤其是彎刀小六三人的確離開了家鄉，恰恰是在自己奔赴廣原三天之後，這時間都對應得上，如果丁承業是信口胡扯，絕不能編得這麼圓滿。

他急急向前兩步，顫聲問道：「後來……後來怎樣？他們怎麼去了契丹？」

丁承業道：「他們走了古河舊道，那是一條極難行的道路，常有逃犯和走私者從那條道上出入，沒有官府設卡檢查，本來最是穩妥不過，誰知道，他們走上古河道時，少有人行的古河道上偏偏殺出了大隊的契丹人馬，結果他們就被擄去了契丹。」

楊浩聽了不禁木然，原來自己當時走在前面，冬兒就在身後追來，想不到陰差陽錯，自己一路急急擺脫契丹追兵，卻把她也一起擺脫了，還使她被契丹人擄走。

丁承業道：「我在五鳳樓上看見她時，一身光鮮，身穿契丹女服，站在皇帝身側，彷彿是契丹皇帝的妃子，我怕她看見了我尋我麻煩，急急躲進人群當中，她卻沒有發現我。」

楊浩臉色一白，失聲道：「你說什麼？她……她被契丹皇帝納作了皇妃？」

丁承業見他臉色，生怕他反悔一棍子敲破自己腦袋，本來還想惡毒地折磨他一番，這時可不敢再賣關子，忙道：「當時我也這麼想的，後來打聽過了才知道，她被擄去契丹後，受到蕭后的賞識，成了蕭后身邊第一紅人，在宮中女官中位居其首，官居尚官，並不是皇上的妃子。彎刀小六等人和她在一起，我……我也是打聽她的來歷時才知道的。」

「冬兒……冬兒……」楊浩心懷激盪得不能自已，他萬萬沒有想到冬兒竟然還活著，這樣離奇的故事是編不出來的，他看得出丁承業說的的確是真話，再想想歷史上的蕭太后，情人找的是漢人，女婿也喜歡找漢人，雖說其中不乏戲說成分，可是這位蕭綽娘娘有點漢人情節大概是錯不了的，冬兒知書達禮、乖巧聰明，能被她賞識重用確也合乎情理。

冬兒還活著，一想到這一點，楊浩歡喜得胸膛都要炸了，冬兒是不會負了他的，豈如山上雪，女兒亦如松，他毫不懷疑冬兒對他的感情。可憐自己以為她早已身死，而她在契丹上京，卻不知是多麼地思念自己。《四郎探母》有公主盜令箭，冬兒欲求脫身卻是難上加難。

楊浩雙手微顫，熱淚盈眶：「我……我一定要救她回來！救她和小六他們回來。」

丁承業觀察著他的表情，小心翼翼地問道：「我……我可以走了嗎？」

楊浩擺了擺手，丁承業大喜起身，一瘸一拐地走出幾步，畏畏縮縮地看向丁玉落，楊浩淡淡地道：「我看著她呢。」

丁承業終於放心，拖著傷腿便向院外奔去。丁玉落聽見他冷漠的聲音，終忍不住淚如雨下，泣聲喚道：「二哥，你……你終是不肯原諒妹妹嗎？」

楊浩不答，默默向前走出幾步，將手一伸，丁玉落傻傻地接過他的棗木拐仗，有些不知所措。

楊浩盯著丁承業的背影，喃喃自語道：「我答應不殺你，也答應阻止那個傻妹子殺你，可要是她一悶棍打暈了我，可不是我違背諾言。」

丁玉落聽他叫自己傻妹子，這一喜真是心花怒放，再聽他說「打悶棍」，不由得一呆，楊浩嘆道：「那個畜牲眼看就要逃去了。」

「喔，好！」丁玉落慌慌張張地答應一聲，一棍子便劈向楊浩的腦袋……

三百六四　北上南征

丁玉落呆呆地站在那條滿是穢物垃圾的臭水溝邊，看著那具半沉半浮於渾濁水面的屍體緩緩飄向遠方，水面上滿是穢物垃圾，帶著米黃色的腥臭泡沫，若不細看，很難教人發現那是一具屍體。丁承業逃到溝渠旁，竭力掙扎中背心中了一劍，一跤跌入這條骯髒不堪的臭水渠，與垃圾穢物混為了一色。

怔立良久，丁玉落才輕輕拭去眼淚，返身趕回那處小院落，一進院子，就見院中空蕩蕩，楊浩已不知去向，丁玉落大吃一驚，裡裡外外搜索了一陣，不但楊浩不見了，那根拐棍也不見了，丁玉落不由淚如雨下：「你……你要我打你一棍，原來只是為了擺脫我……」

她雙膝一轉，委頓在地，哀哀哭泣道：「二哥，你要怎樣才肯原諒我？爹爹死了，大哥身殘，小弟如此喪盡天良，二哥，你就狠心一走了之，讓我和大哥一輩子負疚於心嗎？二哥，玉落這兩年來輾轉於塞北江南，奔波萬里，風餐露宿，吃再多的苦也不覺得，受再多的累也不難過，可是你一走了之，卻真是傷透了妹子的心。楊大娘的死，丁家上下的確有罪，妹妹也想為丁家贖罪，可是楊大娘已死，玉落縱有天大的本事也無可奈何，二哥，是不是要妹子死了，你才肯稍解心中的恨意？」

丁玉落哭泣著將這兩年來顛沛流離的苦楚哀哀說來，將對他的負疚和思路一一道來，真的是傷心欲碎，她正俯地痛哭，身後突然傳來幽幽一聲嘆息：「唉！這世上有一樣武器，大概永遠是我抵擋不了的，那就是女人的眼淚……」

丁玉落驚喜躍起，只見楊浩黏回了眉毛、鬍子，微微佝僂著身子正站在院門口，丁玉落哭叫一聲：「二哥……」便一頭撲到他的懷中，緊緊抱住他的身子，生怕一眨眼的工夫，他又會鴻飛冥冥。

楊浩僵了一下，輕輕撫摸著她的頭髮，苦笑道：「妳方才那一棍子，敲得還真實惠。」

丁玉落漲紅了臉，仰起頭來吃吃地道：「二哥，你……你還痛嗎？」

楊浩見她哭得一副梨花帶雨的模樣，輕輕搖了搖頭：「也真難為了妳，從霸州追去契丹，又從契丹追到唐國。二哥俗務纏身，雖有心為母報仇，比起妳來卻慚愧得很，今日那畜牲在我眼前伏誅，都是妳的功勞，我又怎會還對妳心生怨尤？只是……唉！如今，妳有什麼打算，什麼時候回霸州去？」

丁玉落略一猶豫，說道：「那弒父的畜牲已經死了，我……我會盡快趕回去的。二哥，我聽說你被契丹人行刺，燒死在船上，怎麼……你卻……」

楊浩苦笑道：「我出身不正，在宋國朝廷裡始終是個異類，官家既用我又防我，就算對我消了殺意，仍是羈縻監視的意味居多，如此尷尬的處境，何必戀棧不去？這一次，我只不過是將計就計，趁機假死脫身罷了，匿地隱居，逍遙世外，豈不勝過做那風箱裡的老鼠，兩頭受氣嗎？」

丁玉落攸地離開他的懷抱，擦擦眼淚，興奮地道：「那……二哥要去何處隱居？何不回蘆嶺州呢？」

「回蘆嶺州？」楊浩一詫：「妳怎麼會想起蘆嶺州來？」

丁玉落略一遲疑，不想再對他有所隱瞞，便道：「丁家在霸州的基業，早已被那不肖子敗得糜爛不堪，大哥心灰意冷，不想再在霸州立足。當日二哥離開後，他就已攜了全部家產遷往蘆嶺州，大哥的意思……早晚這家業還是要交給二哥打理的。」

楊浩默然片刻，搖搖頭：「走吧，先到我的住處。過兩日妳便回蘆嶺州去，他……雙腿俱斷，獨自支撐偌大的家業會有諸多不便，妳雖是一個女子，才情氣魄卻不讓鬚眉，有妳幫他，要想重振家門卻也不難。至於我……」

他長長地吸了一口氣，說道：「我本自蘆嶺而來，那裡認識我的人太多了，我若回去那裡，行蹤難免洩露，一旦為朝廷偵知反而不美。妳認我這個二哥，我也認回妳這個妹子，可是卻未必要生活在一起的，妳就讓二哥走自己想走的路吧。」

丁玉落聽他說得凝重，知他忌憚重重，如今雖接受了自己，卻仍對丁家心存芥蒂，一時不便再勸，只得默默點頭，隨在他身旁行去。

楊浩的住處就在這片貧民窟中，這個地方經常有犯案的流犯逃來匿蹤潛伏，向他們出租房舍、販賣食物、庇護流犯、通風報信，正是當地這些生計無著的貧民一項重要生活來源，所以楊浩等人要在這片混亂區域藏身非常容易。

他的幾名手下分別租下了這左右的房子，將楊浩和兩位夫人的住處圍在中間，所以這烏泥巷雖是個極混亂的所在，他的住處附近卻十分清靜，潑皮無賴、閒雜人等更無法靠近他的住處。

楊浩的住處只是這些房舍中相對像點樣子的地方，同樣是院落狹小、院牆低矮、房舍破敗，只不過居處收拾的乾淨一些，卻一樣簡陋。這樣的地方，家僕出身的楊浩可以泰然處之，而唐焰焰和吳娃兒兩個過慣了千金小姐生活的美人也能甘之若飴，那就難能可貴了。

見到楊浩帶回一個薑黃臉的漢子來，唐焰焰和吳娃兒十分驚訝，聽楊浩介紹了她的身分，知道此女是楊浩同父異母的妹妹，吳娃兒這才恍然大悟。待見她洗去妝容，恢復了本來容貌，竟是一個眸若秋水、頗具英氣的漂亮大姑娘，吳娃兒對她更生好感，唐焰焰是與她打過交道的，知道這位小妹當初對楊浩很好，當下姑嫂相認，唐焰焰性情直爽、吳娃兒性情乖巧，三個女子很快就融洽起來。

是夜，月朗星稀，唐焰焰和吳娃兒與丁玉落敘話良久，自房中告辭出來，一至院中，便見楊浩正立在一道矮牆之隔的另一道庭院中，獨自仰首望著天邊一輪明月痴立，兩人便悄悄繞過矮牆走了過去。

當鼻端嗅到一陣青草香氣時，兩個身嬌體軟的美人已一左一右偎依在他身旁，丁玉落房中的燈光悄悄熄滅。

「官人……」娃兒低低地喚了一聲。

「妳們……都聽玉落說了？」

「嗯。」

楊浩喟然一嘆，握住她們的柔荑，輕聲道：「妳們來。」

院落中橫置一條長凳，楊浩拉著她們在長凳上坐下，將自己與羅冬兒的往事又向她們仔細說了一遍，然後道：「當時，我以為她已經被人害死了，可是直到今日我才知道，她……竟還活著。」

兩個女孩握緊了他的手。楊浩又道：「如果不是玉落從霸州到上京，從上京到金陵，鍥而不捨地追蹤那個畜牲，使我今日發現她的蹤跡，我還會一直蒙在鼓裡，如果我就此潛居世外，就算有朝一日冬兒逃回中原，她……她也一定會以為我真的已經死去，從此再無相見之期，一想起那種摧人肝腸的情形，我就不寒而慄。

「我與丁家的恩恩怨怨，糾纏不清，如今我恨的人都已經死了，丁大少爺和玉落，縱然有什麼不是，就憑這個，我對他們也沒有什麼怨尤了，只是……丁承宗身為丁家長子，自幼耳濡目染，心中只有一件使命：就是光大丁家，而我對立世傳業，卻沒有那麼大的興趣，逍遙一世，與有情人做快樂事，難道不強過奔波一生，只為傳業留名嗎？何況，我不想改回丁姓，也不想承繼丁家的家業……」

唐焰焰輕輕嘆息一聲：「與有情人，做快樂事。浩哥哥，冬兒姐姐是你永遠也放不下的有情人，如今既知她還活著，你一定會去契丹接她回來，是嗎？」

楊浩凝視著她，焰焰粲然一笑：「此去契丹，一定風險重重、危機四伏。冬兒姐姐不是落在尋常人家，她如今是身在皇宮大內之中。侯門尚且深似海，帝王宮闕又該深若幾重天地？更何況……那個地方你從不曾去過，人地兩生，要想救她回來，不啻於想從天上偷一個仙子下凡。」

楊浩輕輕握住她的手，低聲道：「妳……不想我去？」

唐焰焰低下了頭，幽幽地道：「我不想讓自己的官人赴那九死一生之地，為他牽腸掛肚，寢食難安；我不想有個在你心中那般重要的女人回來與我爭寵。可是……我知道你一定要去，冬兒姐姐對你情深意重，為你付出良多，如果你棄之不顧，你就不配做我的男人。」

她仰起臉來，月光下，忽閃忽閃的一對大眼睛裡，兩隻眸子亮晶晶的，就像天上最美麗的星辰。

「焰焰……」楊浩感動地握住了她的手，一時不知該說些什麼才好。

娃兒輕聲提醒道：「官人，人是一定要救的，但是官人此次是去救人，而不是去送死的，正因此行險惡重重，所以官人切不可太過急躁，越是急於要救她回來，越要計畫妥當方可上路。

「冬兒如今是尚官，六宮女官之首，每日都要隨侍於蕭皇后身邊的，要想神不知鬼不覺地在契丹人的皇宮裡偷人，可比官人假死遁身還要難上千萬倍，一著不慎，滿盤皆輸，這一輸，可就再無重來的機會了。官人，娃兒不會阻攔官人，只希望官人能顧念在少華山上翹首期盼你平安歸來的我們，千萬保重自己，不要輕涉凶險。」

「我知道。」

楊浩攬緊她們的身子，感動地道：「楊浩能得妳們這樣的紅顏知己相伴，真不知是我幾世修來的福氣。我知道，這一去將有多少艱難，如今我是見不得光的身分，沒有宋國為我撐腰，沒有數百虎賁誓死護衛，沒有人迎來送往。在一個完全陌生的地方，一旦到了上京，我想見到皇宮中的她、通個消息讓她知道我來了都是千難萬難的事，更不用說帶她回來了。所以，我雖然恨不得插翅飛到上京去，但是我絕不會莽撞行事。」

他頓了頓，又道：「這幾天工夫我會好好盤算一下，想一個萬全之策，再過幾日，等金陵風平浪靜，咱們便啟程離開，我和妳們先去少華山。」

唐焰焰輕哼道：「我們能自己尋來，就能自己回去，何必還要你陪我們回少華山？你呀……你的一顆心現在都長了翅膀了，還有那個心思嗎？」

楊浩柔聲道：「美人恩重，豈敢再負？妳們為我拋棄富貴、洗盡鉛華，楊浩心中豈無感念？再者，如何救冬兒回來，我現在還毫無主意，總要一路行去，慢慢籌劃。待有了計議，我便帶幾個熟悉契丹語的護衛，出潼關北上河東路，自代州出雁門關，從那裡潛赴契丹，路途倒也便利。」

娃兒問道：「那……玉落怎麼安排？」

楊浩沉默片刻，說道：「她一個女孩兒家，雖說走南闖北，什麼風浪都經歷過了，可是要她獨自上路，我還真是放心不下，到時候我派兩個人護送她去蘆嶺州吧。」

楊浩話音剛落，身旁便傳來低低啜泣之聲，扭頭一看，楊浩不禁奇道：「焰焰，妳哭什麼？」

唐焰焰忽然撲進他的懷中，嗚嗚哭泣道：「你做什麼，我都由得你，可是你要答應我，無論如何，你要活著回來，一定要活著回來。」

「傻丫頭，我還沒走呢，這就說起不吉利的話了？」

楊浩又好氣又好笑，可是看到唐焰焰抱緊了他的腰，撲在他懷裡放聲大哭的模樣，他臉上的笑容漸漸收斂，手輕輕抬起，撫摸著焰焰光滑柔順的頭髮，他什麼都沒有說，充溢於胸懷的，只有深深的感動……

三人依偎著回了房間，矮牆之下，悄悄站起一個人影，痴痴地望著他們窗口亮起的燈光，久久不作一語。

天亮了，雖然材料有限，但是娃娃巧施妙手，還是料理出了幾道可口開胃的小菜，煮了一鍋香濃的米粥，楊浩本想等著玉落起來一起用膳，可是候了良久還不見她起身，娃娃便去她房中喚她，片刻工夫，娃娃便驚叫道：「官人，玉落走了。」

「什麼？」楊浩大吃一驚，急忙閃身出屋向玉落房中趕去，娃娃迎出門來，急急說道：「官人，玉落走了，這是玉落留下的信。」

楊浩接過來一看，只見封皮上寫著「二哥親啟」，他不急著拆信，匆匆趕到丁玉落房中一看，果然被褥整齊，房中空無一人，這才啟開信仔細讀了起來：

二哥：

二嫂是被那個畜牲坑害才流落異鄉的，他之行惡，未嘗不是丁家上下縱容所釀的惡果，玉落身為丁家的人，亦難辭其咎。二哥此去上京，以身涉險，妹何忍置身事外？為了追殺那個畜牲，妹妹曾在上京逗留多日，對那裡很熟悉，往返的道路也很了解。而且妹子是女兒身，此去上京，一旦打聽到二嫂的消息，也方便接近她。妹妹先赴上京，預先探路，則成功希望可增幾分，若玉落能先與二嫂相會，更可預作綢繆。

二哥且護送家眷離開金陵，再行趕往上京與妹子會合便是。妹子前番去上京，曾在上京福字客棧住宿，待二哥趕到，可與妹子在此會合。

玉落，頓首再拜。

＊　＊　＊

汴梁，皇宮，集英殿。

朝中文武濟濟一堂，吵得不可開交。

今日文武重臣會聚一堂，爭論的是一件極重要的大事：打誰。

大宋磨刀霍霍，準備一鼓作氣，再開疆土，可是向南還是向北，又成了朝臣們爭執不下的話題。

此時楊浩身死契丹使節之手、契丹使節亦遭橫死的消息已經傳來，隨之而來的還有唐國內史館精心編撰的江南山河地理圖，隨圖焦寺丞還附以楊浩所述的說明，據此可以分析判斷江南各地駐軍的位置及其兵力多寡。

與此同時，契丹那邊的細作也傳來消息，慶王謀反，兵圍上京，蕭拓智、韓德讓等十餘名重要將領和文臣在兵變中身死，耶律休哥帶傷巡城約束兵馬，契丹皇帝耶律賢在次日清晨曾登城亮相安定民心，此後再不見他露面，市井間紛紛傳言皇帝已然駕崩，不過耶律賢一向病弱，朝政素來都是皇后掌持，所以朝政倒未見荒廢。

蕭皇后已下密詔數十道，由人突圍去搬救兵，各地各族各部落，如今各有所附，勤王兵馬絡繹不絕，而以白甘部為首的十餘個大部落同樣對慶王的檄書誓死響應，起兵趕往上京，群情洶洶，大戰一觸即發。

一俟得了這個消息，趙匡胤欣喜若狂，朝中武將曹彬、党進、呼延贊等人皆認為此乃天賜良機，正逢契丹內亂，應該起兵北伐，以擅殺宋使的罪名討伐契丹，一舉奪回燕雲十六州這等易守難攻的戰略要地。至於唐國，實不足懼，隨時可以發兵滅之。

而以盧多遜、薛居正、呂餘慶等人為首的文臣則一致認為，先南後北平定天下，是大宋立國之初就定下的國策，許多年來，朝廷諸多安排、兵馬部署、兵士演練、糧草供給……盡皆為此而準備，不可倉卒改弦更張。

兩派爭執不下，党進腆著肚子，大聲咆哮道：「你們這些窮措大，懂得什麼打仗的事來？唐國若要取之，隨時可以下手，然北伐契丹卻不是易事，彼國兵力、戰力，皆不遜於我國，如此好機會怎可不用？趁他病要他命，才是道理。」

盧多遜道：「党將軍此言差矣，且不說契丹南院大王耶律斜軫如今對上京之亂視而不見，正對我宋國嚴陣以待，而且如今正是天寒地凍時節，冬衣、糧草、車馬運輸這些事情如何解決？党將軍頭腦一熱就想北伐，契丹人是那麼容易就能擊敗的嗎？一旦戰事膠著，我兵馬困頓於北，那時再難回頭了，如果唐國趁機作亂，又該如何？」

党進瞪起眼睛，把雙手一攤道：「前怕狼，後怕虎，那什麼事都不用做了。」

呼延贊忙道：「諸位大人，慶王或可利用，如果咱們派人與他接洽，以扶其上位為條件，他會不會與我宋國合作？如今蕭皇后坐鎮上京，上京不亂，勤王之師源源不斷，我看慶王很難得手。如果我們能說服他調動兵馬轉攻燕雲十六州，允諾助他一臂之力，合力奪取幽雲對抗上京，則耶律斜軫亦不足慮。如果慶王據幽雲而抗上京，嘿嘿……」

薛居正反駁道：「慶王就是那麼好糊弄的嗎？再者說，這一來一往，待到議盟已定，那要到什麼時候了？恐怕時機早已錯過。我大宋為平唐一戰，早已籌措良久，南征各處要隘均有蓄積糧草，今又得了江南山河地理圖，對其各處駐兵瞭如指掌，正可藉此南征，一統中原，解除了後顧之憂，那時精心準備方始北伐，才是穩妥之計，否則一旦唐國參戰，兩面開戰，我宋國必大傷元氣。」

趙匡胤聽著兩派人馬爭執不下，見晉王站立班中久久不發一語，便道：「晉王對此有何看法？」

趙光義步履從容地出班站定，拱手說道：「陛下，臣以為，如果此時北伐，實為投機，諸種準備不足，在此嚴寒季節，北國冰天雪地，輜重難以接續，一旦我軍被切斷後路，則後果堪虞。耶律斜軫乃一代名將，他坐鎮南院，占據天時、地利、人和，在沒有充分準備的情況下，這一戰太過行險，況且蜀地如今有人作亂，閩南新附，唐國未嘗沒有反叛之心，是以臣以為，宜南……不宜北。」

趙匡胤微微一笑：「慶王若回師伐幽雲，會不慮及他背後的蕭皇后嗎？南有耶律斜軫、北有蕭皇后，慶王夾在中間能濟得了什麼事？他唯一的選擇，只有盡快攻克上京，把蕭后掌握在手中，方可鼎定大局，還有一點，你們沒有想到，朕若北伐，有沒有可能反而促成了北人和解一致對外？」

他掃視群臣，見群臣靜靜侍立，有人已面露恍然之色，又道：「契丹皇帝久不露面，生死不知。如果他已經死了，蕭后祕不發喪怎麼辦？蕭綽無後，若皇帝已死，朕再發兵北伐，內憂外患之下，她會不會與慶王媾和？至於與慶王聯絡……」

趙匡胤微微一哂，不屑地道：「朕豈肯與一亂臣賊子苟且！」

趙光義搶前一步道：「陛下英明！」

盧多遜等人紛紛拱揖稱賞，趙匡胤笑望党進、曹彬等人一眼，說道：「爾等一力主張北伐，不是因為幽雲易得，恰恰是因為北人並非易與，你們心存忌憚，所以一見機會才不肯放過。正因如此，朕更不會倉卒冒進。」

他冷冷一笑，傲然道：「北國嘛，待中原一統，朕會御駕親征，北人雖然了得，朕的蟠龍棍，可也不是吃素的。」

他自御座上微微向前傾身，沉聲說道：「朕意，先取唐國，一統中原。諸位愛卿，誰可統兵南行？」

三百六五　主動請纓

趙匡胤忍住了因契丹內亂、燕雲十六州對他產生的強大誘惑，決定仍按既定國策先南後北，同時抓住這個機會，立即發兵。宋征討唐國、一統中原的最後一戰，比歷史上本來的時間提前一年開始了。

然而，該派誰去承擔這個重任呢？

曹彬是必不可少的，他如今不但是樞密承旨，而且在宋國大將之中，沉穩老練、有勇有謀，最具帥才。另一個最恰當的人選是潘美，潘美是大宋戰將之中最鋒利的一把尖刀，曹彬擅守、潘美擅攻，兩人一向配合默契，他們聯手必然所向披靡。

但是潘美此刻在閩南還沒有回來，原蜀國境內正有一支人馬造反，如今反賊已逾萬人、並且大有滾雪團一般越來越形壯大的聲勢，這種時候剛剛歸附的閩南絕對再亂不得，否則兩地烽煙並起，遙相呼應，還談什麼討伐唐國？潘美如今只能坐鎮閩南。

一統中原之最後一戰，這是立下開疆拓土之功的難得機會，更是名載史冊的重大機會，誰不眼熱？党進、呼延贊兩員虎將都搶著站了出來，趙匡胤卻不禁搖頭，他們是禁軍將領，負責京畿和皇城的安危，除非御駕親征，否則怎可輕易把他們派遣出去？何況這兩員虎將勇則勇矣，但是他們慣於陸戰，馬戰、步戰皆是一方之雄，可是水戰……這兩位馬軍、步軍的大統領根本就挨不著邊。

這時候，又一位官員按捺不住出班請戰了，令人驚奇的是，他竟來自文臣隊列，位居其首，一襲黑紋燙金的蟒龍袍，兩枝尺半的如玉帽翅，身材魁偉，步履從容，正是當今晉王兼開封府尹趙光義。

「陛下，臣弟請領大軍，為陛下開疆拓土，踏平唐國。」

趙匡胤一怔，有些啼笑皆非地道：「皇弟，你……你怎也出來胡鬧？你以開封府尹身分領兵南下，不是讓天下笑我朝中無人了嗎？」

趙光義躬身說道：「為陛下開疆拓土，是臣弟夙願，此戰之後，中原已無戰事，臣弟願辭開封府尹一職，統兵南下，為陛下再立武功。」

趙匡胤眉頭微蹙道：「皇弟，中原諸國之中，以唐國實力最盛，李煜雖然昏庸，然唐國不乏驍勇武將，這一番南征，十數萬大軍舉戈南下，所耗米糧無數，事若不成，後果何其嚴重，皇弟身為開封府尹，操持政務固然得心應手，但……」

趙光義舉笏長揖道：「陛下，臣弟昔日亦曾追隨陛下，躡足行伍。眼見陛下馳騁沙場，北戰南征，臣弟便有了戎馬之夢。惜自陛下蒞登至尊，臣弟便解甲而踞開封，如今已逾十載矣。渠州李仙扯旗造反時，臣弟便想請辭開封府尹，為陛下赴蜀剿匪，惜被翰林學士、蓬州知府朱昂大人捷足先登，如今朱大人統御廣安軍連戰連捷，臣弟豈甘人後？臣弟本武將出身，多年來卻不曾為陛下立寸土戰功，深以為憾，今征江南，臣弟切切懇請，望陛下恩准。」

趙光義說得懇切，趙匡胤不禁語塞。朱昂是個徹頭徹尾的文人，以翰林學士、蓬州知府的身分可以兼御廣安軍赴四川平叛，而二弟本就是武將出身，怎好以他是知府身分而婉拒？

正猶豫間，樞密承旨司馬邵奎出班附議道：「臣以為，正因唐國非蜀漢可比，更需一威望德隆之人，方可統御諸軍，如此，才可保障各路大軍指揮劃一。前番魏王殿下曾代天巡狩江淮，借陛下龍威，解危於倒懸，一舉解決了開封糧難。如今晉王乃陛下手足，代陛下征討唐國，也必可鼓舞三軍士氣。況且晉王追隨陛下久矣，長於軍中，精通武略，此番若為伐唐之主帥，料想三軍無不敬服。」

趙匡胤目光閃動，沉吟不語，党進見狀，急忙上前為皇帝解圍道：「陛下，臣雖不習水戰，但此番南下，亦非只有水軍可戰，陛下就派党進去吧，党進雖是一隻旱鴨子，長江、秦淮，在俺老党眼中，也只當它是一條泥塘，蹚它幾個來回絕不成問題。」

趙光義看了党進一眼，微笑道：「党將軍之驍勇善戰，舉朝誰人不知？只是伐唐之戰，宜速不宜緩，不知党將軍若統兵伐唐，多久可以拿下金陵，把李煜帶到陛下面前請罪呢？」

党進不由一怔，這種事誰敢保證？那時節若是碰上一座堅城，再碰上一個善守的將領，只要城中糧草充足，打上一年兩年也是常有的事。此番南征，身為大將竭盡所能就是了，要他拍胸脯保證多長時間可以拿下唐國，他如何作保？

党進思忖片刻，猶豫道：「末將……末將恪盡職守、奮勇殺敵也就是了，拿下金陵城嘛……這個……兵家之事變幻莫測，現在說些什麼哪有作得準的，若是末將去打唐國，俺想……俺想，若是戰事順利，明年這個時候，當能攻取金陵。」

趙光義微微一笑，轉首看向趙匡胤，泰然高聲道：「陛下若允臣弟統兵南下，臣弟保證在三個月之內踏平唐國，使之版圖盡歸於宋。」

「三個月……晉王，君前無戲言吶。」

「臣弟願立下軍令狀！」

「晉王真不愧為陛下胞弟，龍兄虎弟，氣魄不凡，晉王殿下允文允武、性情豪邁，依稀有陛下之風範，這是朝廷之幸，大宋之幸啊，晉王既有此心，陛下何妨成全呢？臣贊成晉王統兵。」

左諫議大夫杜綏欣欣然地站了出來，舉笏致禮，表示附議。群臣議論紛紛，頃刻之後，中書舍人程秉章、右僕射楊恂、判兵部事徐元茂、侍御史知雜事李玄哲、鐵騎左右廂都指揮使李懷忠等多位文武大臣紛紛出班響應。

趙匡胤臉色微微一變，他的目光從這些們文武大臣身上一一掠過，每看過一個人，目光便深邃了一分，只是他坐在高高的御座上，沒有人敢直視皇帝的容顏，沒有誰能看得到他意味深長的目光。

趙匡胤輕輕吸了一口氣，轉首看向文班之首，那裡還站著盧多遜、薛居正、呂餘慶三位宰相，趙匡胤微笑著問道：「晉王主動請纓，願伐唐國，不知三位宰相意下如何？」

三人互視一眼，猶猶豫豫地走上前道：「臣等……沒有異議。」

趙匡胤面無表情，又復轉向剛剛回京，且官陞一級，成為大宋朝財神爺的羅公明，問道：「羅卿之意呢？」

羅公明眼皮一抹，拱手說道：「臣以為，不管哪位大將統兵南征，有陛下運籌帷幄之中，何慮不能決勝於千里之外呢？」

趙匡胤沉默有頃，豁然大笑道：「好，好，晉王既是眾望所歸，那這江南行營馬步軍戰棹都部署的官職，朕就授予你了，由你統御三軍，討伐唐國。至於請辭開封府尹嘛，一時也無合適人選，晉王治理開封得心應手，朕還離不得手。這樣吧，晉王離京期間，由趙光美權知開封府尹事，府衙佐貳輔佐，待晉王功成歸來，再作計較。不過……

晉王可不要忘了自己立下的軍令狀啊！」

「臣弟遵旨。」趙光義欣然撩袍跪倒，行了一個隆重的大禮。

朝會一散，眾文武退朝，趙光義回到開封府，在清心樓中剛剛坐定，宋琪、程羽、賈琰、程德玄等人就匆匆跑了來，一見趙光義便驚慌道：「千歲，你竟請辭去了開封府尹之職？」

趙光義呷了口茶，淡淡一笑：「慌張什麼？本王經營開封府十餘載，換了誰來能馬上控制這裡？」

宋琪急道：「可是……一時不能不代表一世不能，千歲雖藉良機請戰，似有只圖戰功之意，陛下未必不會心生警惕。陛下春秋正盛，若是有意更換府尹，新任開封尹便做個十載八載也未嘗不能。陛下令千歲權領大軍，這江南行營都部署的官職可是臨時的，戰事一消，兵權自然解去，各部兵馬仍歸各處，到時候豈不兩頭落空……」

趙光義微微一笑，泰然說道：「我知陛下深矣，陛下兵鋒南向，一俟得了江南，就要磨刀霍霍意圖染指幽燕，天下一日未定，陛下就不會輕棄本王的。」

站在趙光義身後的慕容求醉也微微一笑道：「諸位同僚何需驚慌？這開封尹雖然位高權重，然而也未嘗不是一個限制？千歲苦心經營十年，視線還不是只在這開封府內？開封府並不重要，重要的是藉由這個身分在開封扎下牢牢的根基，結交滿朝大臣。

「十年工夫，能結交的已經結交下來了，結交不得的再坐下去也是枉然。如今官家開始重用盧多遜，用不了多久，又是一個趙普，不肯歸附千歲的，還是要會聚到他的門下跟千歲打擂臺，既然如此，何不趁著朝中如今還是千歲一家獨大，盡早掌握一個新的權位，以使羽翼更形豐滿？若無戰功，那些目高於頂的百戰之將誰肯臣服呢？」

程羽怒道：「這麼說，是慕容先生為千歲獻計的了？就算如此，你怎可蠱惑千歲立下軍令狀？須知一勝一負，兵家常事，誰能保證千歲此去必能旗開得勝，三個月內，平定江南？」

趙光義接口道：「仲遠不可冤枉了慕容先生，立下軍令狀，只是本王迫於形勢，臨時起意，與慕容先生無關。」

程羽氣極敗壞地道：「千歲……」

趙光義微微抬手制止了他，淡淡一笑道：「就算立下了軍令狀，大哥他……又能把我怎麼樣呢？」

趙光義之看趙匡胤，實比趙匡胤看他要透澈了幾分，這位大哥一代人主，雄才大略，指點天下，舉重若輕，但是脫下龍袍，也不過是個待兄弟手足仁厚慈愛，甚至有些寵溺的長兄罷了，自己所表現出來的，不過是心熱立一分戰功罷了，他縱然有些警惕，對自家兄弟也絕幹不出太過分的事來。

他吁了一口氣，慢慢站起身來，握緊雙拳，眼中露出興奮、嗜血的光芒，沉聲說道：「不過……就算沒有立下軍令狀，本王也一定要立下這分大功、立下這分頭功！此行，只可勝，不可敗，不惜一切！」

趙匡胤離開垂拱殿，王繼恩不乘步輦，舉步走向大內，行至宣佑門時，忽地看著王繼恩上上下下打量起來，王繼恩被他看得有些發毛，吃吃問道：「官家……有什麼吩咐？」

趙匡胤若有所思地道：「你的義父曾任監軍多年，頗有戰功，你原來……一直在他身邊吧？」

「是。」

「唔……你隨你義父這些年，亦粗通武略，這些年來，你侍候朕盡心盡力，朕欲封你個武德使，隨晉王一同南下，立一分功勳回來，掙一分功名光耀王氏門庭，你意如何？」

王繼恩略微一呆，隨即便道：「奴婢雖在軍中見識過調兵遣將的本事，卻哪比得上那些領兵打仗的將軍？不過聽命行事，衝鋒陷陣，做一馬前卒，奴婢還是使得的。既在晉王駕前聽用，奴婢只管聽、只管行，想來是不會給官家丟臉的。」

「唔……」趙匡胤滿意地點了點頭：「好，待詔令一下，你便隨晉王赴江南。對了，你去傳旨，令趙光美馬上入宮，赴大內見朕。還有，吩咐禮部，擬定對楊浩的褒獎，還有對焦海濤、張同舟的嘉獎。」

「遵旨！」王繼恩慌忙領旨去了。

趙匡胤步入大內，面色沉鬱地步入御花園內，忽見永慶雙手扠腰，站在院中大呼小叫：「真是些廢物，一棵樹都爬不上去的？快去，搬梯子來，不不不，拿鋸子來……」

高處一個怪裡怪氣的聲音學著她的聲音道：「真是些廢物，真是些廢物，一棵樹都爬不上去的……」

趙匡胤一聽，就曉得是那隻學舌的賤鸚鵡，不禁啼笑皆非地站住腳步，問道：「永慶，妳又在這裡頑皮了？」

「爹爹！」永慶扭頭看見是他，忙跑到他身旁，氣憤憤地道：「不是永慶頑皮，人家的珠玉釵子被那賤鳥叼走了，放在樹杈上就是不肯還我，拿瓜子哄牠也不下來……」

那鸚鵡站在高枝上囂張地叫：「不是永慶頑皮，不是永慶頑皮……」

趙匡胤抬頭一看，只見旁邊一棵高高的銀杏樹，碗口粗的樹幹、數丈高的樹冠，樹幹筆直，要那些小黃門爬上去，也著實地難為了他們。

趙匡胤不禁失笑道：「左右不過是隻扁毛畜牲罷了，雖能學舌，卻不通人性，妳要和牠講理，豈非對牛彈琴？」

樹上鸚鵡又叫，趙匡胤學了個乖，絕不和牠對罵，他雙眉一振，喝道：「你們退開。」

趙匡胤對著那棵銀杏樹屏息站定，突地霹靂般一聲大喝，一雙鐵掌齊出，「砰」的一聲擊在樹幹上，那隻鸚鵡立即展翅飛了起來，一樹積雪鹽沫般飄灑下來，只見那樹冠搖動了幾下，發出「喀喇喇」的響聲便向外側傾倒，趙匡胤這一掌竟把那碗口粗的大樹震斷了。

「哇！爹爹好厲害的功夫！」永慶公主雀躍地跑到跌落地面的樹幹處尋索一陣，拿著她的釵子歡喜地跑了回來，趙匡胤刮了下她凍紅的鼻頭，寵暱地道：「好了，快快回殿裡去吧，天氣寒冷，小心著了涼。」

他目光掃過那斷裂的樹幹，不由微微一怔，說道：「這棵杏樹已然死掉了的，樹幹都枯了，怎麼還立在御園之中？」

旁邊一個小黃門趕緊應道：「官家，這是春天才移植過來的一棵樹，當時只是有些枯黃，也不曉得到底能不能活下來，所以就沒忙著更換。待開了春，這棵枯樹就要挖了去的。」

「唔……」趙匡胤舉步前行，未行幾步忽地站住，回頭又向那棵斷樹看去，幾個小太監拖著斷樹正往外面走去，趙匡胤若有所思，半晌之後喃喃自語：「樹挪死，樹挪死，人呢？」

永慶公主吸了吸鼻子，接口道：「人挪活呀，這句老話爹爹沒聽過嗎？」

趙匡胤有些古怪地一笑，看了眼直挺挺矗在地上的那半截樹樁，輕輕地道：「是嗎？人挪，就一定活嗎？」

*　　*　　*

才幾天工夫，妙妙就像變了個人，整個人的容顏憔悴得都脫了相。

自楊浩離開汴梁，她就期盼著他回來的日子，每一天都在等待中度過，每一天都在希望中度過。千金一笑樓中不知多少姐妹羨慕她好運氣，青樓名妓得以嫁入官宦人家做小星的也不是沒有，但是能做官的大，多是大腹便便的中老年男子了，像楊浩這樣年紀輕輕、官居五品、前程遠大的官又有幾個？何況那官也有窮官富官，楊浩經營有道，手裡有千金一笑樓這樣一個財源滾滾的生意，又是個知情識趣的好男兒，做他的如夫人，怎不令人羨慕？

可是一夜之間什麼都變了，噩耗傳來，如晴天一聲霹靂，把妙妙的希望、幸福全都震滅了，千金一笑樓裡，處處都是譏誚的眼神，還有眼熱她坐擁萬貫家產，不憚以種種惡毒揣測她的，讓她在那地方再連一刻也沒勇氣待下去。

她到了楊浩的府邸，把那些慌慌張張讓她拿主意的楊府下人趕開，坐在楊浩房中痴痴呆呆一連幾日，水米難得一進，任誰也是不見，就連柳朵兒派來問候的人都被她拒之門外。

這一日，老門子急急跑進門來道：「夫人，汴河幫薛良大爺請見夫人。」

一身素縞，望靈位焚香而拜的妙妙怔怔抬起頭來，好半晌才反應過來，她盈盈站起，如雪中白蓮，抬手說道：「請薛大爺進來。」

旁人她可以不見，薛良可是官人的結義兄弟，她豈能不見？

臊豬兒在袖兒的陪同下，鬼鬼祟祟地走了進來，如今汴梁只有他知道楊浩假死的計畫，心懷鬼胎之下，見了這位花顏憔悴的未亡人，他難免有點心虛，可是楊浩的囑咐他又不能不辦，臊豬兒一面在心裡搜刮著措詞，一面踏進房來。

「妙妙見過大伯。」妙妙一見臊豬兒，不免想起楊浩，那眼淚立刻像斷了線的珍珠，劈里啪啦地掉下來。

「哎呀呀，妙妙姑娘，賢妹……賢弟妹，妳……妳不要哭哇……」臊豬兒手忙腳亂，欲扶不便，伸手掏出一塊縐巴巴的手帕，自己瞅瞅都看不下去，趕緊又揣起來，向袖兒求救似地看了一眼。

袖兒忙上前扶住妙妙，柔聲勸道：「人死不能復生，夫人節哀順變。」袖兒好一番安慰，妙妙這才止了眼淚請他們入座。臊豬兒假模假樣地先給自己的結拜兄弟上了炷香，嗅著那檀香味打了個嘎蹦脆的大噴嚏，這才揉著鼻子落座，雙手扶膝，正襟危坐，不知道該把楊浩的囑咐從何說起。

袖兒輕聲寬慰著妙妙，妙妙滿腹悲傷鬱結於心，如今終得傾吐機會，說著說著便忍不住抱住她肩頭哀哀哭泣不已。臊豬兒眼珠轉亂，卻只想著怎樣提起讓她改嫁的事來。

其實楊浩囑咐他的，也只是要他以大伯的身分對妙妙多些照顧，在風平浪靜之後，適時地規勸她帶了嫁妝尋個良人嫁了，免得磋砣了青春，可是臊豬兒是一根腸子通到底的人，他哪曉得什麼時候才是風平浪靜？汴河水可是沒有一天是風平浪靜的，反正楊浩也「死」了，自己現在出言相勸，應該更恰當了吧？

臊豬兒盤算良久，輕咳一聲，用他認為最恰當的措詞說道：「妙妙啊，人已經死了，傷心也沒有什麼用，妳要好好活下去，這個……活人不能讓……呃……妳看妳年輕輕的，姿容又是這般俊俏，要是就這麼整日地悲傷，浩子在九泉之下也不安心的。」

「嗯？」妙妙淚眼迷離地抬起頭，不曉得這位大伯在胡言亂語些什麼。

袖兒向他一個勁地瞪眼，生怕這個笨蛋說出什麼不得體的渾話來。

臊豬兒緊張得汗都快下來了，捲著衣角吭哧吭哧地道：「萬幸的是，浩子還給妳留下偌大一份家業，總算衣食無憂，那『女兒國』是他的心血，妳也要振作精神打理下去，也算是……唔……也算是有個念想。嗯……這個……妳看妳年輕輕的，這個……有誰要是欺負妳，妳就跟俺說，俺和浩子不是親兄弟、勝似親兄弟。」

妙妙微微垂首道：「多謝大伯寬慰，妙妙省得。」

臊豬兒連忙擺手：「不用謝，不用謝，一家人說什麼兩家話？生分了，生分了。呃……妳正當妙齡，再說雖與浩子有了名分，畢竟還不曾正式過門嘛，也用不著為他守什麼節，以後啊，妳要是看見什麼忠厚老實、本分過日的男子，要是心裡對他有那麼個意思，也用不著有什麼顧忌……」

妙妙臉色攸地一變，蒼白的臉頰騰地一下紅了，她雙眉跳了跳，長吸了一口氣，這才壓下心火，慢慢低下頭去，輕聲說道：「大伯，你……你可是我家官人最好的兄弟呀……」

臊豬兒兩隻胖手一拍，眉開眼笑地道：「著哇，就是這話，俺跟浩子沒說的，那是從小穿一條褲子長大，從來不分彼此的，他的事就是我的事，他不在了，我一定會好好照顧妳的，要不，我也對不起自己兄弟不是？呵呵呵……」

妙妙盈盈起身，聲音又冷又脆，就像一串冰豆子：「你……你現在已經很對得起我家官人了！」

臊豬兒忙也抬起屁股：「應該的，應該的，妳要是有什麼事就及時跟俺說，俺不幫妳誰幫妳？以後俺一得了空就來，妳要是……」

「不必了！」妙妙冷顏拂袖：「妙妙已疲倦得很了，多有怠慢之處還請恕罪。」

「啊？」臊豬兒撓撓頭，心道：「妳還沒給我個準話呢，怎麼這就送客了？」

袖兒臉蛋漲紅，起身對妙妙道：「夫人千萬保重身體，還請好好歇息，我們走了。」說著一拉臊豬兒，扯起他就走。

臊豬兒莫名其妙，一出楊家大門，袖兒就噌地一下扯住了他的耳朵，咬牙切齒地道：「你這個呆子，你上人家幹嘛來了？你想讓人家小寡婦帶著萬貫家產嫁入你家是不是？」

臊豬兒愣愣地道：「這話從何說起？俺是什麼人妳還不知道嗎？打自家兄弟媳婦的主意？俺豬兒是那種人嗎？」

袖兒氣道：「你不是那樣的人，說的什麼渾話？好在人家給你留了臉，你沒聽出來人家說你是她官人最好的兄弟，就已經給你留了體面，提醒你了嗎？你還在胡言亂語？」

朦豬兒發呆道：「俺胡言亂語了嗎？俺胡言亂語什麼了？」

袖兒氣極，大吼道：「人家還以為你是貪圖她的美色和錢財，要納她為妾呢。你是真聽不懂還是假聽不懂？」說罷拂袖而去。

朦豬兒呆了一呆，跺腳叫屈道：「這話從何說起，俺能那麼無恥嗎？這……這真是……俺圖什麼啊！好心當了驢肝肺，打死俺都不來了。那個該死不死的渾帳浩子，這不坑人嗎……」

豬兒說著便追著袖兒去了。

楊浩房中，妙妙伏在榻上痛哭流涕，一笑樓中的姐妹諸多惡毒非議，她可以忍，想不到官人唯一的結拜兄弟也來趁火打劫，官人屍骨未寒，他就厚顏無恥地上門催自己再嫁，話裡話外地抬舉他自己。這人間還有可以信賴的人嗎？一笑樓中有一群毒蛇，到了這兒又有他這樣無恥地謀人妾室財產的狼，這世上哪還有一方淨土？

木板、釘子、錘子搬到了房間中央，老門子在滿腹疑惑中被她打發了出去，妙妙把門窗用木板全都釘死，老門子聽到動靜趕回後院，驚詫地隔門問道：「夫人，夫人，妳……妳在做什麼？」

房中妙妙清冷的聲音輕輕吟道：「自守空樓斂恨眉，形同春後牡丹枝；舍人不會人深意，訝道泉臺不相隨……」

老門子愣然道：「夫人，妳說什麼？」

房中寂寂，半晌才傳來妙妙的聲音：「你們收拾府中細軟，逕自散去吧。妙妙夫君已死，生無可戀，自閉房中為亡夫焚香默禱，從此絕食……以死全節！」

三百六六　攤牌

兵貴神速，趙匡胤既然決定出兵，便立即動手絕不遲延。次日，鴻臚寺信使便趕赴江南，第三日曹彬便輕騎上路，與侍衛馬軍都虞候李漢瓊、判四方館事田欽祚奔赴荊南。

按照趙匡胤的部署，此番滅唐之戰出動四路大軍共計十餘萬人，曹彬先赴荊南，調荊湖水軍攻打池州以東長江南岸各處唐軍要隘，趙光義率步騎日夜兼程趕赴和州，在采石磯與曹彬會合，強行渡江直取金陵。京師水軍自汴水而下，破冰入揚州，自揚州攻打潤州。

耗費巨力破冰之後，河面一夜工夫也會重新凍結，但是好在船隊雖然連綿十數里，卻只有一支隊伍，船隻行過之後，河水再度凍結也無所謂，而且越往南去，冰面越薄，戰船又輕巧，所以越往後來速度越快。

第四支隊伍是吳越軍。趙匡胤傳旨，命天下兵馬大元帥、吳越王錢俶為升州東南面行營招撫制置使，率吳越軍數萬自杭州北上攻擊常州，配合宋國水軍奪取潤州，會攻金陵。並派宋國大將丁德裕為吳越軍前鋒，實則為監軍，同時又命黃州刺史王明率軍攻打武昌，牽制西線唐軍，防止他們東下赴援。

焦海濤得了聖旨，立即入宮去見李煜，怒氣沖沖地譴責李煜目無君上，奉詔而不往；上國天使受人行刺、唐國保護不力；山河地理圖不夠詳盡、敷衍了事等幾樁罪責，宣布唐國無力回護上國天使，宋國即刻召回使團，措詞十分嚴厲。煙幕彈放完了，焦海濤撣袖而去，立即率領使團回國，走得一溜煙兒地飛快，片刻也不停留。

李煜見趙匡胤措詞雖然嚴厲，卻沒有什麼實質性的懲罰，不由暗自慶幸，連忙再度寫下一封請罪書，誠惶誠恐地向趙匡胤請罪，並令人準備大量金銀財帛、歌伎舞女，準備再用一份厚禮平息宋國之怒。

過了幾日，汴梁馬步軍、水軍同時上路，大軍浩浩蕩蕩，統兵主帥正是開封府尹、權知江南行營馬步軍戰棹都部署的晉王趙光義，馬軍、步軍、水軍齊齊出動的消息，轟動了整個開封府，大街上人山人海，都來觀看在御街誓師完畢整裝南下的大軍。

臊豬兒帶著袖兒擠在汴河邊上，看著朝廷水軍威武雄壯的樣子心中不無讚嘆。漕運四幫此番也出動了大批人手幫助，但是戰艦卻都是使用朝廷祕密建造的各種新式戰艦，由於北人不擅划槳使船，所以朝廷戰艦的動力系統大量採用了木輪槳，依據船隻大小，有四輪、八輪、二十輪，甚至三十二輪的戰艦，兵士以雙腳踩踏使船前行，其速極快，有如掛了巨帆。

「呀，果然是威武雄壯，大軍出動，站在一邊看著那氣勢，都會覺得熱血沸騰，要是身在其中，那更是可想而知了。難怪浩子對俺說，哪怕平常很斯文、很膽怯的人，到了兩軍陣前真刀真槍的時候，也會變得比誰都狠，幾戰下來，吃人肉都不眨眼的。要是俺也當兵，妳說能混個啥將軍回來？」

袖兒嗤之以鼻：「省省吧你，話不會說，事也不會辦，好心上門安慰人家吧，結果讓人當成了狼心狗肺的混帳東西，你還想當官？你上了戰場，不讓人當豬肉剁了就燒了高香了。」

豬兒臉蛋一紅，訕訕地道：「俺……俺又沒勸過女人，怎麼知道怎麼說她才不傷心？算了，不提她了，這女孩有點不知好歹的，俺豬兒這樣光明磊落的漢子，竟讓她看成了那種人，還有什麼好說的？」

袖兒忍不住吃吃直笑：「那怪得了人家嗎？你那話說的，換了我也要誤會。」

兩個人正往回走，就聽前方有人說道：「近日這熱鬧還真多，前幾天有個女人自己男人死了，就釘死了門窗，自閉房中絕食待死，今兒朝廷就發大軍征討唐國，嘖嘖嘖，不知過兩日還有什麼熱鬧可看？」

「絕食殉夫？剛烈啊，朝廷知道了一定會旌表讚揚的。」

「人都死了，圖那虛名有用嗎？聽說她還是個如花似玉的小美人呢，去年花魁大賽，那是葉榜狀元，手裡還掌著千金一笑樓中的『女兒國』，有花不盡的錢財，你說她怎麼就這麼想不開呢？她要是招我入贅，怎麼不強過那死鬼疼她、憐她……」

「什麼？」臊豬兒一聽大吃一驚，一個箭步就竄了過去，一把扯住那人的衣領子吼道：「兄臺留步！」

那人嚇了一跳，雙手虛張，色厲內荏地道：「怎麼著？想打架不成？」

臊豬兒連忙放開手道：「兄臺誤會了，俺是想問，你剛才說那絕食為夫殉節的女人是誰？」

那人眨眨眼道：「聽說是『女兒國』主林音韶，去年花魁大賽的葉榜狀元。」

臊豬兒臉色大變，急忙問道：「已經死了嗎？」

那人翻個白眼道：「我怎麼曉得？有四、五天了吧，不死應該也差不多了，兄臺想去看看熱鬧？」

臊豬兒二話不說，掉頭就跑，袖兒聽得清楚也不由暗暗吃驚，連忙追在他的身後。

臊豬兒氣喘吁吁跑到楊府，楊府上下已經是樹倒猢猻散，走得滿院皆空，待他衝到後院時，就見老黑和張牛坐在楊浩門口，身前一張案席，上邊豬蹄膀、羊頭肉堆了滿桌，兩人大碗喝酒、大口吃肉，一張嘴油乎乎的，正吃得不亦樂乎。

一見他來，兩人是認得他的，連忙跳將起來：「薛大爺，你來的正好，妙妙姑娘執意尋死，你看怎麼辦才好？」

臊豬兒怒道：「你們兩個大男人，都制止不了她嗎？」

二人無奈地道：「如何制止？妙妙姑娘已經釘死了門窗，我們兄弟倆要拆房子，妙妙姑娘就說，我們再敢動一下，她就用剪刀自盡，那我們不是要攤上人命官司？」

臊豬兒暴跳如雷地吼道：「那你們在這兒吃哪門子酒席？等著收屍、等開心了嗎？」

張牛訕訕地道：「薛大爺這話怎麼說的？我們兄弟倆雖然是不入流的潑皮，卻也懂得江湖道上，義字當先。楊大人去了，我們怎麼也得為楊大人做點事呀，我們在這喝酒吃肉，是希望妙妙姑娘餓極了，嗅到味道會忍不住走出來……」

袖兒問道：「那妙妙姑娘可曾走出來？」

老黑乾笑道：「沒有，前兩日還說過話來著，這兩天連話都不說了。」

臊豬兒氣得也是話都說不出來了，他用手指了指桌子，又指了指旁邊，朝兩人一瞪眼，兩人呆了一呆，這才明白過來，急忙把桌子抬起了一邊，臊豬兒運足了丹田氣，照著大門「匡」地一腳，不想那門上了門閘，又封了木板，這一腳竟未踹開。

臊豬兒掉頭就跑，看得老黑和張牛莫名其妙，就見臊豬兒跑到院門口猛地一個轉身，「呀」的一聲大叫，助跑一陣，整個胖大的身子都飛了起來，肩膀狠狠撞在大門上。只聽「轟」的一聲，門沒撞開，倒把門軸撞斷了，整扇門都往房裡倒去，臊豬兒壓著門板，結結實實地砸了進去。

張牛兒和老黑咋舌不已，隨著袖兒一起衝了進去，房中看不見人，唯見帷幄低垂，掩住了床榻，臊豬兒爬起來衝過去一把掀開帷幔，只見妙妙一身縞素平躺榻上，臉色灰敗，靜靜不動，房中未燃火盆，冷得如同冰窖，再加上幾日水米未進，眼見她只剩下出的氣，沒有進的氣了，臊豬兒臉都嚇白了。

「快快快，拿吃的來。」臊豬兒急得團團亂轉，浩子就囑咐他這麼一件事，要是把人家姑娘活活餓死了，他這輩子也沒臉去見自家兄弟了。

老黑和張牛動作倒快，二人飛奔出屋，片刻工夫就跑了回來，一個捧著一壺酒，另一個拎著個肥肥胖胖的蹄膀。臊豬兒沒好氣地罵道：「你們兩個簡直比俺……比豬都蠢，她現在要是還能啃蹄膀，那還用救嗎？」

袖兒一把推開他道：「你也強不到哪兒去。」她俯身探探妙妙的鼻息，趕緊扯過棉被給她蓋上，扭頭吩咐道：「你們趕快生起火盆來，我去廚下熬點粥來。」

粥熬好了，袖兒坐在床邊，用湯匙舀了米粥輕輕為妙妙灌下，幾杓米粥灌下，妙妙的睫毛忽地眨動了幾下，袖兒喜道：「她醒了，還有得救！」

不料妙妙意識剛剛有些清醒，便緊緊閉上了嘴巴，不肯再讓她救治，袖兒苦勸半晌，妙妙才氣若游絲地道：「袖兒……姑娘，多……承美意，求……妳……成全了妙妙，讓妙妙……為夫……全節吧……」

袖兒聽著，忍不住鼻子一酸，眼淚汪汪地看向臊豬兒，臊豬兒就像一隻熱鍋上的螞蟻，在屋子裡轉來轉去，吹鬍子瞪眼睛，一邊喃喃自語，一邊咬牙切齒，也不知道他在跟誰生氣，袖兒忍不住道：「師哥，你倒是想個辦法出來啊，就這麼……就真的讓她活生生餓死了？你們男人恁地狠心……」

臊豬兒忽地跳將起來，大叫道：「不管了，不管了，這事沒法管了。」

袖兒大怒，喝道：「你敢不管！」

臊豬兒擼胳膊、挽袖子地道：「你們出去，全都出去，俺有辦法勸得妙妙姑娘回心轉意。」

老黑和張牛看他那架勢，不禁訕訕地道：「薛大爺是要硬灌嗎？要不要小的幫忙？」

臊豬兒瞪眼道：「灌什麼灌？出去，都躲遠點，袖兒，妳也出去，俺對妙妙有話說。」

袖兒雖然同情心氾濫，可是自己的意中人要把自己趕走，跟一個姑娘說悄悄話，她如何忍得？立時瞪起一雙俏眼道：「我也聽不得嗎？」

豬兒支吾道：「這個……妳……妳還是出去吧……」

袖兒騰地一下跳了起來：「你說，我有什麼事不為你著想？你說什麼、做什麼，連我都得瞞著？好！好你個姓豬的薛良，你不讓我聽，本姑娘就不聽，今天走出這個門，從此往後，你有什麼話都不必對我說，本姑娘還不稀罕聽了！」

袖兒說完拔腿就走，豬兒趕緊扯住她，苦笑道：「那……妳留下也成，不過……不過妳得答應俺，對誰都不能說。」

袖兒眸中露出欣喜的笑意，豬兒往昔的事她已經知道了，也隱約猜出豬兒對女子的冷淡和戒備是源於他曾經受過的欺騙，如今他肯向自己讓步，自己在他心中顯然已經占據了十分重要的位置，袖兒不禁欣然應道：「好！」

「對妳爹也不許說。」

「不說。」

「對妳娘也不許說。」

「不說！」

豬兒扭頭看向好奇心大起的張牛和老黑，兩人異口同聲地道：「我們也不說。」

豬兒一點也不給他們面子，沒好氣地道：「不說也得出去！」

趕走了老黑和張牛，豬兒掩好房門，回到床前坐下，看看妙妙毫無血色的臉蛋，訥訥地道：「妙妙，浩子臨走時特意把妳託付給俺，妳要是有個三長兩短，俺怎麼對得起自家兄弟？妳就吃一口吧。」

妙妙閉上眼睛不再說話，豬兒咬了咬牙，往門口看了看，壓低嗓門道：「妙妙，浩子他……他其實並沒有死，妳千萬不要想不開。」

妙妙霍地一下睜大眼睛，不錯眼珠地看著他，嘴脣翕動，卻說不出話來。

豬兒一拍大腿，便把楊浩假死脫身的計畫一五一十地說了出來，一旁袖兒已聽得呆了，而平臥榻上的妙妙眸中先是露出驚喜的光芒，身子動了動，似乎想要坐起來，但是隨即目光一黯，氣色卻更加難看了。

豬兒還道已擺平了此事，端過粥來喜孜孜說道：「喏，俺現在都告訴妳了，妳可以放心了吧？」

一匙粥遞到妙妙脣邊，妙妙微微扭頭，避開了去，幽幽地道：「薛大哥，你是說……大人他……他只是利用了妙妙，大人……大人根本不喜歡妙妙，是嗎？」

豬兒一呆，僵在那兒言語不得，妙妙緊緊閉起了眼，淚水滾滾而下。

豬兒為難地道：「妙妙姑娘……」

妙妙花容慘淡地道：「薛大哥，你不用說了，妙妙好蠢，活著……就是一個笑話……」

豬兒急得一雙大眼直晃蕩，一旁袖兒突然說道：「不錯，楊浩那頭蠢豬就是在利用妳，所以煞費苦心地聘妳過門，以便這萬貫家產能落入妳的手中。汴梁城中不知多少女子想被他這般利用，他一定是看妳最笨，所以才選擇了妳。他一定是根本看不上妳，所以雖聘妳過門，卻未與妳圓房，留妳一個處子之身以待再嫁。他若不是對妳無情無義，怎麼會託付我師哥這麼一個笨傢伙來照料妳呢……」

妙妙聽在耳中，目光漸漸又亮了起來。

豬兒一開始聽著不像話，漸漸品出味道來，不禁眉開眼笑，讚賞地瞟了眼袖兒，這才對妙妙道：「妙妙姑娘，豬兒實未想到妳對浩子竟是這般情深意重，像妳這樣的好女子，他也忍心負妳的話，那連俺薛良都看不過去。

「浩子其實是喜歡妳的，要不然他死就死去，何必一定要為妳安排好出路？他這人是屬驢的，牽著不走，打著倒退，做事總是這麼不著調，一直都這樣，俺都習慣了。咳咳……不過妳儘管放心，人心都是肉做的，如今這情形，俺無論如何都得幫妳。俺是他兄弟，俺的話，他不能不聽，妳那一聲大伯，俺絕不會讓妳白叫的……」

妙妙目光微微閃爍了一下，輕輕搖頭道：「不……大人……有大人的苦衷，大哥你莫要迫他，妙妙……妙妙知道大人無恙……也就安心了，妙妙……一介奴婢出身，本就配不上大人，從此……不會痴心妄想了。大人既然健在，那『女兒國』就還是大人的，妙妙會好好打理，打理一生……一世……早晚把它……完璧……歸楊……」

豬兒感動地道：「妙妙姑娘，妳……妳……」

妙妙轉向袖兒，粲然一笑：「袖兒姐姐，我……我好餓，想吃點東西……」

待張牛從「女兒國」調來幾個姑娘照料妙妙之後，豬兒見一切已安排妥當，這才與袖兒告辭回去，走在路上，豬兒還咂巴著嘴不住地讚嘆：「多好的姑娘啊，唉，小小年紀，冰清玉潔，浩子不知燒了幾輩子高香，才攤上這麼個好姑娘？人家姑娘懂事著呢，妳瞧瞧，一點也不怨他，不纏著他，也不占他的財產，這麼老實厚道，浩子真是造孽呀……」

袖兒掩著口偷笑，豬兒瞪她一眼道：「妳笑什麼，俺說的不對？」

袖兒笑盈盈地道：「你說的都對，什麼一往情深啊、冰清玉潔啊……不過呢，要說她老實，我看未必。」

豬兒不服氣地道：「妙妙姑娘怎麼就不乖巧了？」

袖兒撇嘴道：「妙妙姑娘說不會計較這段姻緣了，你怎麼說？」

豬兒瞪眼道：「那怎麼成？這樣的好姑娘，打著燈籠都難找，浩子這事辦得可不地道，俺要不插一手，天公都得拿雷劈俺，過些天俺就找他去，這事，俺管了。他要是還認俺這個兄弟，那他就得把妙妙姑娘真正地娶過門，要不然，俺絕不與他善罷甘休！」

袖兒格格笑道：「著哇，有你這位義薄雲天的大伯替她出頭，妙妙當然可以老實乖巧了。不然你要她怎麼辦？一個女孩兒家，難道眼巴巴地去央求楊浩娶她過門嗎？楊浩心中本來就對她在意得很，要不然也用不著這麼煞費苦心地為她安排出路了，如今她為楊浩付出這麼多，又有你撐腰，楊浩得知情形，還有第二個選擇嗎？

「瞧那小嘴多甜，話說的多好哇，『大人既然健在，那『女兒國』就還是大人的，妙妙會好好打理，打理一生一世，早晚把它完璧歸楊。』嘖嘖嘖，人家都這麼說了，姓楊的他好意思不露面？『女兒國』是個死物，一生一世候在這兒的可是一個活人，你家兄弟好意思裝聾作啞，完璧歸楊……嘻嘻，也不知那完璧歸楊的是說那『女兒國』呢？還是說她自己……」

豬兒目瞪口呆，半晌才驚嘆道：「俺個娘唷，都餓得半死不活了，還有這麼多花花腸子吶？這心眼多的……俺家兄弟可真慘，家裡頭連一盞省油的燈都沒有。袖兒，妳……妳將來可別學他們家的女人啊，俺心眼實，妳要是跟俺玩心眼，俺讓妳當豬賣了，都得傻兮兮地笑著幫妳數錢呢……」

袖兒不屑地道：「嘁，我倒是想把你賣了，可是誰肯買啊？就你這樣的，倒搭錢都……」

袖兒突然雙眼一亮，一把扯住他衣袖道：「你方才說什麼？你說……你說要我別學你兄弟家的女人是不是？是不是？」

豬兒自知失言，登時臊得滿臉通紅，他一把奪回袖子便逃之夭夭，袖兒又笑又叫：「你親口答應的，絕不可以反悔，要不然……要不然我也絕食給你看，喂，你不要逃！」

守得雲開見月明，榆木疙瘩開了竅啊，袖兒喜笑顏開地向豬兒追去：「本姑娘是女人，怎麼也要矜持點嘛，如今可是你自己開的口，哼哼，這一生一世，還想逃出老娘的五指山嗎……」

*　　*　　*

長江南岸，湖口。

此地駐紮著十萬大軍，原統軍節度使就是唐國第一虎將林仁肇。自林仁肇被鴆殺，軍中士氣一蹶不振，每日巡弋江防的士兵也是懶洋洋的，這可怪不得他們，俗話說兵熊熊一個，將熊熊一窩。一力主戰的林大將軍被殺了，國主帶頭宣揚宋國不可敵的主張，士兵們還有什麼精神？

巡弋江防的士兵正虛應其事地應付著差使，忽然見一支艦隊自上游駛來，船頭高掛著宋字大旗，巡弋艦立即駛回大營，落帆閉寨。宋軍荊湖水師每日也要例行巡江的，雙方以長江中線為國界，各巡一方，一向相安無事。不過自從林仁肇身死，每逢宋人巡江，唐國水師都要迴避一下，免得被那囂張的宋軍水師士兵挑釁，今日他們也以為是宋國水師照例巡江，但是，很快他們就發現今天有些與往日不同。

這支水師艦隊實在是太龐大了，沒有一個國家會這麼騷包，日常巡江會派出這麼龐大的一支艦隊的。檣桅林立，巨帆蔽空，艦隊浩浩蕩蕩，前不見頭、後不見尾，從唐國湖口水師面前大搖大擺地駛了過去。

如果林仁肇在這裡，見此異狀必然已判斷出真相，當機立斷下令出兵了，宋軍水師擺了一字長蛇陣，唐軍占據地利，只要突出奇兵從中截斷，這支宋軍水師必然被硬生生截斷，首尾不得兼顧。然而……此時的唐國將領只想息事寧人，得罪宋人……那可是要喝毒酒的……

宋國水師浩浩蕩蕩而下，唐國長江防線的最前線陣地湖口，未發一矢便被宋國水師「突破」了。

隨後，池州一線也發現了宋軍。池州守將戈彥聞訊立即大開城門，牽牛趕豬地去犒勞宋軍。自唐國向宋稱臣以來，池州守將一直就是這麼幹的，慰勞上國大軍，原也合情合理。只是……往常宋軍收了酒肉就會高高興興地離去，而這一次他們卻如狼似虎地撲了上來，瞧那架勢就像一群餓極了的難民，不止要吃豬牛，連人都要吃。

戈彥大吃一驚，在亂兵的拚命搏殺下，戈顏隻身逃出，待他逃到遠處，勒馬回轠扭頭回望時，只見池州城頭飄揚著的已然換了了宋國大旗。

不宣而戰、閃電戰、突襲戰，接踵而至。斷邦交、遞戰書、約戰期、堂堂正正而戰的臭規矩，從春秋時期就已經失傳了，兵不厭詐才是王道。

此時，唐國準備了貢帛二十萬疋、金銀二百萬兩、美女歌伎五百人，正準備送往開封做為謝罪之禮。

此時，李煜正在傷心落淚。

唐國在開封的細作正在日夜兼程趕回來，但是宋軍的行動實在是太迅速了，南征已做了多年準備，計畫詳盡，戰令初下，為配合閃電戰術的順利實施，各地關卡要隘便盡皆封閉，他們只能翻山越嶺抄小路往回趕，到現在還沒趕到長江邊上。而被襲擊的地方敗的也實在太快了，殘兵敗將們此時驚魂未定，剛剛派出快馬向金陵示警，他們還在路上。

李煜還不知道戰火燃起，他的傷心不是因為宋人背信棄義，而是為了他的兄弟媳婦。

原鄭王、今楚國公李從善的夫人死了。

這位楚國公夫人本來就體弱多病，丈夫被軟禁於汴梁之後，她憂心忡忡，常常以淚洗面，哀告於李煜，李煜也束手無策，後來乾脆不肯見她，楚國公夫人悲憤交加，病情越加嚴重，竟爾一命嗚呼。

消息報進宮來，李煜聞之大慟，自覺有愧於這對夫妻，他揮淚潑墨，泣聲吟哦道：「……昔時之壯也，情槃樂恣，歡賞忘勞，悁心誌於金石，泥花月於詩騷，輕五陵之得侶，陋三秦之選曹……愴家艱之如毀，縈離緒之鬱陶，陟彼岡兮企予足，望複關兮睇予目。原有鴒兮相從飛，嗟予季兮不來歸，空蒼蒼兮風淒淒，心躑躅兮淚漣洏，無一歡之可作，有萬緒以纏悲於戲噫嘻！嘻！嘻！」

李煜剛「嘻」了兩聲，樞密院承旨兼沿江巡檢盧絳便一個箭步竄進大殿，慌慌張張仆倒在地，放聲大呼道：「國主、國主，宋人不宣而戰，湖口已破、池州陷落，北、西、南三面已是處處烽煙，國主，速召文武，商量對策啊！」

李煜臉上淚痕未乾，呆呆站立半晌，手中的「善璉湖筆」吧嗒一聲落在那滑如春冰、密如細繭的「澄心堂紙」上，把剛剛寫就的一首聲情並茂的好詞塗汙了。

他痴痴地問道：「盧愛卿，你……你說什麼？」

* * *

「水月，妳也喜歡他嗎？」

靜心庵庵主寶月住持向一旁的靜水月問道。水月漲紅了臉，瞄了壁宿一眼，局促地低下頭不語。

寶月老尼嘆了一口氣，愛憐地道：「水月啊，妳是貧尼的徒弟，這些年來，名為師徒，情同母女，貧尼看得出來，妳雖口不能言，卻是多情種子，終非我佛門中人。唉……」

她望向壁宿，肅容道：「其實這些日子以來，你與水月偷偷往來，貧尼並非不知，暗中窺看，你對水月還算守禮，不是一個只為貪戀她姿色，花言巧語、不懷好意的登徒子，如果你真的喜歡她，那……貧尼今日就把她交給你了，你能保證憐她愛她，一生一世，絕不相負嗎？」

壁宿大喜，正容說道：「庵主請放心，壁宿對水月是真心實意的，這一生敬她愛她，絕不相負。小子若有半句虛言，死後墮入阿鼻地獄，永世不得超生。」

寶月嘆息道：「罷了，水月啊，從今日起，妳就不再是我佛門中人了。妳……妳這就換下僧衣，隨他……去吧……」

水月突然屈膝跪倒，向寶月老尼鄭重地叩了三個頭，抬起頭來時，已是淚流滿面……

壁宿換了俗家衣服，又戴了帽子掩飾光頭，領著挎著個小包袱的靜水月，就像拐帶了人家小媳婦似的，鬼鬼祟祟鑽進烏泥巷。

楊浩一見他便道：「壁宿，你可是洩露了行蹤嗎？我發現今日街巷上兵士驟然增多，似乎有些不同尋常。」

璧宿道：「大人不必擔心，金陵城中兵士密布，卻不是衝著咱們來的，而是……宋國出兵討伐唐國了。」

楊浩臉色一變，失聲道：「這麼快？」

璧宿道：「是啊，今日出了好多大事，李煜恢復帝位，復稱皇帝了。」

「嗯？恢復帝王稱號？」

「不錯，今日李煜開大朝會，召集文武百官，俱都官陞一級，復了原職。各有司衙門也都改回了稱呼，李煜脫了紫衣，重又披上龍袍，口口聲聲自稱為朕了。李煜說他向宋稱臣，本來是不想宋人來攻，宋人既然已經來了，他復了帝王，以九五至尊的身分，才好號召江南一十九州，對抗宋國皇帝。」

「你怎打聽的這般詳細？」

璧宿乾笑道：「當然詳細，李煜復登帝王時，召開大朝會，把我這小師傅也請了去，披著大紅袈裟站在金殿上，大概他是希望我的佛光普照，佛祖能保佑他吧。」

璧宿摸摸光頭，又道：「我瞧情形不妙，一離開金殿，就趕緊去接了水月來，大人，咱們得馬上離開，要不然李煜還得找我，瞧他那模樣，似乎相信我能呼風喚雨、撒豆成兵似的，要是唐兵吃了敗仗，沒準他能把我打發上沙場。再者說，宋軍此次氣勢洶洶，數路大軍直撲過來，一旦形成合圍，咱們想走也走不了啦。」

楊浩蹙眉道：「不要急，總得先弄清楚宋軍的來路再走吧，免得咱們一頭撞進他們的主戰場，那時才是真的走不脫了。曹彬和潘美是分頭領兵嗎？如今各自在何處？」

壁宿一呆：「潘美？潘美沒來啊。」

楊浩大吃一驚，失聲道：「你說什麼？那是誰人領兵？」

壁宿說道：「統兵主帥是開封府尹、晉王趙光義，副帥是樞密使曹彬、東路軍主帥是宋國的天下兵馬大元帥、吳越國王錢俶，這幾路兵馬之中並沒有潘美啊。」

「怎麼可能……怎麼可能……」

楊浩失魂落魄，喃喃自語，他記不清宋伐南唐是哪一年，但是兩位主帥他是記得的，如果趙光義曾伐南唐，這麼一個大人物，他絕不可能不記得，然而……然而現在壁宿從唐國朝廷上得到的確實消息卻是……趙光義為主帥、曹彬為副帥。

怎麼會這樣？

歷史，已走了一條完全不同的路嗎？他本來以為自己掌握了歷史的大勢，然而做為一個穿越者，他這唯一的優勢從這一刻起也喪失殆盡了。

他改變了歷史，代價就是他澈底融入了這條歷史長河，這河流的走向，他再也不能用高高在上的上帝視角去俯瞰了，未來還原了未來的本質，那就是未知，天下已向自己不可預料的方向走去……

子渝！如果她知道了這個消息，她會怎麼想？我真蠢吶，扮神棍就該模稜兩可、似是而非嘛，我幹嘛要說的那麼明確，這一下她還會相信我的話嗎？她會放棄努力，回去西北嗎？子渝現在會怎麼樣？

慢著……

楊浩定了定神，復又想道：「我到底在擔心什麼？如果說，歷史從現在開始已不是我記憶中的歷史，那麼……府谷折家的出路在哪裡？憑什麼我認為的就是對的，我給她的忠告，真的是忠告嗎？」

楊浩心亂如麻，完全理不清頭緒了。

壁宿奇怪地道：「大人，你在想什麼？咱們得趕快走路，再要遲了，城池都封了，咱們就出不去了。」

楊浩一驚，趕緊放下心事，說道：「你先說說，宋軍主攻的方向在哪裡？咱們從他們的縫隙中穿過去，跳出這個戰場。」

壁宿努力地思索了一番朝堂上聽來的消息，說道：「曹彬率荊湖水師不損一兵一將便突破湖口十萬唐軍的駐地，剛剛攻占了池西峽口寨，殺守軍八百人，如今正向銅陵進發，趙光義率步騎正日夜兼程向南趕來，東邊吳越王錢俶也出了兵，暫時還無具體消息。」

楊浩略一思索，說道：「好險，幸好你得李煜賞識，咱們能這麼快掌握消息，要不然數路大軍一旦合圍，咱們困在這江東，真的是插翅難飛了。事不宜遲，咱們馬上上路，仍自采石磯出去，搶在宋軍合圍之前，跳出他們的包圍圈。」

此番西行是早已做了準備的，不費什麼功夫，片刻時間早已備好的船便駛到了烏泥巷外的秦淮河岸，楊浩一行人輕車簡從，登船而去。

烏衣巷，一幢雅致的庭院內，一個青袍漢子匆匆趕入，闖進花廳稟道：「大公子，他們離開了。」

崔大郎若有所思地放下酒杯，淡淡一笑，吩咐道：「好，咱們跟上去，待我弄清楚他的目的，再做打算！」

三百六七　巧遇

楊浩急急駛船離城之後，不到一個時辰，金陵城便開始限制出入了。

楊浩從壁宿所述的宋軍進攻路線分析，宋軍是從北、東、西三個方向水陸並進，最終合圍目標就是金陵，他想把家眷安全帶出江南，務必得在三路大軍會合形成鐵桶陣之前渡過大江，所以急急而行，一出城就上了陸路，以車馬直驅采石磯，這個地方他曾經在皇甫繼勳陪同下遊覽過，當地的碼頭原無駐軍，且與荊湖通商往來密切，只要他能搶在唐國江防封鎖整條水路前趕到那裡，就能安然離開。

天下已經開始不知不覺地改變了。宋國還是對唐國發動了戰爭，這是必然的，然而統兵的主帥卻換了人，時勢能造英雄，英雄也能造時勢，兩者本就是互相作用的，趙光義統兵前來，到底意味著什麼，未來的時勢會做怎樣的改變？

楊浩惶惑莫名，越往采石靠近，往來的大隊馬兵越多，難民亦不絕於途，楊浩一行人反其道而行，與那些難民逃往金陵的方向背道而馳，這就有些礙眼，所以他只能選擇一些大軍調動不會選擇的小路前行，這一來繞來繞去就耽擱了時間，待他趕到采石磯時，采石磯上戰旗如雲，兵甲森立，已經無路可行了。

曹彬的攻勢實在迅速，他突破湖口、破峽口寨，水師大軍浩浩蕩蕩直趨銅陵。唐國銅陵守將胡正得了消息並不畏懼，曹彬所領荊湖水軍的戰鬥力遠不能和唐國精銳相比，如果不是湖口守將犯了糊塗，他的大軍根本別想安然通過，胡正手中雖只三萬人馬，但是自信倚仗地利，足以阻擋曹彬十萬水軍東向的道路。

他把三萬人馬集中到一百多艘大型戰艦上，封鎖了整個江面，船牆如林，前後數層，直如銅牆鐵壁一般，曹彬大軍到了，見胡正早已有備，情知不可力敵，於是令大將曹翰先行上岸，趁胡正陳兵江上，攻占銅陵城，在城中放起火來。

銅陵守軍多是當地人，一見城中火起，牽掛父母妻兒，紛紛向胡正請求上岸救城，這時陣勢已然擺開，曹彬的大軍氣勢洶洶而來，胡正怎能答應？那些唐兵見主帥不允，乾脆違抗軍令直接驅船上岸，俗話說軍令如山，如今這軍令卻不敵骨肉親情，胡正令親兵斬殺了帶頭的多名士兵也阻攔不住。

一時間，宋軍水師尚未接戰，唐軍水師便陣勢大亂，船隻橫七豎八、互相交錯，竟然發生了水上交通堵塞，蔚為戰地奇觀。曹翰受曹彬嚴令不得擅殺平民，所放的火不過是在城中街市上堆積的柴禾，火勢一起，他便出城埋伏，待見唐軍上岸才發現自己過於慎重了，唐軍上了岸便哭爹喊娘地直奔城池，既無隊形，亦不顧從屬，根本就成了一群烏合之眾。

曹翰立即鳴鼓進攻，揮軍掩殺，抗令上岸的唐軍被劈瓜切菜一般殺得落花流水，水面上的唐軍更不用說了，曹彬的軍隊大模大樣靠近，直接登船作戰，雙方混戰正如火如荼，曹翰殺光了抗令上岸的唐兵，奪了他們的船也向唐軍水師迫來。

胡正眼見大勢已去，這仗敗得窩囊，痛哭流涕地被幾個親兵掩護著逃到排布在後方的戰艦上，逃之夭夭趕往當塗報信去了。

消息傳開，沿江唐軍驚惶失措，只能設置障礙、施放火箭沿途阻礙宋軍水師的行進速度。曹彬片刻不留，直奔蕪湖，準備拿下蕪湖，繼而轉攻當塗。而此時，采石磯之戰已經打響了。

趙光義本是一員武將，當年跟著大哥征南討北，雖未獨力領過兵，卻也熟諳軍事，談論起兵法更是頭頭是道，至於是不是紙上談兵的趙括，正驗證於今日。

他興沖沖揮師南下，一路馬不停蹄、日夜兼程，趕到采石磯與曹彬會合的地方時，曹彬的水師還未趕到，按照趙匡胤的吩咐，他的馬步軍要藉曹彬之助渡江作戰，然而趙光義等不及了。聽說曹彬尚未趕到，趙光義大喜，立即下令搜羅沿江漁船強行渡江。

他的目的只有一個：搶功！

曹彬戰功赫赫，是宋國當前的武將序列中排名第一，如果趙光義能搶在曹彬到達前，根本不需他的水師相助就攻破唐國要塞采石磯，那就能一鳴驚人，一躍成為宋國最善戰的第一大將。雖說閩南還有一個潘美亦以善攻而聞名，但是論官職、論聲望，潘美比曹彬還略遜，也是無法與他相比的，他治理開封十年，文治能力已是盡人皆知，到那時他的武功必也名揚天下。

可是天險不是那麼好攻的，憑著一些搜羅來的大小漁船就想攻破要塞談何容易？采石磯唐軍守將是馬步軍副都部署楊收、兵馬都監孫震，他們手中有精兵兩萬，采石磯一戰，宋軍丟盔卸甲，血染大江，第一戰竟爾敗了。

趙光義自知憑宋國實力早晚都能打下唐國，他的大軍只須佯攻吸引采石磯守軍，使他們不得分兵，只須掩護曹彬水師到了，這一仗大有可為，但是他立下了三個月平定江南的軍令狀，要的就是一鳴驚人的效果，如果打上半年或者一年，那與党進何異？

是以趙光義下了死令，徵召敢死之士徹夜不停強攻要塞，並且下了屠城的命令激勵三軍，允諾只要攻下采石磯，可任士兵劫掠當塗城，財帛女子盡歸其所有。這一招當真管用，清朝時候，察哈爾叛亂，大軍眼看就要殺到了北京城下，城中無兵，皇帝束手無策，關鍵時刻孝莊太后用京師王族貴戚的家奴們組建了一支數千人的軍隊交給周培公去打仗。周培公是一介書生，一個書生領著一群家奴，這樣一支烏合之眾，周培公用了兩樣手段就把他們變成了攻無不克的虎狼之師，殺得察哈爾望風而逃。手段只有兩個：一，奪其城池後，財帛子女任你取捨；二、擅退一步者，格殺勿論。

趙光義用的也是這一招，這是針對人性，能以最快的速度、激發人最大勇氣的方法，在女色和金錢的雙重誘惑下，旱鴨子般的宋軍馬步兵就像打了禁藥，忘死強攻，用無數屍體墊江，硬是殺開了一道豁口，攻上了長江東岸。

可惜後續部隊運送乏力，搶灘登陸的宋軍後繼無援，在楊收、孫震親自率兵反撲之下，被盡殲於長江東岸。趙光義目眥欲裂，竟爾親披戰甲，駕小船南攻，但他殺過半江時，搶岸的宋軍已被唐人盡數殲滅，萬箭齊發之下，趙光義只得退回江西，搜羅大木製筏，往兩岸更遠處搜羅船隻，準備再戰。

楊浩就是在這時趕到了采石磯。穆羽帶人前行探路，匆匆返回把江防情形一說，楊浩不禁變色，他沒想到宋軍到的這麼快，如今再往哪個方向去，恐怕都已沒了出路了。楊浩將家眷暫且安頓在當塗，只帶壁宿一人，仍要他穿了僧衣以為掩護，同登采石磯觀察情形，看看有無可能駛一小船夜間偷渡過江。

江邊大軍雲集，采石磯上遊客稀落，但仍有三五香客上山禮佛，提心吊膽地求神佛保佑。

太白樓前冷冷清清，「薦汾陽再造唐家，並無尺土酬功，只落得采石青山，供當日神仙笑傲；喜妃子能讒學士，不是七言感怨，乍脫去名韁利鎖，讓先生詩酒逍遙」的楹聯下，立著一位玄衫玉面的俊俏公子，眉心微鎖，負手而立。

此人正是折子渝，幾日的工夫，她似乎清瘦了許多，原本俏麗圓潤的下巴變尖了，臉頰有些瘦，兩隻大眼睛相形之下變得更大，女人的模樣並不易遮掩，不過戰亂一起，許多年輕女子都換穿了男裝，這副打扮倒也不會惹人生疑。

在她面前，是張十三和一位低階軍官。只聽折子渝問道：「金陵那邊怎麼說？」

那軍官說道：「小將聽孫都監說，朝中文武計議，宋軍勞師遠征，全憑一股銳氣，必難持久，是以當堅壁清野，倚仗長江天險與宋軍耗戰，待宋軍疲憊無功時，自然退去。」

折子渝蛾眉一揚，詫然道：「真是愚蠢，朝中就沒有一個遠見卓識之人嗎？天險雖險，還須由人來守。宋軍士氣如虹，唐軍被久困之下士氣必然低迷，到那時天險也算不得什麼險了。湖口尚有雄兵十萬，采石一線守軍也未受重挫，如果速調湖口守軍，配合采石守軍南北夾攻，趁宋軍立足未穩主動出擊，擊潰宋軍才有自保的可能，豈可坐待宋軍自退？」

那軍官苦笑道：「可是……這是朝中的命令，孫將軍人微言輕，又能如何？聽說皇上要召雞鳴寺一位被皇上敬稱為小師傅的高僧入宮誦經祈福，可那位小師傅卻已蹤影全無，可嘆皇上仍不醒悟，又召請了許多據說是得道之士的出家人，在宮中開壇誦經為唐國祈福，小將還聽說皇上如今正在鑽研《易經》，想從中找出克敵之勝的大道正法。」

折子渝苦笑一聲，喃喃自語道：「這位皇帝……已經不可救藥了……」

那軍官黯然嘆息一聲，拱手道：「莫姑娘，國君之事，小將不便置言。小將是一介武人，外敵入侵，小將唯有死戰不降，為國捐軀，便算是對得起林將軍的知遇和栽培，也算是盡了自己的本分了。林家一門忠烈，林將軍受讒言而死，冤深以海，姑娘還能不計前嫌，如此為唐國謀劃，可恨……朝事盡為奸佞把持，我們回天無力啊。姑娘，這采石磯也不知能守到幾時，姑娘是女兒身，不用沾惹這刀兵之事，還是早早離開吧，這軍國大事，不必理會了。」

折子渝默然半晌，向他拱了拱手，那員小將向她還了一禮，整整衣裝，便向山下走去。

張十三靠近過來，小聲勸道：「小姐，江南事已不可為，咱們……還是回西北去吧。」

折子渝擺了擺手，張十三只得閉口，看了折子渝一眼，他暗暗嘆息一聲，悄悄退了下去。

「浩哥哥，你說三兩年內，宋必滅唐，統兵大將是曹彬、潘美，如今宋軍果然來了，統兵的將領卻不是你言之鑿鑿的那個人，這對也是你，錯也是你，我該不該信你？該不該聽你的話，回到西北，力勸兄長歸宋呢？」

想到這兒，她心中忽地一凜，想起了楊浩對她說過的話：

「子渝，只吻一下，就這一次，這一輩子，最後一次……呵呵，以後怕也沒有多少機會了，這就算……最後一次送妳禮物吧，請收下，好嗎？」

「當時只覺他這話說來，聽著教人很不舒服，卻沒往深裡想，難道……難道他早知道自己將身遭大難、有死無生，所以才……如果他對此已有預料，那麼他絕不會騙我的，潘美沒來，或許是個誤差，既然自己的生死都有所預測，至少大勢是不錯的，浩哥哥，你想要我主動歸宋，保一家富貴嗎？如今這模樣，我真的好累了，我該不該聽你的話？」

想著楊浩說過的話，折子渝淚水盈盈，什麼怨、什麼恨，在這一刻都被她拋開了，如果能夠重來一回，她一定會答應浩哥哥，讓他結結實實地親個夠。就算他已經有了娘子也不管了，她情願與他成就夫妻，為他留下骨血……

「浩哥哥……」子渝泫然淚下，淚眼矇矓中，便看到楊浩靜靜地站在了她的面前。

「怎麼會?光天化日之下，鬼魂也可以現身嗎？」折子渝心中沒有害怕，只是又驚又喜，她趕緊擦擦眼睛，定睛再一看，楊浩果然站在面前，穿著一身普通士人的衣服，旁邊還站著一個和尚。

他的衣服……他的表情……他……

楊浩傻了，他沒想到剛到太白樓前，就會撞見折子渝。兩人對視半晌，楊浩訕訕喚道：「子渝……」

「他詐死！」折子渝突然之間什麼都明白了。

楊浩一見折子渝的表情，不由激靈靈打了一個冷顫，她的臉色變青了，柳眉變直了，杏眼變大了，她的手……正握住腰間劍柄，一寸一寸地往外拔，劍刃磨擦著劍鞘，發出沙沙的響聲。

「子渝，妳……妳聽我解釋，我……我……」楊浩心虛之下一步步倒退。

「你、沒、死！」

「是，我沒死，我只是……」

「沒關係，你馬上就要死了！」

「啊？」

壁宿摸著大光頭，左看看、右看看，看著這對歡喜冤家，忽然之間，就見劍光如電，颯然一閃，把壁宿嚇了一跳：「哇！折姑娘好快的劍！」

然後就見楊浩像一隻兔子，一跳、一跳、再一跳，嗖地一下鑽進了草叢：「子渝，妳聽我解釋啊。」

「哇，楊大人好快的身法。」

隨即就見折子渝劍光如星河倒掛，呼的一聲向他捲來：「狼狽為奸，一樣該殺！」

「哇！我招誰惹誰了？」壁宿怪叫一聲，就像楊浩一樣跳進草叢，亡命逃去。

折子渝真是氣炸了肺，拔腿就追。

楊浩一面漫山奔跑，一邊叫著解釋：「子渝，我也是情非得已，當時的情形，妳讓我怎樣向妳說明？我不是存心騙……」

「呼」的一聲，壁宿甩著大袖超過了楊浩：「先逃命吧，大人，母老虎追上來了。」

楊浩猛一回頭，就見一道劍光呼嘯而至，折子渝尖叫道：「你去死！馬上死！」

「啊！」楊浩險險被一劍劈中屁股，嚇得他腳下抹油，兩個箭步便超過了壁宿，壁宿一見怪叫道：「大人，你好不講義氣。」

楊浩頭也不回地道：「爹死媽嫁人，各人顧各人吧。」

「那邊，樹林！」壁宿忽見一片灌木叢林，立即大叫一聲撲了過去，楊浩一見，忙也縱身躍過去。灌木一叢叢的枝葉雜生十分難行，折子渝畢竟是女子，要她一路疾奔把衣衫都刮爛、露出肌膚是萬萬不肯的，腳下便慢了許多，待她追到盡頭時，只見江山滔滔，峭壁上一條小徑蜿蜒上下，也不知楊浩逃上了山還是逃下了山去。

折子渝頓足斥罵：「楊浩，你這個該死一萬遍的混帳，你騙我那麼傷心，你騙我為了你去刺殺了耶律文。你……你……你對我從無一句真話，從無半點真心，什麼宋將滅唐、天命所歸，原來都是假的，你是宋國的官，當然知道宋將伐唐，只是你未料到潘美來不及趕回，朝廷另派了武將，是嗎？姓楊的，你這個烏龜王八蛋，從今往後，本姑娘見你一次殺一次，有種你就永遠躲起來不露面！」

折子渝氣得掉下眼淚，痛罵半晌才哭著走了。

草叢中，楊浩蹲在那兒痴痴地道：「她……她為我這麼傷心？是她殺了耶律文？」

旁邊壁宿揪了根狗尾巴草叼在嘴裡，乜了楊浩一眼，嘆道：「大人，這一下你可澈底得罪了折姑娘。」

楊浩自我安慰道：「不會，子渝若不把一個人放在心上時，才不會為他這般動怒，只不過……如何讓她消氣，那可就難了。」

壁宿睨著他道：「大人都要易地隱居了，還有機會再見到她嗎？」

楊浩嘆了一口氣，喃喃自語道：「我不知道，說真的，以前我是成竹在胸，現在我跟你一樣，明天將會發生什麼，我一點都不知道。」

「咳！」身後突然一聲咳嗽，楊浩和壁宿像受了驚的兔子，一下子跳了起來。

楊浩還以為折子渝潛到了自己身後，猛一回頭，看清那人模樣，楊浩不禁一呆，眼前是個僧人，三十五、六歲年紀，臉有些黑瘦，雙眼炯炯有神，楊浩先是覺得有些面熟，隨即猛地想起，此人乃是在這山上結廬而居的苦行僧人若冰。

若冰和尚此時一臉驚訝，顯然也已認出他的身分，楊浩不禁暗暗叫苦：「糟其大糕，莫不成……我還得殺人滅口嗎？」

三百六八　天下誰人不識君

「呵呵，貧僧聽說楊左使為奸人所害，已然辭世，心中甚為悲嘆，還曾為大人誦念往生咒超渡，如今看來，傳言大謬呀！」

若冰和尚微笑著說道，楊浩聽了便是一聲嘆，壁宿已飄然欺近，目中露出了殺氣。

「且慢！」若冰和尚目光微閃，從容笑道：「楊左使假死遁身，潛來此地，當有所圖。貧僧在此恭候，乃是你我之間的緣分，貧僧雖看破大人的身分，卻於大人無害，相反，還有一件大功奉予大人。」

楊浩目光微微一凝，沉聲問道：「大功一件？」

若冰和尚微笑道：「不錯，貧僧聽說楊左使被契丹人所殺，怎料大人不但沒死，而且還身著便裝，在宋唐兩國陳兵江畔殺氣沖霄之際，悄然出沒於采石磯，不知大人意欲何為啊？」

楊浩臉色不由一變，還未回答，若冰和尚已朗聲笑道：「不問可知，大人此來，為的就是宋國大軍如何渡江，是嗎？」

楊浩顏色和緩下來，微笑道：「那又如何？」

若冰和尚肅然施禮道：「請大人隨貧僧來，貧僧有一樣東西要奉予大人，大人見了自知端倪。」

楊浩滿腹疑竇地制止了壁宿的蠢動，隨在那若冰和尚身後向林中走去，到了他的茅草屋前，若冰和尚四下看看，迅速地鑽進了茅草屋，楊浩和壁宿恐他逃脫，立即跟了進去，只見若冰和尚結廬苦修的所在十分簡陋，只有一榻一案，一灶一瓢，桌上一盞紗燈，床頭放著一個書匣。若冰搬開書匣，掀開被褥，便自榻底下取出一幅絹來，滿懷熱忱地遞到楊浩手中。

楊浩莫名其妙地接過來展開一看，只見上邊繡了許許多多線條，上邊還標註了一些數字，又有春夏秋冬等字樣，看了半天不解其意，不禁納罕地道：「若冰大師，此為何物？」

若冰和尚鄭重地道：「楊大人，實不相瞞，在下這個野和尚，其實是假和尚。在下本姓樊，乃唐國一秀才，因屢試不第，不能入仕，這才假意削髮為僧，在這采石磯上結廬而居，發大宏願要化緣募捐，在這兩岸懸崖峭壁上盡雕我佛金身，有了這藉口，便常駛小船行於江上，暗中測量長江水情，春夏秋冬、一年四季，何處深淺、水流疾緩，盡皆繡於圖上。

依我水圖，在長江上便可搭起浮橋一座，使大軍往來如履平地。在下聽說晉王親自領兵攻采石磯，傷亡極其慘重，如今已然敗歸，再若強攻，不知還要有多少兵士喪命，然而若有此圖在手，則大軍進退自如，長江天險不攻而破，可減無數殺孽。」

楊浩聽了大吃一驚，他自然明白這水圖的珍貴之處確實不亞於數萬大軍的作用，可是自己如今這身分，能把這圖送到趙光義手中嗎？但是置之不理，則身分必然暴露。殺人滅口呢？方才為保家人還下得了手，現在卻是萬萬不能了。

要知道有無此圖，是不能改變戰爭結局的，趙光義僅憑一些木筏、漁船就能攻上采石磯，雖然因為後續兵員無繼，又被唐人搶回了陣地，但是唐人士氣之低落、所謂天險之難守已經可想而知。待曹彬水師一到，那都是真正的戰艦，那時與趙光義合兵一處，采石磯豈能不破？可是那樣一來強打強攻，死傷定要十倍於現在。如果自己把樊若冰殺了，藏匿此圖，那他殺的就不只是樊若冰一個，強攻大江所導致的無數傷亡、數萬性命都要算在他的頭上了。

楊浩心亂如麻，正猶疑難決，樊若冰又道：「大人毋需猜疑，此圖確實無假，大人可帶在下去往西岸見晉王，在下可當面指點水圖，若有虛誑之處，大人可以取我項上人頭。」

璧宿雖是宋人，可是見他只因為在唐國做不了官，就處心積慮，不惜跑到長江邊上做假和尚，精心繡就長江水圖以獻宋國，只為求個官做，心中不免鄙夷，冷哂道：「樊秀才處心積慮，有此圖在，這一遭可是奇功一件，定要做官的了。」

樊若冰臉上一紅，習慣性地稽首一禮，說道：「阿彌陀佛，良禽擇木而棲，忠臣擇主而侍，唐主昏聵、耽樂佞佛，不理國事，朝政糜爛、百姓困苦，趙宋得天下，乃天命所歸，樊某豈不知從善如流？

「前些時日傳來消息，說是對朝廷忠心耿耿的林虎子林大將軍也被讒言所殺，而且是不教而誅，以帝王之尊只敢偷偷摸摸對臣下施以毒酒，國主自斷手臂、自毀前程，唐國上下誰不心寒？這是天要滅唐啊，某一凡人，敢不順天應命？」

楊浩長長地吸了一口氣，說道：「此圖確是珍貴萬分，只是……如何送過江去呢？」

樊若冰雙眼一亮，說道：「在下倒是有條小船，平素不用就拖上岸來，藏在草叢之中，只是如今江上巡防絡繹不絕，樊某一介書生，想要駛一條小船在他們眼皮底下逃過江去，斷無可能，不知大人可有辦法……」

楊浩搖了搖頭，說道：「我在江邊苦思良久，也正無計可施。此圖甚是珍貴，而且斷斷少不了你這解說人，你與這圖都不容有失，所以莽撞不得，這樣吧，你……你且隨我下山，咱們再從長計議。」

折子渝縱然見到他活著，也絕不會張揚出去，楊浩有這個信心，可是這官迷心的樊若冰可就難說了，楊浩心中委決不下，實在想不出如何妥善處理這個傢伙，只好走一步看一步，且把他帶在身邊，以求安全。

宋國對唐的野心，這樊若冰早已看在眼中，所以才在這江岸上搭廬隱居，雖然清苦，可是十年寒窗的苦都忍了，他既把如今吃苦當作來日做官的本錢，倒也甘之若飴。可是未等他向宋國獻圖，宋國已然出兵，如今陳兵對岸，他想把圖送出去卻已不能，把個樊若冰急得一嘴火泡。

如果等到宋軍強攻過江，並且站穩腳跟。那他這圖也就沒什麼用了，如今久旱逢甘霖，竟然遇到了本已身死的宋國使者，樊若冰歡天喜地，只以為自己這一遭終於可以有官做了，自是欣然應允。當下樊若冰歡歡喜喜地便隨楊浩上路，他這茅草屋中本沒什麼值錢的東西，也都棄置不要了。

這時代既無電影、電視，又無報刊、雜誌，知楊浩此人的甚多，識得他相貌的極少，他本以為離開了招搖日久的金陵城，到了這采石磯上不會有人認得他，所以此番上山絲毫未作掩飾，哪料到竟然接連遇到兩個故人，這一下可不敢再大意了，他略略整理了一下儀容，又取出假鬍子黏上，這才帶了二人下山。

自這條路下山，到了山下，只見地上掘了十幾處大坑，裡邊橫七豎八堆滿了屍體，那屍體下面墊著就地砍伐的樹木柴草，上邊的屍體疊了七、八層，箭傷、刀傷、槍傷……血肉模糊的，肢體不全的，真是怵目驚心，看其服飾，俱是宋軍。

看到兩個和尚陪著一個俗家人下山來，那些正在搬運屍體的唐國士兵也不在意，從小車上又抬下幾十具屍體丟進坑裡，然後便將一桶桶火油傾倒進去，隨手將幾枝火把投入，大火立即熊熊燃起，將那無數屍體盡皆吞沒。

樊若冰合十念了聲佛號，問道：「阿彌陀佛，善哉，善哉。這麼多的屍體，是怎麼回事？」

唐國人大多信佛，樊若冰在此結廬而居，時常獨泛小舟行於江面，說是要募集資金，沿江岸巨石俱雕佛像，這軍伍中有許多人都是認識這位苦行僧的，對他都很敬重，便有一位小校答道：「大師，這些都是強攻我采石磯的宋軍，將軍命我等在此焚化，免生瘟疫。」

「阿彌陀佛……」樊若冰忍不住又宣一聲佛號。

烈火熊熊，燒得那些肉體吱吱作響，忽爾會有屍體被燒得筋脈收縮，火焰中「撲」地便會坐起一具屍體，身上冒著烈焰，臉肉已被燒化，肌油吱吱淌落，楊浩雖從征入伍，亦曾戰場廝殺，但是做為程世雄的親兵，卻不曾處理過這許多屍體，只看得心驚肉跳，不忍卒睹。

樊若冰舉步行去，只見處處火坑，屍體無數，忍不住步行於焚天烈焰之中，吟誦道：「南無本師釋迦牟尼佛！世尊有言：地藏，吾今殷勤，以天人眾，付囑於汝。未來之世，若有天人，及善男子善女人，於佛法中，種少善根，一毛一渧，一沙一塵，汝以道力，擁護是人，漸修無上，勿令退失。

「復次地藏，未來世中，若天若人，隨業報應，落在惡趣。臨墮趣中，或至門首，是諸眾生，若能念得一佛名，一菩薩名，一句一偈大乘經典。是諸眾生，汝以神力，方便救拔，於是人所，現無邊身，為碎地獄，遣令生天，受勝妙樂……」

壁宿見了這樣慘烈場面，不由自主也是雙手合十，隨之念道：「爾時地藏菩薩摩訶薩，胡跪合掌白佛言：世尊，唯願世尊不以為慮。未來世中，若有善男子善女人，於佛法中，一念恭敬，我亦百千方便，渡脫是人，於生死中速得解脫。何況聞諸善事，念念修行，自然於無上道永不退轉……」

兩個假和尚，於紅塵碌碌中各有所求，但是眼見無數生死，心中不無善念，這經文誦來十分虔誠，使得現場的慘烈登時顯得肅穆起來，許多士兵聽了兩位僧人誦經，也都端正了身形，雙手合十，雖不為敵人，卻為對生命之敬畏。

「我該怎麼辦？這張圖或可減少許多不必要的傷亡，我為一己之私置萬千人生死於不顧，這一生都要良心不安了，可是如今情形，我該怎麼辦？」

楊浩隨在二僧之後，亦步亦趨，心中苦苦掙扎，天人交戰不已。

當塗城內此時已是一片慌亂，許多人家扶老攜幼正出城逃難，也有那沒有親戚可以投奔，又或者不願離開家園，抱著萬一希望，希望宋軍打不過長江來、又或即便過江逕去帝都不來擾民的百姓人家則緊閉門戶，城中是一片蕭條。

*　　*　　*

三人回到楊浩住處，楊浩這才省起自己兩位夫人是萬萬不能落入樊若冰眼中的，樊若冰以為自己是受人行刺，家眷慘死，故而懷恨瞞名潛來此處打探軍情的，可要是讓他看見自己兩位夫人也好端端地住在這裡，不免便要生疑，他忙向壁宿使個眼色，壁宿會意，一進院子便拉住樊若冰道：「樊秀才，且來這邊稍坐，一會兒大人還有話問你。」

楊浩獨自走往後院，院中無人，待見了花廳還是無人，不但看不到焰焰和娃娃以及那位啞巴小尼姑，就連受命保護她們的穆羽和八名侍衛也全無蹤影，楊浩驚詫莫名，高聲喚道：「焰焰？娃娃？」一面叫著，一面走向臥房。

到了臥房仍是沒人，楊浩大驚，立即提劍搶回大廳，一進廳，便見方才空無一人的大廳中竟坐著一個人，蹺著二郎腿正有滋有味地品茶。楊浩一眼看清那人模樣，不禁呆在那兒，一副翡鬚在頷下微微飄拂，看那神情十分可笑。

「哈哈哈，楊大人，汴梁一別，不想你我竟在當塗相遇，可不是緣分嗎……」

廳中那個胖子望著楊浩就像見了親人一般，笑得頰肉亂顫，彷彿天官賜福。楊浩長長地吁了一口氣，喃喃自語道：「這天下……就沒有楊浩的一塊淨土嗎？」

胖子放下茶杯，眉開眼笑地起身道：「嘜，這叫什麼話嘛？老朋友來了，瞧你一副不情願的樣子。楊大人想逃之夭夭，談何容易？如今這天下底，不認得你楊大人的還有幾個呢？」

「千里黃雲白日曛，北風吹雁雪紛紛。莫愁前路無知己，天下誰人不識君？」

崔大胖子擊掌踏歌向他而來，崔大郎本來高大肥碩，可是擊掌踏歌，緩步行出時，竟是步履輕盈，手舞之、足蹈之，姿勢優美，頗具大家風韻，讓人看了身心愉悅，連他本來肥碩的體型都忽略了。

楊浩還是頭一回領略古人踏歌的風情，不過他現在可沒有欣賞的心情，他苦笑道：「這也是白樂天的詩嗎？」

崔大郎擠眉弄眼地道：「旁人的詩，崔某也是記得幾首的。呵呵，楊兄好生鎮定，不想問問兩位賢夫人和你的一眾屬下現在何處嗎？」

楊浩嘆了口氣道：「相信崔兄既在這裡等我，對內人和從屬便一定照顧的很是妥當，不問也罷。如今看來，崔兄應該並非齊州崔氏那麼簡單了，不知閣下到底是什麼身分？」

崔大郎微笑道：「楊兄猜錯了，崔某正是山東崔氏，世居齊州。」

「但你絕不會是一個商賈。」

崔大郎笑得更迷人了：「楊兄又猜錯了，崔某正是一個商人，一個不折不扣的商人，只不過……我的買賣比旁的商賈做的都要大一些而已……」

「有多大？」

「大到可以謀國。」

* * *

廳中坐著兩個人，中間放著一杯茶。

一個人，掌握著天下最龐大的隱形財富。

一個人，掌握著一支最具發展潛力的武裝。

宋軍與唐軍陳兵長江兩岸，正擺開陣勢進行一場殊死戰鬥，這兩個人在離主戰場不過幾步之遙的當塗危城中所談的，卻與眼前這場戰爭全無關係……

「說起來，楊兄這假死脫身之計雖然巧妙，卻也並非全無破綻。我能有所疑心，別人也能，只是有可能疑心的，現在都在忙著別的事，回頭仔細想想，難免會去徹查。你這一走，便是斷了自己所有的退路，一旦被發現，反而弄巧成拙，到那時，官家只要順水推舟，讓你這假死變成真死……」

楊浩反駁道：「那麼，若依崔兄之見，我尋機返回蘆嶺州，便無生命之險了嗎？」

「在什麼地方沒有危險呢？」

崔大郎喟然一嘆：「此次去青州，崔某是去參加一個長輩的葬禮的。我『繼嗣堂』七宗五姓，在天下間擁有龐大的潛勢力，崔某自誇一句，便說是地下帝王也不為過。這位老太爺是我繼嗣堂中的重要人物，富甲天下，門下的海鹽生意、海商生意、與北國的椿場生意，構成其家三大支柱，日進斗金，富越王侯。別看他在中土藉藉無名，知道他的人不多，可是在東瀛、高麗、呂宋，他說一句話，那兒的國王也要掂量掂量，這樣一位大人物，說死就死了，你可知道他是怎麼死的？」

「怎麼死的？」

崔大郎淡淡地道：「不過是清早起床，喝了一杯羊奶。羊奶中有一根小小的羊毛，嗆進嗓子，於是……他就死了。」

楊浩無語：「……」

崔大郎道：「男兒在世，自有擔當。這擔當，不止是妻兒，還有兄弟，有家族、有部屬，畏其艱難，便萌退意，豈是男兒所為？」

如果換了幾日之前，楊浩或許還可以用大勢已定、天命所歸那一套來反駁崔大郎，但是歷史如今已經不再按照他所知的走向延續了，所以聽了這番話，他只能保持沉默。

崔大郎嘆息一聲：「這世上真的有樂土嗎？且不說生老病死、悲歡離合，人生而來，就是聚少離多，苦多樂貧。李煜一國之君，有沒有家國之險？耶律賢北國之帝，也有遇刺之時。可是做一個藉藉無名的小民就太平無憂了嗎？他們的苦，只有更多，你且側耳聽聽……」

街上奔跑嚎啕、呼兒喚女的悽慘叫聲一聲聲傳入耳中，崔大郎沉聲道：「蘆嶺州那些一心追隨你的人，你真的能泰然放下？你避世隱居，真的能從此逍遙？不錯，若你回到西北，朝廷首先就會想辦法對付你，可是，你能絞盡腦汁想出假死之計來避險，就不能想一個朝廷承認你的法子來謀求更大的安全嗎？」

楊浩盯著崔大郎，冷冷說道：「我返回蘆嶺州，就是抗命。朝廷不會希望西北再增一藩，我馬上就會成為朝廷兵鋒所向的目標，那不是把戰火引向了西北？何談太平！」

崔大郎怡然一笑：「楊兄，其實你應該想得到辦法的，只是你一直不肯去想。」

他微微向前俯身，沉聲說道：「宋國占據大梁的時候，他是中原諸國之一。宋國占據荊湖的時候，他已成為中原第一強國。緊接著，平蜀、滅漢，如今又來攻打唐國，疆域不斷擴張，但是再強大的帝國，他的疆域擴張總有一個盡頭。

「滅了唐國一統中原之後怎麼樣？往南能滅大理嗎？大理若是滅了，會滅交趾、占城、真臘、驃國嗎？往東，會渡海滅高麗、扶桑、呂宋嗎？滅了高麗、扶桑、呂宋，會往遠渡重洋，去尋找更多的海外國家嗎？往北滅得了契丹嗎？滅了契丹，會滅室韋、女直、韃靼、斡朗改嗎？往西，會吞併三藩嗎？三藩若滅，是不是還要滅回紇、吐蕃、泥婆羅、大小勃律，緊跟著再打黑汗、吉斯、花剌子模、波斯、天竺、大食……」

崔大郎一口氣說了許多楊浩聞所未聞的國家，長吸一口氣道：「天地無窮無盡，任何一個國家，都不可能無限擴張下去，宋已經占據了最富庶的地方，再擴張下去，已不是國家與子民的需要，不過是想在皇冠上再添幾分光彩。

「漢武、唐宗沒有能力真正施以統治的地方，宋國同樣沒有力量去控制那裡，也沒有必要去侵占那裡，窮兵黷武則民不聊生，人心思安成就了宋國，若是宋國據天下而頻啟戰端，卻不是為百姓謀福祉，那中原百姓就會起來反了它。打仗，不是為了打仗而打的。

「我繼嗣堂本大唐七宗五姓族人，就因為預見大唐將滅，雜胡亂我中原，這才提前一步預作綢繆，保全了我七宗五姓的族裔血脈與榮華富貴，所以此後繼嗣堂中專門有一批長老負責收集天下情報、分析天下大勢。

「據我們研判，宋得唐國，一統中原後，所爭不過是河西與幽燕，其目的不是為了無限擴張，而是為了占領這兩塊戰略要地，把他們的錦繡江山護得如鐵桶一般。然而，他們很難辦得到。不管是先吞併西北，還是先攻打契丹，結果只能是徒勞無功。」

楊浩微微一驚，崔大郎所說的這一點正與歷史相同，曾有人把宋沒有更進一步獲得更廣闊的疆土，歸咎宋國對西北的政策失誤，也有人認為是趙二的武功遠不及趙大神勇，楊浩還是頭一次見到商賈從他的角度著手分析，卻能研判的如此準確的，這繼嗣堂的眼光真如未出茅廬而三分天下的諸葛亮一般，對未來的政局走勢把握的太準確了。

崔大郎見他神色，知道他已然有所觸動，不禁哈哈一笑，又道：「沒有人比我們這些商人眼光更精準、鼻子更靈敏的了，也沒有人比我們更了解各個國家，它們富裕與否、軍力強弱、吏治是否清明……我們心裡都有一本帳。

「李存勗的唐國、石敬塘的晉國都因契丹而亡，但當時契丹剛剛立國，尚無力統治中原，他們插手中原事，不過是想培植一個聽話的兒皇帝，代他們來管理中原。而今卻不同了，契丹如今雖正鬧內亂，但是立國近六十年，一甲子的時間休養生息，國力日漸強盛，他們已經具備了南下的實力。

「而中原恰也在此時完成統一，趙官家雄才大略，亦是一代英主，雖後發而先至，卻是異軍突起，國力蒸蒸日上，足以與契丹抗衡，只待唐國一滅就會籌劃北上。然而兩國實力與疆域、人口大體相若，縱有名將，一時一地的得失或有不同，卻不可能再像消滅中原諸國這般容易了。

「宋國北上，圖的是燕雲十六州，想把它奪在手中引為屏障，確保中原的花花世界穩如泰山，但是如意算盤不是這麼打的，最富庶的地方他們占了，還想把天險奪在手中，確保自家基業無虞，異族又豈肯被拒之邊荒苦寒之地自生自滅，誰不想往更好的地方去？契丹內亂一休，必也揮兵南下圖謀中原。

「如今兩國人口相當，論起兵士來，宋軍訓練精良，胡人天性強悍，宋人數十萬精銳步卒善守，而契丹卻是數十萬鐵騎善攻，且自石敬塘將燕雲十六州拱手奉上，契丹人苦心經營數十年，此天險已固若金湯，宋人如何能占得了便宜？

「宋人與契丹人打下去，只能是曠日持久，兩國都勞民傷財、永無寧日，卻難建寸功。如果宋國先取西北以為養馬之地呢？它不出全力，難克全功，它若出全力，契丹人豈會不趁虛而入？兩國抗衡不下，西北便尤其重要了，契丹人並不蠢，絕不會坐視西北成為宋土。如此一來，若有人能一統西北，那麼無論是宋還是契丹，為了自己能壓住強敵，都得籠絡著他，宋人占據了最繁華的地方，財力雄厚。契丹人占據了地理優勢和兵馬優勢，這西北之主，卻是占住了政局上的優勢，進可攻、退可守。」

楊浩微微瞇起眼睛，沉聲說道：「大郎果然不愧是商賈出身，一張口舌粲蓮花，可是我有什麼能力可據西北？」

崔大郎微微一笑道：「你得天獨厚，今已得到党項七氏的認可，被他們奉為夏州之主，又有折氏、楊氏的支持，如果再加上繼嗣堂不遺餘力的財力支持，那麼你以李光岑義子身分取李氏而代之，成為西北之主有什麼不可能？若你成為西北王，朝廷對你只有招攬，豈敢再生殺意？這樣，不是更安全嗎？」

楊浩沉默半晌，說道：「中原一統，天下太平，生意才好做，閣下既只有心於商賈之事，為何如此熱衷於在西北扶植一方勢力？」

「原因很簡單。」

崔大郎侃侃而談道：「任何貨物都有其特定產地，通有無，那就是商賈獲利之源了。宋與契丹並立，當世雙雄，為削弱對方，必互相禁榷，玳瑁、象牙、犀角、銅鐵、乳香、皮毛、牛羊、馬匹、糧食、布疋、藥材……無所不禁。

「唐末亂世以來，我繼嗣堂的生意便漸漸移向四方偏遠之地，要想挪回來，改做其他行業，絕非一日之功，否則傷筋動骨，元氣大失。禁榷令一下，不知多少靠我們吃飯的人都得砸了飯碗。而且，朝廷重士，對我們商賈必然也大為打壓。」

崔大郎的顧慮源自唐朝以來的政策，唐朝時期商人的政治地位十分卑下，朝廷律法嚴格規定，工商之士不得做官、工商之士不得與士族通婚，唐太宗就曾說：「工商雜色之流，假令術踰儕類只可厚給財物。必不可超授官秩，與朝賢君子比肩而立，同坐而食。」

商賈比庶民地位還低，庶人服黃，工商雜戶不得服黃，且禁止工商乘馬。商人的私有財產也得不到法律保護，朝廷可以任意沒收。如開元二十二年沒收京兆商人任令方資財六十餘貫。建中三年，「刮富商錢，出萬緡者借其餘以供軍」，「大索長安中商賈所有貨，意其不實，則加搒捶，人不勝苦，有縊死者」。

朝廷對商賈過於迫害，這樣一來，商賈們必然支持各地藩鎮對大唐朝廷的反叛，繼而獲得一定的社會地位，從此成為藩鎮割據的基礎。結果兩百多年來，一直就是士人輕商，武人重商，而宋一統中原後，實際上抑商的現象遠不及前朝嚴重，但是現在又有誰知道？朝廷重士，已成風氣，天下承平之後，天知道他們會不會沿襲唐律？繼嗣堂一直的作風就是居安思危，他們不會坐等朝廷的政策下來再作反應。

況且就算朝廷不抑商，他們有太多的生意涉及南北，一旦兩國對峙，對他們的影響便十分巨大，他們既然判斷南北並立已成定局，就必須得找出一道溝通南北的橋梁來，在他們所想出的辦法中，這個橋梁就是可以起到緩衝作用的西北了。這個分析，倒與楊浩分析蘆嶺州在諸藩中的特殊地位，繼而選擇工商興州有異曲同工之妙。

至於說天下承平，商人的生意才興隆，那也未必。春秋時諸國林立，屏障重重，照理說對商賈是最不得宜的了，而實際上商人當時不但獲利極高，而且社會地位極高，所到之國，該國將相都以禮相待，十分敬重。自唐末五代以來的各方諸侯也是如此，蓋因有求於他們罷了。

楊浩緩緩地道：「你們的長老認為，西北之地足以自立，為中原與契丹之緩衝，也是你們商賈通有無之橋梁，所以你們想在那裡扶植一支勢力，可以保護你們，給予你們最大的方便？」

崔大郎頷首道：「正是，其實我繼嗣堂早在二十年前就做過這種嘗試，那一次，我們選擇的是麟州楊家，折家立足雲中久矣，未必肯給予我們足夠的方便。何況，雖說我繼嗣堂早已不復當初的宗旨，如今純以延續自己為目的，但是長老們還是比較希望能扶持同族，楊家是漢人，折家卻不是。所以長老們更希望由楊家來控制進出西域的門戶，可惜……」

他嘆了口氣，苦笑道：「可惜楊家終究沒有那個魄力、沒有那個膽量對抗折家，權衡之下，火山王楊衮還是決定固守麟州一地，與府州媾和共抗夏州，反而翻臉來對付我們。使我計謀功虧一簣，本來長老們已經死了心，不想上天卻降下一個你來。」

崔大郎露出了微笑：「你根基最淺，正需要我們的幫助；而你與夏州李氏、府州折氏、麟州楊氏都有關係，是他們之中最有發展潛力的；尤其重要的是，你創蘆嶺州，為使其立足，所選擇的興州之本是工商，重工重商一至於斯的一方諸侯，實是前所未有，所以長老們對你很是青睞。」

楊浩唯有苦笑。

崔大郎又道：「數百年來，吐蕃與回鶻割據於西北和涼州，互相警懾，不通往來，中原往西域去咽喉要道因而終止，一條對我繼嗣堂來說、對整個中原來說的重要財富管道因而關閉。一個閉關自守的統治者，就是我們商賈最大的天敵，你顯然不是這種人。

「吐蕃擊敗回鶻，河西、隴右盡在其手，成為西域霸主之後，西北算是太平了，可是吐蕃人善於作戰卻不善於經營，他們統御西域，結果鬧得西北百業蕭條、一片凋敝，百姓民不聊生，一個愚昧落後的統治者，同樣是我們商賈的天敵，你仍然不是這種人。

「吐蕃敗落，羌人崛起後，夏州、折州、府州三分門戶，回鶻、吐蕃等雜居其間，三藩間爭戰不休，三藩與回鶻、吐蕃等族同樣是戰亂不止，頻繁的戰亂不適合我們的生存，最理想的局面，是西北一統，與契丹、宋國鼎足而立，我們才能游刃有餘。」

楊浩道：「你似乎有些一廂情願了，就憑党項七氏在夏州李氏壓迫之下認了我做他們的共主？我沒錢沒地沒糧草，就憑手中那幾千兵，憑什麼你就認為我有本事取代強大的夏州李氏，凌駕於經營雲中兩百多年的府州折氏之上，一舉成為西北共主？」

崔大郎嘆道：「你仔細想想，除了你，誰還能有這樣多的機遇？你有機遇，所以你就是天機，就是天命所歸，只要你肯，西北王不是你還能是誰？你想稱皇帝，也不是不可能。」

楊浩苦笑，他一直用天命所歸規勸折子渝放棄抵抗投降大宋，如今反被人用天命所歸來勸他出頭，真可謂是報應不爽。

崔大郎當然不是就用這麼一句話便打發了楊浩，他鼓動如簧之舌繼續道：「吐蕃雄霸西域時，大唐亦無力征討，只能任其作威作福。可是一夕之間，吐蕃在張義潮一介布衣振臂一呼之下便土崩瓦解，何也？時勢造英雄罷了。

「彼時回鶻汗國和大食帝國都在和吐蕃為敵，大唐與南詔國亦聯手扼制吐蕃，不與經貿。隨後吐蕃饑荒，死者相枕藉。緊接著吐蕃贊普郎達磨遇刺身亡，吐蕃內亂，張義潮適時扯旗造反，當真是一呼百應，如一鳥飛騰，百鳥影從，僅一年工夫就風捲殘雲一般占領瓜、沙十一洲，被唐廷封為歸寧節度使，成為事實上的西北王。

「如今西北局勢，南北吐蕃聯合回鶻，正與一向欺壓其上的夏州李氏苦戰不休，麟府兩州扼住了夏州通往中原的門戶，党項七氏離心離德，李氏內外交困，部族酋首多有怨言，種種紛爭一觸即發，與吐蕃當國時何等相似？

「再看楊兄今日所擁有的條件與張義潮相比時如何，昔日張義潮起兵，兵源、財力來自三方。一者，敦煌的名門望族，如索氏、張氏、李氏等，其家族家資巨萬，可供軍資；二者，佛門僧眾。西域佛教興盛，信徒眾多，活佛們親近張義潮，信徒們便為其所用；第三，才是飽受壓迫的民間百姓。而楊兄你呢，如今已擁有蘆嶺一州之地，南北豪商聚集於彼，又有我繼嗣堂願全力相助，財源不成問題。二者……」

楊浩笑道：「我也曉得，西域百姓對活佛尊崇無比，可惜，我與西域眾高僧素無交集。」

崔大郎微微一笑道：「未必，現在已經有了。」

楊浩詫然道：「此話怎講？」

「你在蘆嶺峰上曾鑄一尊開寶撫夷鐵塔？」

「不錯。」

「令兄丁承宗已將之擴建為一座佛寺，請西域活佛達措大師入主禪院，藉由達措活佛與西域諸高僧往來，如今關係十分密切。而且……」

崔大郎詫異地一笑：「你那開寶禪院中屢現吉兆，如今不止於夏州李氏治下，便連吐蕃、回鶻等地許多信眾都在私下傳說，說你楊兄是岡金貢保轉世，令兄為你……可是造足了聲勢呀。」

「慢來慢來，岡金貢保……這是什麼意思？」

崔大郎道：「這是番語，譯成我漢話，就是觀世音菩薩。」

楊浩噎了一下，觀世音菩薩？楊浩有點發窘，轉念一想，才想起觀世音菩薩在佛教中本來的形象是男身，後來中土佛教雖把他塑造成了女兒身，但是西域佛教中仍是把他塑成男兒身的。

崔大郎道：「西域傳說中，松贊干布、嘉瓦仁波切這些一代雄主，都是觀世音菩薩的化身。如今西域信眾把你傳為觀世音菩薩化身，這對久失其國、久失其主的吐蕃、回鶻百姓來說意味著什麼，對期盼和平的羌人百姓意味著什麼，我想你應該明白。」

楊浩喃喃地道：「我明白，我當然明白……這意思就是說，你們已經一切準備停當，花轎都準備好了，就等著抬我入洞房了，我這個新娘子答應也得答應，不答應也得答應，要不然……我是罔金頁保轉世化身的消息一傳回朝廷，想不死都不成了。」

崔大郎忍不住笑起來：「你不必擔心，如此造勢還只在鋪墊階段，只有虔誠的信徒才知道，他們是不會亂說的，越是神祕，他們越是相信呢。不瞞你說，令兄還造出聲勢，說宋以五運推移而受上帝眷命，受禪於周國。周乃木德，木生火，故而宋是火德，宋以火德承正統，膺五行之王氣，纂三元之命曆，而你在逐浪川中應死不死，乃是水德之神庇佑，即而移官開封，建火情院，專司滅火，這是天命所歸時，我也覺得荒唐可笑，可是親自走了西北一遭，我才曉得……」

他沉默了一下，輕嘆道：「我才曉得他為什麼這麼做，這是強權武力、金銀財帛都無法換來的信服與崇拜，西域之人對神靈的崇敬程度，是我們所無法想像的，你若是見到了他們對神佛的虔誠，你才會知道為什麼他們寧願自己一年四季披件爛袍子，吃著難以下咽的食物，卻把賺來的每一文錢都拿去為神佛塑金身、飾珠玉。」

他抬頭看向楊浩，振聲說道：「今回鶻、吐蕃皆與夏州李氏纏鬥，扼其門戶的麟、府兩州對你取而代之樂見其成，李氏內外交困，部族酋首多有怨言，蘆嶺上下唯你命是從，党項七氏暗中歸附於你，我繼嗣堂願解囊相助，正是天時、地利、人和，當此時也，楊兄若返西北，振臂一揮，何愁西北不成楊氏天下？

「契丹建國歷五十年，從未開化的蠻夷而至士農工商帝制文明，儼然中土；張義潮統治西域二十載，人物風化便如漢人天下，一似中原；楊兄若能一統西域，苦心經營它三、五十載，誰說西域不能就此永為漢土？河西淪落百餘年，路阻蕭關雁信稀。賴得將軍開舊路，一振雄名天下知。時勢造英雄啊，楊兄！」

明知他如簧之舌不無鼓動之意，楊浩還是聽得熱血沸騰，是啊，天下已經與本來的方向不同了，自己在西北所具備的得天獨厚的條件，只要去做，未嘗不可為。即便中原有趙匡胤這位英主在，我難生問鼎之心，但是取西夏而代之，成為西北之主又有何不可呢？如果我來做西北王，難道不比李氏所建的西夏國強？

楊浩繞室疾行，久久不語，崔大郎知道他此時正天人交戰，做出一生中最重大的一個抉擇，能說的他已經都說了，此時只是緊緊盯著楊浩的表情變化，不發一言催促。

良久，楊浩忽地停住腳步，仰首望天半晌，長長吐出一口濁息：「人在江湖，身不由己，我痴心妄想，滿以為可以假死遁身，從此逍遙世外，我想的真的是太簡單了。」

崔大郎一聽喜上眉梢：「楊兄可是決定重返蘆嶺州了？如計議已定，崔某可妥為安排，此回西北，便另尋一個身分，乾脆就叫拓跋浩，待朝廷獲悉真相時，那時楊兄根基已定，羽翼豐滿，朝廷也只好裝聾作啞了。」

楊浩道：「不，我對我娘發過誓，此生姓楊，生也姓楊，死也姓楊，再不更改。」

崔大郎道：「那也使得，只消暫時不透露你的身分也就是了，待你大勢已成，說開了也什麼都不怕了，楊兄這麼說，是有心往西北建一世功業了？」

「不錯，我願意回去，崔兄可否安排我自采石磯過江？」

崔大郎道：「楊兄若肯返回西北，我自可安排妥當路徑繞道回去，采石磯大軍雲集，若想神不知鬼不覺地穿過去實是為難。」

「不，我要去見晉王趙光義！」

崔大郎一呆，楊浩向他一笑，鎮靜地道：「我心中本來有一件事苦思難決，有了假死這個羈絆，事事拘限於此，始終也想不出辦法。如今既然不必去死了，我倒有了主意，大郎請助我護送家眷安然歸去，我逕回宋國，爭取藉宋國之力把我心中難決的那件大事解決，同時，想方設法，以本來面目公開返回西北，對宋國，能不鬧僵那是最好。」

崔大郎道：「楊兄去見晉王，如何向他解說自己仍然活著？」

楊浩道：「我自有一番說詞，如今他們還未察覺有異，我既主動出現，誰還會疑心我曾假死？」

崔大郎又問：「可是……有什麼事需要借助朝廷之力呢？又如何能堂而皇之地返回西北？」

楊浩蹙眉道：「大郎，這可不是一個好的開始。」

崔大郎一呆：「什麼？」

楊浩沉聲道：「我與大郎，只是一樁交易，你投資，得回報，如果我真能掌控西北，該給予你們的方便和支持絕不食言，但是你們對我的一切不應干涉，更不能插手，不要試圖控制我、影響我，否則，一旦被我發現什麼蛛絲馬跡，咱們的交易立即取消，而且你們已經付出的，我不會補償。」

崔大郎怔了一怔，不以為忤，反而哈哈大笑，擊掌讚賞道：「楊兄本一方璞玉，如今一經磨礪，果然頭角崢嶸，已顯梟雄潛質，好好好，那崔某便不多作詢問，我會送楊兄家眷循祕途安然西返，在西北靜候楊兄佳音！」

* * *

「焰焰，妳放心，此番回宋營，我自有一番說詞，不會有事的。」

「我怎麼放心得下？我陪你去，要死也要死在一塊。」

「又說傻話，若無定計，我會去無端送死嗎？妳回西北，還有一件大事要做，妳要去見我義父，叫他令『飛羽』與我取得聯繫，從今往後，我來操縱飛羽，所有動向消息，我都要即時掌握。以前，我時時欲退隱，做的事卻都是張揚於人前。如今我雖現於人前，要做的事卻多是在幕後了，沒有『飛羽』的即時聯絡，我做不到。」

唐焰焰欣然道：「浩哥哥如今的模樣，依稀便有幾分在廣原時的味道，不再總是退讓、退讓、一味的退讓了，嘻嘻，看著很教人喜歡。」

楊浩笑道：「要嘛不做，要做，我就絕不做傀儡，我不能任由這諸種勢力擺布，既然我答應出頭，就得想辦法把他們統統納於我的控制之內。我可以主動退讓，但是絕不教人牽著鼻子走。」

唐焰焰欣然點頭：「好，方才被崔大郎的人控制著，真的教人很生氣。他有求於你，還敢如此囂張，是該給他幾分顏色看看。你暫回宋廷也好，若是孤身往契丹去，實在太危險了些，若能藉由宋國的招牌也能安全一些，只要假死復生這一關過去，便無妨了。」

「那是自然。妳們收拾一下，盡快與崔大郎離開，我再去見見樊秀才，商量一下渡江之事。」

楊浩見了苦候許久的樊若冰，說好今夜便渡江去宋營，樊若冰歡天喜地地答應了，楊浩又把壁宿單獨喚出，將自己的決定向他和盤托出。說道：「你且告訴水月姑娘一聲，讓她與焰焰她們一同上路，今晚咱們便過江往宋營去。」

壁宿聽了遲疑片刻，忽道：「大人，我……我想辭去了……」

「嗯？」楊浩雙眉一挑：「辭去，你去哪裡？」

壁宿道：「大人，壁宿本一偷兒，浪蕩江湖，無憑無依，自結識大人之後，方有從善之心，想著追隨大人，建功立業。大人決意歸隱，壁宿也無怨言。如今大人欲重出江湖，本來正合壁宿之意，只是……只是壁宿現在已經有了水月。水月溫柔善良，性情恬靜，壁宿想……與她長相廝守，哪怕一間茅廬、兩畝薄田，卻也快活。功業……與她的歡喜相比，卻也不算得什麼了。」

楊浩一呆，隨即笑了起來，他拍拍壁宿肩膀，輕嘆道：「想不到你這浪子一旦動情，竟是一至於斯。我如今歸隱不得了，你倒想著歸隱了。也罷，追隨我這麼久，辛辛苦苦、鞍前馬後，也沒得了什麼實惠，楊某有些愧對你呀。既然你欲歸隱，那……少華山那幢宅院，和那裡的田地，便當我送給你們夫妻的婚嫁之禮吧。你與水月到了那裡，安排杏兒和月兒她們返回蘆嶺州，你們夫妻……便好好在那裡生活吧，那裡山青水秀，衣食無憂，做一個富家翁，也好。」

壁宿在此關頭辭去，本來唯恐楊浩震怒，不想楊浩反送了一份大禮給他，不禁又是慚愧又是感激，楊浩道：「你我相識於患難，名為主從，情同兄弟，有什麼好謝的？你可隨大郎他們一起走嗎？」

壁宿道：「不必了，他們所行的道路是先往北去，若去少華山，不免要繞一個大圈子，我與水月暫就近潛居，待宋軍一過江，我們便自過江西去，免了長途奔波。」

楊浩略一沉吟，說道：「也好，此去，一路保重。」

「大人保重。」

當夜，長江岸邊，楊浩與樊若冰，又帶兩名習水性的部下腰繫葫蘆，手執小盾，將那艘小船從草叢中拖了出來，靜靜伏於岸邊等著崔大郎的人，故意鬧出動靜吸引巡防水軍注意。

大江對岸，篝火處處，十里連營，號角聲聲。江水滔滔滾去，楊浩的心情也是起伏不已，想到崔大郎所說的話，楊浩於緊張之餘忽地啞然失笑：「逐浪川中破水而出，就此定於蘆嶺州、起於蘆嶺州，竟能被他們胡謅出什麼水德之興，如今我再穿長江水，會不會有神蹟顯現？」

三百六九　建橋

「今日無我，明日豈有君？一旦宋天子易地酬勳，王亦大梁一布衣耳。」

信很短，不過二十來字，一點不似李煜平常修文措詞的華麗，卻是言簡意賅。這是李煜寫給升州東南面行營招撫制置使、天下兵馬大元帥、吳越王錢俶的密信，錢俶已呈送汴梁，同時謄錄了一份，轉呈伐唐主帥趙光義，此刻趙光義看的就是李煜密信的副本。

李煜寫給錢俶的這封信，策反的意思一覽無餘，吳越國宰相沈虎子看了深以為然，認為吳越就算不聯合唐國對付宋國，也不應該出兵消滅唐國，否則唐國一滅，吳越也就沒有存在的可能了，錢俶的大王做不成，他這個宰相也做到家了，錢俶從諫如流，馬上打發他回老家了，然後這封密信便分別落到了趙氏兄弟手上。

趙光義哂然一笑，他早知道錢俶不敢叛宋，或許，他還抱著萬一的希望，希望自己對宋所表示的忠心、助宋討伐天下的行為，能感動趙氏，能網開一面，保留他這與人無害的吳越國，但是如果宋國真要吞併吳越，他也只能順勢而為。

錢俶做為一方君主，不及趙匡胤雄才大略，不及李煜文才風流，但是他看人看的很清楚，對自己的斤兩也十分清楚，他已經看出，不管他錢俶是否參戰，唐國的結局都是一樣的，只是早一天晚一天的事罷了，而他吳越國的結局也完全取決於趙官家的心意，反抗與不反抗，對吳越國來說沒有什麼不同，但是對錢氏家族來說卻大不相同，所以做出了他認為最明智的選擇。

趙光義對錢俶信中表忠心的部分並不在意，一眼掠過，集中在軍情的報告上。錢俶罷了沈虎子的宰相，繼續揮兵猛攻，如今已連克宜興、江陰，包圍了常州，信中說，常州唐軍據城苦戰，其援軍正星夜馳來，吳越軍決定圍住常州、以逸待援，只俟擊敗援軍、再行攻克常州，然後以此為據點，配合宋軍形成對唐的大包圍圈，逐步縮攏，迫向金陵。

趙光義見信，心中更加急迫，曹彬穿湖口、破金陵，如今正日夜攻打蕪湖；錢俶連破宜興、江陰，正圍困常州，而自己呢？自己所率的軍隊是宋軍的主力，是自京師帶來的精銳禁軍，如今還寸功未立，如果等到曹彬和錢俶趕來接他過江，那他顏面何存？

趙光義放下錢俶的書信，俯身看著帥案上臨時草繪的采石磯攻防圖，雙眉鎖了起來。

他穿著一身戎裝，衣甲鮮明。一身甲冑閃著冷冷的幽光，穿著這樣一身盔甲，坐在那兒只能正襟危坐，久了並不舒服，但是趙光義喜歡這種感覺，多少年不曾披過戰袍了，重又穿起時，他已經從一個軍中小將成為統御三軍的大元帥，他喜歡這種彈指間流血漂櫓、一聲叱令萬千人頭落地的感覺，穿上這身甲冑，他彷彿又回到了血氣方剛的少年時代。

可是當他意氣風發地劍指江南，風塵僕僕地趕來時，卻在采石磯被阻住了去路，這讓他產生了一種深深的挫折感，怒火鬱積在胸，俯視地圖良久，他狠狠地一捶帥案，霍地站起，在帳中疾行起來。

「千歲了，夜深了，還是先行回帳休息吧。」

王繼恩慢條斯理地說著，從泥爐上提起壺來，又為他斟滿一杯熱茶。

趙光義猛地站住，拇指輕輕摸挲著腰間寶劍的黃銅吞口，沉吟片刻，返回帥案之後，對直挺挺地立在帳中的兩員先鋒大將吩咐道：「昨日我軍本已成功過江，可惜後援乏力，登岸軍士難敵唐人的反撲，竟至功敗垂成。明日一早，三軍用膳之後歇息一刻鐘，然後再度向對岸守軍發動進攻。」

兩員大將抱拳施禮道：「遵令！」二人身形一動，渾身甲葉子嘩楞楞直響，更增帳中肅殺之氣。

趙光義目光一轉，對左首那員將領道：「伍告飛，明日你集中搜羅來的大小漁船，親自率軍攻打采石磯。」

「得令！」

「楊海清，你使竹木筏子載軍士隨後赴援，伍告飛一旦得手，你立即登岸赴援，哪怕全軍戰死，也要守住灘頭，並盡速將船筏駛回，載我後續大軍過江。」

「得令！」

「常書記，你擬一封戰書，明晨使一小校送抵對岸。」

書記官常輝，抓起毛筆，鋪開紙張，只聽趙光義殺氣騰騰地道：「告訴楊收、孫震，他們雖得小勝，不過一時得失，終難敵我天兵雄威，識時務者，速速納地稱降，本王保他們榮華富貴、似錦前程，若不知好歹頑抗到底，本王過江，必屠盡守軍，他阻我大軍一日，本王便屠一城，血海殺孽，他二人一力承擔，詳細措詞，你自思量。」

趙光義說罷，把戰甲一震，喝道：「退帳！」

趙光義大步走出中軍帳，便向自己宿處行去，王繼恩乜眼瞄了下那兩位將軍，端起放在帥案上的那杯茶，滋溜一口喝個淨光，便邁著小碎步追著趙光義去了。

進了趙光義的寢帳，王繼恩便含笑勸道：「千歲，千歲，您何必著急呢？曹彬水師一到，水陸合一，采石磯必是王爺囊中之物。」

趙光義道：「曹彬派人送來消息，湖口守軍回過味來，派了小股艦隊自後騷擾，沿途唐軍不斷施放火箭，在江中打樁阻船，蕪湖守軍誓死頑抗，他還需幾日工夫才能抵達采石磯，本王哪等得了那麼久？」

趙光義一面說著，一面由親兵為他解去盔甲，這才向王繼恩擺手道：「都知請坐。」

王繼恩含笑坐了，又道：「欲速則不達，千歲立功心切，忒也著急了，只恐楊收、孫震接了千歲的戰書，更會堅定死戰的決心，那可就弄巧成拙了。」

趙光義乖戾地冷笑道：「南人一向怯弱，豈不生畏？」

王繼恩遲疑道：「可是……若楊收、孫震真不降，千歲真要一路屠城嗎？」

趙光義冷笑道：「屠城又如何？」

王繼恩略一遲疑，微微向前俯身，說道：「千歲莫非忘了王全斌之事？」

趙光義微微一呆，隨即豁然大笑：「王全斌是王全斌，本王是本王，豈可相提並論？」

王全斌，宋初名將，戰功赫赫，用兵如神，較之曹彬、潘美不遑稍讓。宋滅蜀國時，他是三軍主帥，曹彬那時亦在他帳下聽用。可是這位將軍殺心太重，占領成都後縱容部下燒殺掠奪姦淫婦女，又虐待戰俘，終於激起民變，原蜀將全師雄揭竿造反，鄧、蜀、眉、雅、東川等十一州紛紛響應，叛軍迅速便集中了十餘萬人。

結果王全斌擔心降俘會去投靠叛軍，出了個昏招，效仿殺神白起，把他們一股腦兒全殺了，連老弱殘廢也不放過，激得蜀人更是誓死反抗，以致宋國用了兩年多的時間，付出了沉重代價，這才平息叛亂。趙官家氣怒不已，勒令其退還擄奪的贓物，貶為崇義軍節度使觀察留後，發配到地方去了。

王繼恩提起王全斌，也是好心給趙光義提個醒，恐他殺戮過重，會惹得官家不悅。趙光義不以為然，哈哈大笑道：「王全斌之罪，不在於縱容兵士擄人財物、姦人妻女，也不在於他斬殺數萬戰俘，而是因為他激起了蜀人叛亂，官家這才惱了他。唐人懦弱，見我毒辣手段，必然膽怯，其銳氣既挫，何人能反？江南內無江河之險、又無山川之利，何處可反？況且本王向官家請命，要為官家建一番開疆拓土的大功業，若不以財帛女子激勵士卒，如何能士氣如虹呢？」

他笑吟吟地道：「都知一番好意，本王是曉得的，都知也勞乏了，請早些回去休息吧，明日一早，本王舉兵再奪采石磯，若此天險到手，這功勞自然也少不了都知那一分，哈哈，都知且請安心去睡吧。」

趙光義親自將王繼恩送出寢帳，拱手道別，看著王繼恩遠去的背影，趙光義嘴角一抿，露出一絲意味難名的笑意：「不施重賞，如何能在三個月內平定江南？不做些殺戮過重、有失民心的事，又如何化解官家的戒心？」

做了十年開封尹，如今扳倒了趙普，他在宋國朝廷已是一人之下，萬人之上，盧多遜等三位宰相有趙普前車之鑑，對他也是不敢違逆，可是他的勢力觸角仍是只能在文官中擴張，有鑑於此，他才冒險出手，強行領兵。這是他鼓足勇氣所做的一個試探，心中因此不無忐忑。

他也考慮到大哥恐怕會因此對他生起戒心，有一得必有一失，這也是沒有辦法的事，但是他希望能最大限度地保障自己的既得權力不受損害，如果他兵發江南，三個月滅一國，又軍紀嚴明，不傷無辜，盡得江南民心，那他的輝煌也就到此為止了。可是他的這分苦心，卻是不便說與任何人聽的，即便王繼恩與他私交甚厚。

他返回帳中寬衣睡下，躺在榻上輾轉反側，盤算著明日再攻采石磯的勝算幾何，許久許久倦意生起，這才熄了燈，打一個哈欠，正要就此睡去，只聽帳外一陣急促的腳步聲起，一人高聲叫道：「千歲，千歲，末將竹羽明，有要事稟報！」

趙光義懊惱地坐起身來，問道：「什麼事？」

竹羽明道：「千歲，巡防士卒在江邊捕捉到四個自對岸潛來的人……」

趙光義急問道：「可是唐國細作？」

竹羽明道：「那四人中有一人自稱是我宋國鴻臚寺左少卿楊浩，末將難辨其真偽，聽他說與千歲是相識的，所以才來稟報千歲。」

「鴻臚寺左少卿楊……」趙光義還沒念完就大吃一驚，怪叫道：「楊浩？你說他叫楊浩？」

「正是，那人自稱楊浩。」

趙光義呼地一下掀起被子，穿著小衣跳到地上，光著腳丫子就跑了出去：「人呢？」

「現在中軍大帳著人看管。」

趙光義拔腿就跑，竹羽明呆了一呆，這才叫道：「千歲，你還不曾著衣……」

此時趙光義已經跑到中軍帳前了……

*　　*　　*

「昔日沛公見酈生，赤足相迎，今日晉王見楊浩，不讓古人，下官實在是太感動了。」

一見趙光義披頭散髮、穿一身小衣、光著一對腳丫子的模樣，楊浩立即上前，卻被兩名小校使刀架住，他便站住腳步，拱揖說道。

趙光義定睛一看，此人果然是已然死去、受到朝廷嘉獎謚封為開國伯、上輕車都尉的楊浩，楊浩一身夜行衣，腰間掛著一串葫蘆，形象比他也強不到哪兒去。

趙光義驚訝道：「楊少卿不曾身死？」

楊浩嘆道：「此事……實是一言難盡。」

趙光義見他身旁還站著一個僧人、兩個黑衣武士，忙道：「來來來，看座，咱們詳細說來。」

有帳中小校看座，上茶，楊浩便順水推舟，把自己如何死而復生編了個故事出來。說他當日受人行刺，搶進船艙時妻妾僕從已盡皆被殺，悲憤之下心頭一線靈光不失，想起當時岸上刺客有兩股人馬，互不統屬，恐怕唐國李煜與契丹使節皆有心殺他，心中大疑，遂取一件信物繫於一名死去的部下腕上，然後潛水逃生，尋到自己夫人帶來的侍衛，然後潛伏起來。

趙光義聽得疑慮重重，不禁問道：「楊大人擔心唐國與契丹這一主一客都欲對你不利，假死潛伏，以策安全，這也是可以理解的，可是……為何久久不與焦寺丞知道，讓朝廷也錯以為你已身死？」

「這個……」楊浩一臉悲憤地道：「千歲對楊浩呵護有加，引為心腹，楊浩也不瞞千歲。屬下一妻一妾，盡皆慘死船上，此仇不報，枉為男子。所以楊浩使我府中侍衛予以報復，於長巷之中火燒耶律文，為我妻妾報了血海深仇。楊浩使私兵、報私仇，恐會激怒官家，降罪於下官，所以已想就此歸隱了，又怎會告知焦寺丞？」

這麼說倒也說得通，趙光義釋然：「你既決意歸隱，如何又來見本王？」

楊浩道：「下官養好了傷，本來心灰意冷，想要就此歸隱，不想天兵已至，統兵大帥正是千歲。千歲對下官恩重如山，一力栽培，楊浩有心報答千歲，所以冒險潛來采石磯打探軍情，希望能助千歲一臂之力。邀天之倖，也是千歲洪福，下官到了采石磯，竟然遇到了這位樊秀才。」

楊浩一指樊若冰，樊若冰連忙起身施禮，趙光義愕然道：「這和尚是個秀才？」

楊浩道：「正是，樊秀才早已有心投我大宋，他假藉僧人身分，結廬采石磯，窮數年之功，繪製了一幅詳細的長江水圖，千歲得了此圖，采石磯一段水域深淺疾緩瞭如指掌，可搭建浮橋，使大軍過江。下官得了這樣重要的情報，這才決定來見千歲，為千歲一盡綿薄之力。」

趙光義大喜道：「楊大人真是本王的福將啊，你來的好，來的好啊，此事若成，本王為你向官家邀功。」

楊浩遲疑道：「可是……下官激憤之下，擅殺契丹使節，恐會激起兩國之爭，若我身死也就罷了，如今我活生生地回來，朝廷如何向契丹交代？」

趙光義仰天大笑：「區區一個耶律文，死就死了，契丹人又能怎樣？好教楊大人得知，那耶律文之父慶王在上京謀反，暗殺多位契丹權貴，如今據兵反叛，與契丹之主殺得不可開交，你殺了慶王之子，契丹國主聞之，絕不會怪罪，反而要大大地感激你一番呢，哈哈哈……」

「竟有此事？」楊浩對上京之亂確是一點不知，一聽這消息，不禁呆在那兒。

天亮了，趙光義春風滿面，強攻采石磯變成了佯攻采石磯，稀稀落落幾條破船，趁著晨霧擊鼓而進，襲擾唐軍大營，而軍中工匠，攜著搜刮來的大量小船、木筏、木料，卻在上游水域寬廣處，開始緊鑼密鼓地建造長江歷史上第一座浮橋。

樊若冰親自拿著水圖指點，何處深淺、何處疾緩、所用樁柱的長短、水面的寬窄，完全依據他平素測量的采石磯一帶水情制定，待浮橋搭好順流而下，至他所擇之下正好可以搭住兩岸，樁柱一下，便可牢牢固定在水面上。

自上游水路繞道過來的穆羽等兩名侍衛站在楊浩的身後，看著江面上如火如荼的建築場面，低聲說道：「大人於緊要關頭趕來，獻水圖，建浮橋，已獲晉王寵信，下一步打算怎麼做？」

楊浩道：「我一直在想，我對契丹人地兩生，如何可入上京？玉落雖然先行趕去，可是縱然她對那裡有些熟悉，又如何能接近皇宮中人？要救冬兒回來，雖然知道她在哪兒，可那一道宮牆，實如天地之淵，難以企及。可是我既不想假死，那就容易多了。如果我以宋使的身分出使契丹，自可堂而皇之進入上京，彼國如今是皇后主政，我要見到她甚為倚賴的近侍尚官還不容易？待我見了冬兒，就與她策劃逃走，她逃走後，我自歸國，我是宋國使節，誰也不能搜我的車子，契丹皇宮丟了人，也絕不會想到竟藏在我的車中，如此瞞天過海，方有可能自虎狼窩中把她安然帶出來。」

穆羽疑惑地道：「那……咱們又如何堂而皇之地返回蘆嶺州？」

楊浩看著面前大江悠悠的江水，沉默良久，輕聲說道：「事在人為，我也是摸著石頭過江，且走一步、看一步吧！」

宋人攻勢趨弱，對岸守將楊收不無疑惑，待晨霧散去便令人沿江巡弋，終於被他們發現宋人正在江面上搭建浮橋，因此處寬闊，浮橋不及對岸，且兩岸陡峭，難以立足，施放了些箭矢也被水面勁風吹歪，不能阻止宋人建橋，楊收忙命人快馬赴金陵傳報。

李煜正與一班高僧道士在宮裡鐘磬齊鳴地向天祈福，得知消息不禁大驚，立即召集群臣議事，眾文武一聽都不禁失笑：「宋人不識水性，不知水雖至柔，可是卻有多麼厲害，若在小河小溪上建座浮橋倒也容易，那江水滔滔，看似無害，但百丈水面，萬里水流，其力之大無以倫比，尤至中段浮橋一沖即毀，絕難建成。」

他的親信大臣張洎也道：「有史以來，從未聽過這種事，宋人太過異想天開了。」

李煜聽了，這才寬心，歡喜笑道：「是啊，朕也覺得，趙光義太過兒戲了，此必是宋人黔驢技窮，方行此下策，如今看來，朕堅壁清野以拒宋軍，已是大見成效了。」

三百七十　無跡可循

趙光義的小孩子把戲成功了，當宋軍集中八百敢死之士衝上灘頭，楊收、孫震正組織士兵殺出營寨，準備重施故伎一舉殲之的時候，宋軍的浮橋飄搖直下，成功地卡在大江兩岸，浮橋上的兵士立即把無數根長短不一的樁子釘入水中，長短恰恰合適，以鐵鏈、繩索、木楔連接的浮橋，在被滾滾長江水沖斷之前成功地固定了，無數早已蓄勢以待的宋軍將士，沿浮橋源源不絕撲過江來。

守軍一見宋軍化不可能為可能的奇蹟，士氣頓喪，宋軍則氣勢如虹，長驅直入，楊收、孫震雖苦苦支撐，亦抵擋不住，一時間死的死、降的降、逃的逃，守軍潰敗，采石磯陷落。

趙光義一身甲冑，執一條鑌鐵棍跨上長江東岸，睥睨四顧，意氣風發。

手下大將問道：「千歲，我們是否占據唐軍營寨，等待曹將軍趕到？」

趙光義傲然一笑道：「兵貴神速，既已過江，那就當疾趨馳行，襲取金陵。把唐軍水寨一把火焚了，號令三軍，立即啟程。」

手下將領依令而行，留下一支人馬守住長江兩岸，護住了這條浮橋，其他人馬立即集結，片刻不停地向前趕去。

這條浮橋斷不得，若是沒有這條浮橋，宋軍一跨過長江，那就是背水一戰，只能勝、不能敗，如果一時敵強我弱，想要戰略迂迴、避其鋒芒都不可能了。而且唐人堅壁清野，糧草輜重盡皆轉移到了易守難攻的大城之中，如果浮橋斷了，那宋軍就只能餓著肚皮打仗了，所以趙光義雖是心急如離弦之箭，卻也不敢不重視這條生命線。

他把楊海清、竹羽明留下，率所部保衛這條浮橋，自己親率剩下的五萬馬步軍混合兵種片刻不停地向前趕去。

蕪湖城外，曹彬收到了趙光義已突破長江，直奔金陵而去的消息，麾下大將郝思誠擔心地道：「晉王千歲輕敵冒進，若是萬一有個什麼閃失，折了我三軍主帥那就糟了，我們莫不如棄了這蕪湖城，趕去與晉王會合吧？」

曹彬捋鬚沉吟片刻，搖頭道：「湖口十萬唐軍毫髮無傷，俟後，他們必會追來。如果沿途各城守軍猶在，既可與之呼應，又可為之提供糧草輜重，那就抄了我們的後路，這羽翼，還是盡量剪除乾淨為好。至於晉王那邊……」

曹彬微微一笑道：「自林虎子死後，唐國已無良將，而晉王所御俱是禁軍精銳，麾下戰將又個個身經百戰，當不致遇到強敵，無需擔憂。」

郝思誠蹙眉道：「可……咱們這樣一路攻城拔寨地行去，幾時才能與晉王千歲合兵一處？那可違背了官家在發兵之前所議的水陸合兵、齊頭並進之計了。」

曹彬笑道：「戰場上，瞬息萬變，豈能拘泥不化？你只管聽我號令，加速攻城。」

郝思誠不得再勸，只得唯唯稱命，趕赴城下指揮攻城去了。

曹彬站在高處，望向金陵方向，若有所思地自語道：「晉王心急呀，他等不及我，更不會想現在等到我，我還是識趣一些，待晉王攻到金陵城下，再與他相會吧……」

*　*　*

楊浩仍然活著的消息，已經由趙光義派出快馬，把消息傳報京城去了。

楊浩死而復生的經過，就是以他自述的經歷為藍本，由書記官常輝整理潤色之後擬就的，奏報中還提到了樊若冰，立此大功，一個官家欽賜的官職是少不了他的了，樊若冰雖在長江邊上吃了兩年苦，但是一步登天，得到了別人辛苦二十年也未必能擁有的成就，整天一副心花怒放的樣子，這一路上都鞍前馬後，隨在晉王身邊侍候著。

楊浩沒有撂下趙光義逕自返京的道理，而且江南戰局一日未定，恐怕趙官家也沒心情思量北國之事，所以他只得暫時陪在趙光義左右。

江南政局糜爛、軍隊士氣低迷，李煜胸無大志，唯一可堪一戰，可以稍稍延長抵抗時間的良將，也被他以一個簡單的離間計殺掉了，唐國被宋國平定已是必然的結局，楊浩現在只希望這場結局早已注定的戰爭早一點結束。這裡只要還有一天是戰區，就會多一些流離失所的災民、死於戰亂的百姓，早一天滅掉唐國，朝廷撫民安境的政策就可以早一天下來，他也可以早一天返回汴梁。

跟在趙光義身邊，他並沒有浪費這個好機會，對禁軍如何調動、如何作戰、行軍布陣、糧秣運輸、軍心士氣，乃至擅長的進攻戰術、防禦手段，他都在充分地了解、充分地學習。

從戰爭中汲取的直接經驗，要比書本中獲得的知識更實用。跟在趙光義身邊，看他與眾將議事，發號施令，指揮渡江作戰，看他接收軍情、遙控指揮另外幾處戰鬥，居高臨下，俯瞰全局，更令他掌握了許多戰術心得。

他在求退不得的情形下，被迫選擇了以進為退，為了未知的江山打天下，可是縱然他在西北具備許多脫穎而出的有利條件，他對前程也絲毫不敢大意。未來已經變成了未知，儘管後世對此時各方實力、戰爭得失的客觀評價他還記在心裡，也依然有用，但他很明白，那並不能成為他取勝的法寶。

後世的學者明白的東西，這個時代的軍人們真的不了解？不，他們比任何人都更明白，沒有人比他們更了解自己的敵人、更了解敵人的長處和弱點，但是了解並不代表就一定能解決，限於種種條件，他們只能因地制宜，選擇最適合他們的選項，而不是最適合歷史客觀評價的選項。

從他成為這個世界的一分子之後，在這個迷宮裡，他也只能遵循這裡的一切規則，利用這裡的種種客觀條件來行事，而不是依據後來的一點經驗來指導自己的行為。況且……後世人站在一切已經結束的角度去反思、總結得來的結論，是否就是客觀的、最準確的？那很難說。

當他置身其中，按照自己掌握的歷史知識去做一些應變時，對手做出的反應和選擇便會針對他的動作而改變，於是依據既定歷史做出的那些評價和分析，從他走出第一步時便也成了沒有用的經驗。

譬如他對歷史上已經發生過某場戰役中敵我雙方的得失已經瞭然於心，然後他穿越時空，進入這場戰局，他就能成為軍神嗎？那不過是無知小子的幻想。當他踏進這場戰爭遊戲時，如果他不能主導戰局，那他只能做個炮灰，即便他對未來瞭如指掌也不能改變結果。

可是如果他能成為一方主帥，由他來針對即將發生的錯誤做些改變呢？那麼對方還會機械地按照原來的套路去走嗎？對方也會因變而變，他原來掌握的東西已經沒有用了。這就像一個拳師，站在臺下看著兩個拳師在臺上較量，臺上誰失手慘敗他看得清清楚楚，也分析得頭頭是道，但是讓他時光倒流，上臺取代那個失敗者，他頂多只占一拳的便宜。

從他改變打法，占了第一拳的便宜時起，對方的反應將隨之而改變，接下來已經不可能按照他已經了解的經過去走了，除非他那一拳已經把對方澈底擊倒，否則他只能靠實力來繼續戰鬥，他的預知將失去作用，他擬好的計畫、做好的盤算將全部失效，如果他仍固囿於那點對既成結果的分析來行動，那他就是一個在對手面前機械地耍套路的拳師，他會死的比原來那個失敗者更難看。

所以，他必須盡一切機會多多學習、掌握，未來的走勢已無跡可循，他沒有作弊器可以開外掛，只能靠自己的才智從頭打拚。

「大人。」穆羽策馬馳到了他的身邊，楊浩對他讚道：「禁軍訓練有素，千萬人如同一人，行進如一座移動的鋼鐵城池，果然了得。」

「是啊！」穆羽的目光從洪流般向前湧進的隊伍中掠過，小聲問道：「大人，咱們如果據有西北之地，那有朝一日……會與他們發生戰爭嗎？」

「希望沒有，如果有，應該也是打打和和……」楊浩輕輕一嘆道：「如非得已，我不想和他們發生戰爭。君要臣死，臣選擇老死，我假死脫身，就是這個目的，可惜功敗垂成。如果以後……君逼臣死……」

「那大人怎麼樣？」

楊浩沉默片刻，啟齒一笑：「那臣不得不把君……先弄死！」

穆羽聽得意氣飛揚，握緊腰間兵刃，漲紅著臉蛋振聲道：「小羽誓死追隨大人！」

前方忽有一騎迎面馳來，楊浩忙道：「噤聲。」

那匹駿馬上的騎士背上插了一面三角形的紅旗，策馬而馳，小旗迎風獵獵，一見他背上紅旗，所經之處士兵們紛紛讓路，那匹馬就如乘風破浪一般犁開禁軍的鋼鐵洪流，一直奔到趙光義帥字旗下這才扳鞍下馬，急步前行，單膝點地稟道：「報，前方有一路唐軍正馳援而來。」

趙光義一勒戰馬，沉聲問道：「來者何人？有多少兵馬？」

那探馬稟道：「帥旗上一個『杜』字，再觀其來路，應是來自秣陵關的天德軍都虞候杜真所部，所部皆步卒，約萬餘人。」

趙光義仰天大笑：「只有一萬兵馬，也敢前來送死？哈哈哈，傳令三軍快速前進，給本王輾平了他們！」

「千歲且慢。」

禁軍都指揮使陸葉瀾急忙阻止欲搖旗下令的號兵，馳到趙光義身前道：「王爺，我軍剛剛強行渡江，軍士雖勇，然體力不無疲憊，雖是以多戰少，若是硬戰，折損恐也不小。如今秣陵關趕來馳援的唐軍不過一萬多人，就敢迎著我大軍疾奔而來，顯然他們只知道采石磯有失，卻不知道我們有多少人過江，更未料到我們未作休整便已上路，如今險和他們迎面碰上。既然如此，何必硬拚？咱們不如稍退一步，預作埋伏，殺他個措手不及，即可減少我軍傷亡，又可聚而殲之，免得他們見勢不妙，四處逃散，再要追殲又費手腳。」

「唔……陸軍主所言有理。」

已經過了長江的趙光義心情已經不是那麼急迫了，而且這陸葉瀾是禁軍高級將領，正是趙光義招攬的對象，對他說的話便不能不予以重視，再說陸葉瀾的分析十分合乎情理，若能減少己方傷亡，何樂而不為？

趙光義立即下令三軍停止前進，後隊變前隊，往回奔去，采石磯以北三十多里處有一個大湖，叫慈湖，慈湖以西不遠就是長江，趙光義派伍告飛率八千步卒在往采石磯去的必經之路上等候杜真，自己與陸葉瀾各率兩萬兵馬埋伏在慈湖與長江中間狹長地段的兩頭，等著伍告飛佯敗，把杜真的兩萬人馬引進這片死地裡來。

草叢中，楊浩趴在那兒正匿隱著行蹤，忽然窸窸窣窣一陣響，樊秀才爬了過來。楊浩懶洋洋地向他打了聲招呼，樊若冰知道他是趙光義眼中的紅人，又是引薦自己的伯樂，一見他便透著幾分親熱：「楊左使，往日裡樊某只知宋軍訓練有素、能征慣戰，今日才知盛名不虛呀，宋國兵馬，將有謀、士有勇，唐國軍隊怎是敵手？杜真只有一萬多人，千歲的五萬大軍還用打嗎？就是撲上去壓也壓死了他們，千歲卻這般謹慎，這樣的軍隊不打勝仗，誰打勝仗？」

楊浩對這個官迷的人品有點不恥，便淡淡笑道：「戰場上，天時、地利、人和、士氣、計謀都是影響勝負的關鍵，可不是人多就一定會打勝仗的，古往今來，以少勝多、甚至八百破十萬的戰例也不是沒有，千歲謹慎些是好的。」

樊秀才乾笑道：「左使說的是，樊某不知兵，貽笑大方了。」

楊浩淡淡一笑，他正趴得無聊，有個人說話也好，便道：「這趕來赴援的杜真是個什麼樣的人，你可知曉嗎？他兵馬雖少，可是一聞采石磯警訊，便能不顧生死趕來赴援，也是個當機立斷的難得將才了。」

樊若冰道：「在下在采石磯住了三年，對附近的駐軍和將領倒也了解一些。秣陵關的守將有兩位，一個叫鄭彥華，是秣陵關的主帥，官至節度使，足智多謀，是個儒將，在他麾下有一支一萬多人的水師。另一個就是杜真，官居都虞候，是鄭彥華手下第一大將，悍勇善戰，鄭彥華把他派來，顯然也是明白采石磯一旦失陷，他的秣陵關便也守不住了。可是他即使出兵來援又能如何呢？」

楊浩感慨地嘆道：「是啊，這世上雖然有些事情已經變了，但是有些事卻不是一個人就能左右、就能影響的，該來的它終究還是要來，唐國的命運，已經是注定了的。」

樊若冰不知他這樣古怪的感慨據何而來，聽得一頭霧水，只是陪笑稱是。

楊浩換了個姿勢，隨口問道：「樊先生家裡還有什麼人？」

樊浩水嘆息道：「父母雙親、妻子兒女俱在，唉，這三年來，樊某捨家棄業，離開雙親和妻兒，在這采石磯上結廬而居，真的是愧對了他們，幸得左使引薦，晉王青睞，樊某終有出頭之日，來日可以好生孝敬父母、善待妻兒。」

楊浩調侃道：「如此甚好，樊先生應該記得父母妻兒為你的付出才是。來日高官得做、駿馬得騎，雖可喜新卻不能厭舊，做個遭人恨的陳世美呀，哈哈……」

「大人教訓的是。」樊秀才喜上眉梢：「呃……只是不知這遭人恨的陳世美是哪一位呀？」

「咳咳，他呀，他是我家鄉的……不對，不對勁……」

正要信口胡謅的楊浩忽然鎖緊了雙眉，樊若冰緊張地道：「大人哪兒不對勁？」

「不是我不對勁，而是那秣陵關守將杜真有點不對勁。」

楊浩鎖緊眉頭，苦苦思索半晌，忽然騰地一下站了起來：「千歲在哪兒？千歲在哪兒？」

正在埋伏的軍兵忽見站起一人，正要呵斥，卻認得他是晉王千歲身邊的親信，有些人雖不知他身分，卻見過他騎馬傍在晉王身邊，晉王對他說話也是和和氣氣、有說有笑的，當下不敢訓斥，連忙為他指點所在，楊浩抄起袍裾，彎著腰便跑過去。

趙光義正在一個矮坡後面瞭望遠方敵情，楊浩衝到矮坡後面，伏在趙光義身旁，急促地道：「千歲，下官忽生一個疑慮，所以急來稟報千歲，請千歲參詳。」

趙光義現在對楊浩很客氣，本來就是出身自己南衙的官員，那時候的人本土觀念重、出身派系觀念重，朝中的官員因為籍貫是同鄉，抑或是同科進士、同一位老師的門生，都能覺得親近、拉幫結派的，何況是從他府中走出來的官，再加上楊浩帶來了獻圖人，讓他不必依靠水軍便順利過江，更讓他歡喜不勝，一聽之下，便和顏悅色地問道：「楊左使有何疑慮？不妨說來。」

楊浩把方才從樊若冰那兒打聽來的消息複述了一遍，說道：「千歲，如果樊若冰所言屬實，那麼秣陵關一共才兩萬兵馬，鄭彥華冒冒失失派出一半人馬來赴援就十分可疑了。千歲你想，既然那鄭彥華足智多謀，那麼他縱然不知道咱們有多少人馬，可是采石磯有兩萬駐軍卻被咱們攻陷了水寨大營的消息他至少是知道的。咱們是攻方，兵力比起采石磯守軍來自然應該只多不少，鄭彥華就這麼放心，拿出一半的本錢來揮霍，篤定能收復采石磯嗎？」

趙光義目光一閃，臉色漸漸陰沉下來。

楊浩又道：「秣陵關並非極難攻的地方，連樊若冰一個不知兵的秀才都曉得采石磯既失，秣陵關根本無險可守，必將陷落，鄭彥華會不知道嗎？他要嘛集中全力死守，要嘛棄城而逃，要嘛就該傾巢出動，救援采石磯，本來兵力就弱，還要分兵，這樣的兵家大忌像是一個足智多謀的大將所為嗎？」

趙光義目光閃爍不定，卻沉住了氣問道：「那麼，楊左使以為他是什麼意圖？」

楊浩沉聲道：「秣陵關守軍一半是水師，一半是步卒，都虞候杜真率步卒正向我迎面趕來，那一半水軍，如今還在秣陵關嗎？」

趙光義臉色攸地一變，一字一頓地道：「聲東擊西，毀我浮橋？」

* * *

趙光義用兵雖未必如曹彬、潘美那種百戰老將，但是殺伐果斷，確也有將門之風，楊浩的疑慮雖只是一個可能，趙光義卻不敢大意，立即分兵一萬，令楊浩和禁軍都虞候堯留統率返回采石磯增援。

堯留年紀很輕，矯健的身子、剛毅的神情、年輕的臉龐，一雙堅定有神的眼睛，得勝鉤上掛一根白蠟桿，依稀有幾分昔日初見羅克敵時的神韻。

此處距采石磯已然不遠，二人率兵匆匆趕到，把楊海清和竹羽明嚇了一跳，還以為晉王東進這麼快就敗了，一聽楊浩的話，兩位將軍也謹慎起來，忙把唐軍水寨中俘獲的戰船都駛出來，沿著長江一字擺開，做好了警戒。

唐軍水寨的戰船都很犀利，如果他們能主動出擊，戰局絕不會是今日這般局面，可惜他們早已怯了宋軍的威風，又得了李煜堅壁清野、據險固守，絕不主動出戰的命令，以致坐失戰機，如今反為宋軍所用。

未幾，遠處帆雲蔽日，果然有一支水軍鼓足風帆浩浩蕩蕩而來。早已有備的兩岸宋軍立即進入戰鬥狀態，張弓搭箭，嚴陣以待，水上的船隻中最前面是幾十條小船，上面堆滿了柴草，落下了風帆，只待敵艦一到，就點起火來順流而下去燒敵船，餘者雖不擅駛船，亦不擅水戰，但是在兩岸弓手的掩護下，也盡量集中戰艦，緊緊依靠在一起，準備誓死阻敵護橋。

來者果然是秣陵關守將鄭彥華，鄭彥華使杜真率步卒赴援，自己也親率水師趕來，棄了秣陵關傾巢出動，目標就是這座使采石磯水軍大寨陷落的浮橋，這座浮橋太重要了，只要浮橋在，宋軍就能進能退，能把無數的軍隊源源不斷地送過長江來，能把無數的糧草運過江來，讓宋軍奮勇直前，無後顧之憂，所以必須毀掉它，不管付出多少代價。

然而當他急匆匆趕到時，兩岸箭矢如雨，水面上又有幾十條火舌噴湧的小船順流而下，宋軍早已蓄勢以待，偷襲戰變成了陣地戰。此時，伍告飛迎戰天德軍都虞候杜真的一萬大軍，佯敗而逃，已把他們順利引進了包圍圈。

一時間，旗旛招展，號炮連天，杜真所部西有長江，東有慈湖，南有陸葉瀾、趙光義掐斷他的退路，開始關門打狗了！

三百七一　圍城

憑心而論，杜真的確是一員猛將，然而若論勇猛，唐軍絕非宋軍可比，再加上兵力相差過於懸殊，一鑽進包圍圈，他的人馬就立即陷入苦戰，遭到了宋軍一邊倒的屠殺。

杜真並沒有馬上突圍，儘管以宋軍的兇猛，他即便立即突圍也未必成功，但他連這種嘗試都沒有做，因為他要為鄭彥華那一路兵馬盡量爭取時間，哪怕為此全軍覆沒，只要主帥鄭彥華能毀了宋人的浮橋也是值得的。浮橋一毀，宋人再想搜羅所需物資重新建橋，又需幾日時光，幾天的寶貴時間，只要唐軍抓住戰機，集中各路人馬打一個漂亮的殲擊戰，就能把這支入侵之寇予以消滅。

而這打算，他們甚至來不及報知金陵，今日果斷應戰，奇襲浮橋，是鄭彥華與他個人的計議，他們的使命，只是像飛蛾撲火一般，毀去浮橋也就完成了他們的使命，至於朝廷能否抓住這個難得的戰機，自有朝廷上的文武官員去判斷，或許，他們會放棄這個難得的機會，仍然龜縮於城池之中被動地等待，但那已經不是他能操心的事了，他是唐人，是一名唐將，他盡到了自己的本分，死亦無憾。

決心以死赴國難的杜真把自己當成了一個誘餌，眼見受到宋軍主力的包圍不驚反喜，他指揮所部一邊抵抗，一邊向人數稍少的趙光義一方移動，做出試圖突圍的姿態，緊緊牽引住宋軍主力，為主帥鄭彥華爭取著寶貴的時間。

鄭彥華的戰艦還未駛到浮橋處，迎面便遭受了一番狂風暴雨般的洗禮，每艘戰艦上都密密麻麻插滿了箭矢，尚未交鋒便折了一成人馬，隨即數十條火船便封鎖了大江江面，肆無忌憚地向他的戰艦群撲來。

「宋軍早已有備！」

鄭彥華大吃一驚，隨即桅桿高處的瞭望臺上又傳來兵士的驚呼：「慈湖以西發現大股宋軍，杜真將軍已陷入重重包圍。」

鄭彥華的臉色變了，奇襲、奇襲，攻其無備才叫奇襲，想不到這聲東擊西之計竟然如此輕易地被宋軍看破，看這架勢，宋軍早已預料到他的到來，他還能得手嗎？

滿心希望自己以奇軍奏奇效，欲立不世之奇功的鄭節度使陷入了深深的懊悔之中，當看見火船之後駕駛著繳獲的唐軍巨艦的宋人，在殷殷如雷的戰鼓聲中向他逼近時，鄭大將軍果斷地做出了決定：「撤！」

一矢未發，丟下以性命為誘餌的袍澤兄弟，縱橫大江、慣於水戰的鄭將軍前隊變後隊，後隊變前隊，以迅捷無比的速度，在宋軍面前展示了他的水軍是如何訓練有素，操舟技巧是如何高超，在兩軍交戰之前，他們逃之夭夭了。

楊浩和堯留硬著頭皮指揮著那些經過匆匆訓練，略知操舟之術的禁軍戰士，一半借助於長江水力的自然流動，慢吞吞地向來敵靠近，由於船速慢，有勁沒處使的士兵們只好把兩膀之力都用在戰鼓上，把一面面巨大的戰鼓擂得山響，然後他們就看到來敵在他們面前以極精湛的操舟之術露了一手漂亮的原地轉身技巧，然後便飛快地逃了，快得他們想追都追不上。

這樣的軍隊，焉能不敗！

楊浩暗自慨嘆，他現在已經明白，在他這隻小蝴蝶的搧動下，這個世界已經有了很大的改變，這些改變已足以影響歷史的許多大事，但是有些東西不是現在的他所能改變的，軍事實力、政局、吏治、人性……

唐軍多年積弊，再遇上一個只懂得吟風弄月的國主，在宋人面前，他們根本沒有抵抗之力，就算是像林虎子那樣的將領仍然活著，也只不過多拖延些時日，讓唐國多苟延殘喘幾日，沒人扶得起李煜這個連阿斗都不如的貨色，神仙都無能為力。

杜真渾身浴血地殺到高處，遙望采石磯方向，看到高高的帆檣移動的方向，已經明白奇襲計畫失敗了，鄭帥的人馬撤得如此之快，恐怕……恐怕他們根本不曾與宋軍認真地交過手，他成了一枚無用的棄卒，所有的一切都是白白犧牲。

杜真悲憤莫名，如今情形，他是報國無門，只能為誓死追隨的部屬謀一條生路了，杜真率領親兵衛隊殺向堵住退路的趙光義，為他的袍澤兄弟爭取著活路，他用血肉撕開一道口子，喝令所部立即突圍，自己則率領親兵衛隊向左右絞殺，確保豁口不會被宋軍再硬生生堵上。

趙光義分兵一半讓楊浩帶走，結果竟在杜真的拚死搏殺下被他打開了一道豁口，不由得又驚又怒，趙光義再也按捺不住，親自披甲殺進了戰團，使一條鑌鐵棍，一路向杜真衝去，身旁親兵恐他有失，緊緊護在他的身旁，趙光義一條鑌鐵棍勢力雄渾，一路蹚殺過來，真是碰者死、挨者亡，無人是他一合之敵。

杜真血染戰袍，手中一桿槍殺得力竭，鮮血都糊住了槍纓，正竭力抵擋著宋軍洶湧如浪的攻擊，趙光義到了，大吼一聲，手中一根鑌鐵棍一招「力劈華山」便向杜真劈去。

杜真還未看清來者是誰，便聽霹靂般一聲大喝，迎頭一棍帶著凌厲的風聲劈來，杜真立即兩膀較力，橫槍一擋：「開！」

就聽「鏗」的一聲，槍棍相交，長槍微微一彎，又復彈直，杜真雙臂發顫、虎口發麻，不由暗暗吃驚：「這人是誰？好霸道的棍子。」

那棍彈開，使棍的黑面披甲大漢棍隨身轉，原地一個騰閃，借勢又是一棍劈下，根本不給他喘息之機，杜真前後左右都是人，欲待騰挪也不可能，大槍更來不及順回來挑刺來敵，情急之下只得橫槍再擋。

「嘿！」一棍擋開，第三棍又到了，只聽「喀嚓」一聲，杜真手中的大槍再擋不住那鑌鐵棍風一般的劈掛之力，槍斷，鵝卵粗的鑌鐵棍端帶著殷殷風雷之聲砸在杜真的額頭，紅白之物飛濺，趙光義這一棍幾乎一直砸進腔子裡去。

趙光義收棍，看著已逃出重圍正落荒而逃的一股唐軍，殺氣騰騰地道：「以五萬殺一萬，還要讓他們突出重圍，那本王顏面何存？追！」

* * *

楊浩收拾了采石磯的局面，囑咐守將沿江上下放出哨衛遠至三十里外，這才揮兵來助趙光義，待他趕到，趙光義已親率大軍一路追殺下去了，後續部隊正在打掃戰場，楊浩問明經過，立即循著趙光義的去向追了下去。

唐軍逃兵慌不擇路，逃向了就近的當塗城，當塗是一座小城，又無大軍拱衛，待他們逃到當塗，眼見追兵鍥而不捨，這座小城根本抵擋不住，只得穿城而過繼續逃命，宋軍一哄入城，開始燒殺搶掠起來。

待楊浩趕到時，只見城中處處火起，姦淫者、擄掠者、肆意屠殺手無寸鐵的平民者比比皆是，殺紅了眼的士兵甚至連寺院也不放過。雖說宋人信佛者也眾，但是不信神佛的也大有人在，當初柴榮「滅佛」，奉命搗毀佛像，驅僧還俗的軍士如今許多已在軍中做了下級軍官，他們是不敬神明的，有他們帶頭，那些臨危攜細軟逃進寺廟，把寺廟當做保護神的百姓也都被劫掠一空，若見有姿色出眾的女子，便在佛堂之上也有被施暴的。

楊浩又驚又怒，眼見兵士如匪，散落各處，欲待制止也是有心無力，只得怒火滿腔去尋趙光義。

待他見到趙光義，立即憤然稟道：「千歲，我宋國王師下江南，討伐者乃是唐主，這些百姓，不日都將是我宋國子民，怎麼可以縱兵如匪，恣意姦淫擄掠？」

趙光義不以為然，微笑道：「本王早與三軍有約，若三軍勇猛向前，但得一城，可任其擄掠，如今我軍破采石磯、滅杜真所部，人人奮勇向前，悍不畏死，理當犒賞，本王豈能失信於三軍？」

「千歲，弔伐唐國，百姓無辜，眼看他們受此無妄兵災，千歲就忍得下心嗎？」

趙光義哈哈一笑，道：「慈不掌兵，義不理財。楊左使豈可懷婦人之仁？你妻妾慘死於唐國，難道就不恨唐人狡詐，怎麼反替他們請命來了？」

楊浩一窒，拱手道：「楊浩有恨，也不想罪及無辜，千歲，若是縱兵如匪，失卻江南民心，江南軍民難保不會重蹈蜀人覆轍。破城安民，軍紀嚴明，方能招攬民心吶。」

趙光義縱容所部，既為激勵三軍誓死效命，也是有意自汙，在掌握軍權的同時，為自己的戰功染些瑕疵，所作所為本有目的，這是他在長江西岸就已暗自決定的，楊浩的勸告自然不放在心上。

不過他現在對楊浩越來越是倚重，識破唐人聲東擊西計的更是楊浩，他也不想做得太過分，如今目的已然達到，他便順水推舟地笑道：「若非城中未遇抵抗，本王還要下令屠城呢，楊左使宅心仁厚，卻不是適宜帶兵的人啊，罷了，本王看你面子，收兵便是。」

宋軍雖然燒殺搶掠時一如土匪，但畢竟是軍紀嚴明的軍隊，鳴金聲起便紛紛歸隊，楊浩帶人撲滅城中各處火勢，然後便帶著親兵往自己曾經住過的所在去探看了一番，見壁宿與水月小師太已不在那裡，這才放心。

牽著馬一路往回走，看到處處破敗，戰火硝煙，楊浩心中憤懣，卻也無可奈何。戰亂一起，遭殃的總是百姓，所謂秋毫無犯的仁義之師，只存在於官方的史書神話中。即便以岳飛之孫岳珂所敘為藍本塑造出來的岳家軍，他們的撼天戰功和鋼鐵軍紀，簡直就是仁義之師的最佳註解，事實上也要打個七七八八的折扣。

所謂秋毫無犯的王者之師，與其他軍隊的區別只是造的孽多與少罷了，那時所矜誇的秋毫無犯，還時常是指對自己治下的百姓而言的，他們對敵國領土上的百姓到底如何，可想而知。楊浩默默地行於街頭，喟然一嘆：「有朝一日我為統兵之帥時，也會造成許多人流離失所嗎？

「不過，統帥的意旨，對戰時的破壞、戰後的重建，總有重大影響。所謂不破不立，戰爭機器掌握在我的手裡，總比掌握在李氏手中要少造許多殺孽。既然不能拒絕這歷史使命，我就嘗試著去接受它。

「這一趟江南之戰，是我統兵之前一次難得的淬煉，也許不久之後，我就要親自披掛上陣，挎雕弓、騎駿馬，在西北大地上燃起狼煙。或者，我會成為一個失敗者，或者，會成為西北的主宰。一身功過，後人評說，歷史，將會怎樣書寫我的名字呢？」

*　　*　　*

「此戰之後，我將名垂青史了！」

趙光義勒馬持韁，志得意滿地看著一河之隔的對岸。

戰局毫無懸念地朝著對宋軍有利的方向發展著，黃州兵馬都監武寧謙等人陸續渡過長江，攻占樊山寨；行營左廂戰棹都監田欽祚率軍破溧水，擊敗南唐軍萬餘人，殺其都統李雄。而趙光義則親率主力趕赴金陵，一直不緊不慢地隨在其後的曹彬適時趕到，與趙光義會合。

李煜匆忙調集水陸軍隊十餘萬人，前依秦淮河、背靠江寧城列陣防守，是的，防守，仍然是防守。

趙光義意氣風發，面對著一個把自己劃定在一個圈子裡不肯越雷池一步的對手，這仗真是打得快意無比。

趙光義策馬站在河畔，身旁甲士林立，身後是黑壓壓一眼望不到邊的軍隊。對岸，唐軍嚴陣以待，一個個方陣正在前軍之後進行調動，彷彿流動的潛流。雙方數十萬軍隊，卻是鴉雀無聲，只有震顫大地的腳步聲，彷彿鼓聲一般讓他們的心弦顫動，壓抑的氣氛在宋軍馬軍、步軍和水師之間流動著，在一河之隔的兩岸大軍心中流動著。

楊浩騎在馬上，默默地看著這凝重的對峙局面。曾經，他見過一次數十萬大軍對峙如山岳的局面，那一次，雙方也是劍拔弩張，統帥三軍的是一帝一后，如今在他身邊的，或許……會是宋國的下一任皇帝，而對岸的唐皇，仍躲在金陵城的深宮大院裡沒有露面，然而這一次的緊張氣氛尤勝於子午谷前那一次，因為這是存國與滅國的關鍵一戰。

那一次，他是一個過客；這一次，他是一個看客；下一次呢？

趙光義凝視著對岸嚴陣以待的唐軍，心中熱血沸騰，滅一國、擒一君，不世之功唾手可得，做百年府尹，不及做一日大帥，今日之後，他將永載史冊了！

曹彬和李漢瓊正一左一右，調動水師，猶如一對虎鉗，牢牢地鉗住唐軍，待他們撼動唐軍陣勢，趙光義就可以發動總攻，一舉摧毀這十萬大軍了。但是，趙光義並不喜歡這種打法，今日，萬眾矚目，他是三軍統帥，理應一馬當先，豈能被別人搶了光彩？

他慢慢揚起了馬鞭，三軍屏息看著主帥的動作，趙光義策馬一鞭，叱喝一聲：「全軍，進攻！」突然向前一衝，戰馬躍進了河水。

左右虎賁先是一呆，隨即紛紛策馬前衝，叱喝著撲進河裡，在這寒冷的冬季涉水進攻，上下游正在調動的水師一見主帥搶先發動，顧不得再擺出最有利的進攻陣形，立即投入戰鬥。趙光義先聲奪人，震驚了唐國三軍，他們驚慌失措，倉卒發動反撲。

金陵保衛戰，打響了。

這一戰到底是怎麼贏的？身在局中的人是無法看得清楚的，楊浩只是被動地隨在趙光義身邊，躍馬，過河，逕撲敵陣，用他的劍斬殺迎面而來的敵人，隨著手持鑌鐵棍，殺神一般闖來闖去親自殺敵的趙光義，在敵營中橫衝直撞，在殺聲中廝殺，殺得汗透重甲，直到在巨浪澎湃似的殺聲中聽到一聲不協調的吶喊：「北人強勁，不可力敵，速退，據城而守！」

這一聲喊就像瘟疫一般，唐軍立即兵敗如山倒，宋軍被他們裹挾著，邊追邊殺，唐軍在拋下無數死屍之後，殘兵退回城裡，於是……宋軍勝了。

皇甫繼勳也不明白唐軍是怎麼敗的，他丟盔卸甲地逃回城去，灌了一大碗水，驚魂未定地坐在椅上，魂這才回到身上。他官至神衛統軍都指揮使，是唐國有數的大將，但是他從來沒有打過聲勢如此浩大的仗，萬馬千軍中，每一個浪潮洶湧，都是無數的生命消失，就像一叢浪花的消逝。

他在親兵拱衛下拚命地廝殺，眼中看到的似乎全是宋軍的身影，耳中聽到的似乎全是宋軍的吶喊聲，終於，他覺得不能再這麼打下去了，再打下去拱衛金陵的這支武裝就得全部耗光，他一定得為朝廷做點什麼，於是他便喊出了自己的口頭禪：「北人強勁，不可力敵……」

事實證明他是對的，唐軍果然敗了不是？

*　　*　　*

北風帶著惱人的寒潮，籠罩了夜色下的整個金陵城。

李煜的宮殿裡，內侍、宮人腳步匆匆，神色都有些不安，十萬大軍一朝潰敗的消息他們已經聽說了，李煜呆呆地坐在御座上，寒氣從心底傳到了指尖。

十餘萬大軍背城一戰，就落得這樣的結果，他如何不心寒？監軍死在戰場上了，李煜到現在還沒弄明白十幾萬大軍怎麼說敗就敗了，難道真是天要亡我嗎？否則，十幾萬大軍怎會敗得這麼痛快？神通廣大的小師傅為何會不告而別？

李煜臉上露出一個比哭還難看的笑容。

「陛下，陳喬、徐鉉求見。」

「快請，快請。」李煜如同溺水之人，現在哪怕有一個人來為他出謀劃策，他也要緊緊抓住。

陳喬一見李煜，便憤怒地道：「陛下，今日我軍慘敗，全因神衛軍都指揮皇甫繼勳臨陣脫逃，以致三軍士氣大挫，陛下不斬此人以正國法，三軍鬥志渙散，再不可用了。」

李煜吃驚地道：「什麼？皇甫繼勳？皇甫繼勳乃忠良之後，怎麼會……怎麼會……」

陳喬痛心地跺腳道：「陛下，皇甫繼勳若有乃父一半忠勇，我十餘萬大軍背城一戰，也不致在宋軍一攻之下潰不成軍！」

陳喬把皇甫繼勳臨陣脫逃，還高呼「北人強勁，不可力敵」的經過複述了一遍，又道：「此乃神衛軍指揮使鄭不凡向臣說明的，當時他就在皇甫繼勳左近，皇甫繼勳此言既出，帶頭逃跑，三軍再無鬥志，這才一敗塗地。

「鄭將軍還說，皇甫繼勳一向畏懼宋軍，常言宋人不可敵之，每聽我軍戰敗消息傳來，便得意洋洋地對左右言道：『北人強勁，非我唐人所能敵，如今如何？被我不言幸中吧？』他是神衛軍都指揮使，主將畏敵如虎，未戰先自言敗，我軍如何不敗？

「今日戰敗，鄭將軍去見皇甫繼勳，說宋軍新勝，兵驕將傲，必疏於防備，可募敢死之士夜襲敵營，不料皇甫繼勳聞之膽怯，反對鄭將軍呵斥一番，鄭將軍稍有辯駁，他便惱羞成怒，斥責鄭不凡擾亂軍心，令親兵將他綁起，鞭笞了一頓，鄭將軍悲憤莫名，這才向臣舉報，否則……臣和陛下一樣，還被這皇甫繼勳蒙在鼓裡。」

李煜一聽氣得渾身發抖，怒不可遏地吼道：「來人，來人，速將皇甫繼勳下獄待罪！馬上把他下獄！」

內侍匆匆跑去傳旨，喊得聲嘶力竭的李煜卻頹然倒回座位，喃喃地道：「如今……宋軍已兵困金陵，朕……朕該如何是好？」

徐鉉安慰道：「陛下，諸多州府尚在我朝廷治下，湖口十萬水軍還毫髮無傷，事雖至此，未必不可為，陛下切不可氣餒。」

李煜張目道：「如今情形，朕能有何作為？」

陳喬道：「臣與徐大人已計議了一番，臣以為，如今局面，陛下已剷除奸佞，可委一驍勇善戰之良將代其職務，死守城池，兵士不足嘛，可將城中青壯盡皆組織起來守城；同時派人突圍出去，搬湖口十萬大軍赴援；再下旨意，號召各州府縣組勤王之師。內外合力，宋人之危未必不可解。」

李煜絕望地道：「趙光義就在城下虎視眈眈，他豈肯容朕再作綢繆？」

徐鉉踱出一步，泰然說道：「臣願為陛下使節，往宋營一行拖延時間。」

《步步生蓮》卷十四蓮舟輕泛完

GOBOOKS
& SITAK
GROUP ©